As MÚSICAS que você NUNCA ouviu

BECKY JERAMS & ELLIE WYATT

As MÚSICAS que você NUNCA ouviu

Tradução
Flávia Souto Maior

Ouça as canções do livro no site www.thesongsyouveneverheard.com, nas plataformas de streaming de música ou pelo QR Code.

Título original: *The Songs You've Never Heard*

Copyright de texto do miolo © 2022 by Becky Jerams & Ellie Wyatt
Copyright das músicas (letras e melodias) © 2022 by Becky Jerams & Ellie Wyatt
Publicado mediante acordo com Sweet Cherry Publishing United Kingdom, 2022.

Direitos de edição da obra em língua portuguesa no Brasil adquiridos pela Livros da Alice, selo da EDITORA NOVA FRONTEIRA PARTICIPAÇÕES S.A. Todos os direitos reservados. Nenhuma parte desta obra pode ser apropriada e estocada em sistema de banco de dados ou processo similar, em qualquer forma ou meio, seja eletrônico, de fotocópia, gravação etc., sem a permissão do detentor do copirraite.

EDITORA NOVA FRONTEIRA PARTICIPAÇÕES S.A.
Av. Rio Branco, 115 — Salas 1201 a 1205 — Centro — 20040-004
Rio de Janeiro — RJ — Brasil
Tel.: (21) 3882-8200

Dados Internacionais de Catalogação na Publicação (CIP)

J55m   Jerams, Becky

As músicas que você nunca ouviu/ Becky Jerams, Ellie Wyatt; traduzido por Flávia Souto Maior. — 1ª ed. — Rio de Janeiro: Livros da Alice, 2023.

Título original: *The Songs You've Never Heard*

ISBN: 978-65-85659-00-0

1. Música. I. Wyatt, Ellie. II. Maior, Flávia Souto. III. Título.

CDD: 780
CDU: 78

CONHEÇA OUTROS
LIVROS DA EDITORA

André Queiroz – CRB-4/2242

CAPÍTULO UM

— Ai, meu Deus. É a Meg McCarthy!

— Quem?

— A irmã do Caspar McCarthy.

Elas acham que não consigo ouvir porque estou com meus fones de ouvido. É meio irritante, mas a música não abafa suas vozes animadas e cheias de alegria.

— Como você sabe?

— Todo fã do Caspar sabe. Tem um monte de fotos e entrevistas dos dois na internet.

Aumento a música. Lana Del Rey canta docemente em meus ouvidos, mas nem a voz melodiosa da cantora é capaz de me distrair da conversa. As garotas parecem ter mais ou menos a minha idade, ou talvez sejam um pouco mais novas. Já não sei mais. Nos últimos tempos, todas as fãs parecem iguais.

— Tem certeza? Ela não é muito parecida com o Caspar.

— Tenho. Ele nasceu em Brighton, então faz sentido a irmã estar por aqui.

O garçom me entrega a conta em um pires cheio de chocolatinhos com menta. Tentador, mas os empurro para o outro lado da mesa. Se tem um hábito que aprendi com Caspar, é nunca me permitir demais. Porque tem sempre alguém olhando.

Quando vou pegar minha bolsa, sinto uma presença indesejada atrás de mim. As duas garotas estão vindo em minha direção segurando suas bebidas. É um pequeno amontoado de cabelos loiros, brilho labial grudento e perfume floral, com sorrisos radiantes. Elas parecem legais.

Elas sempre *parecem* legais.

— Meg, oi! — cumprimenta a líder da dupla, como se eu fosse sua colega de classe ou uma prima. — Se importa se a gente sentar aqui com você?

Deixo escapar um som que não chega a ser uma palavra. Não me dou o trabalho de tirar os fones, torcendo para que entendam a indireta.

— Eu AMEI o seu delineador! — comenta a segunda garota. Ou melhor, grita na minha cara. — Ficou lindo em você. De que marca é? Seu estilo é, tipo, um sonho.

É mais fácil quando recebo esse tipo de pergunta no Twitter. Lá eu posso ignorar. Ou bloquear. Infelizmente, não dá para bloquear tuítes humanos quando eles aparecem em sua mesa.

— Ei, está ouvindo a gente? — pergunta a primeira garota, balançando a mão na frente do meu rosto.

Realmente, não sou uma pessoa de verdade para elas. Não passo de uma versão em 3D das fotos do meu irmão no Instagram.

— Pode abaixar a música por um segundo? — insiste ela.

— Desculpa, não tenho tempo para conversar agora — digo, me levantando para ir até o caixa.

— Sua grossa! — grita a garota, indignada. — Não custa nada falar com a gente por dois segundos. Só estamos tentando ser legais!

Como eu disse, elas sempre são legais... no início.

Saio desajeitada e sem querer engancho a bolsa na cadeira ao tentar escapar. Ainda dá para ouvir as garotas, apesar da música alta em meus fones.

— Qual é o problema dela?

— Deve ter inveja do irmão...

— Vadia idiota, arrogante!

Acho que eu já deveria estar acostumada com insultos de estranhos, tanto na vida real quanto na internet. Acontecem com frequência. Mas a verdade é que ainda dói, toda vez.

♪

Top 5 amigos que não eram amigos de verdade:

1. Ruby McNeil, sétimo ano

Minha melhor amiga da escola por um ano inteiro, ou pelo menos foi o que pensei. No último dia do ano letivo, ela me implorou para que eu passasse o número do Caspar, mas não pediu o meu. Eu me mudei e ela não manteve contato.

2. Jessica Brown, oitavo ano

Sentava ao meu lado em todas as aulas e ia dormir na minha casa. Depois de algumas visitas, percebeu que Caspar quase nunca ficava por lá e inventou desculpas para se afastar.

3. Richard Willbury, nono ano

Me convidou para ir ao cinema, mas passou o tempo todo tentando me convencer a entregar uma demo ao Caspar. Ele também beijava muito mal.

4. Melissa Hunter, primeira série do ensino médio

A essa altura, eu já deveria ter aprendido a não confiar nas pessoas, mas Melissa parecia muito fofa. Fizemos um trabalho de música em dupla e, durante algumas semanas, trocamos ideias sem nenhuma menção ao *você sabe quem*. No entanto, assim que terminamos a nossa canção, ela me perguntou se eu poderia mostrá-la para o Caspar. Quando eu disse que não dependia de mim, nossa breve amizade se apagou tão rapidamente quanto as chamas de uma vela jogada em uma poça d'água.

5. Ness Hawkins, primeira à terceira série do ensino médio

A história se repete. Ela grudou em mim feito carrapato até se dar conta de que Caspar não morava mais comigo. Daí, por algum motivo, virei sua inimiga número um. E ainda sou.

♫

Gosto de listas. Ao contrário das pessoas, as listas nunca decepcionam. Elas são consistentes e precisas; colocam ordem no mundo quando todo o resto é um turbilhão de caos. É por isso que eu faço listas de tudo. Músicas preferidas. Anotações das aulas. Fatos. Sentimentos. Se eu tivesse que fazer uma lista das coisas que me mantêm sã, "listas" seria o primeiro item dela. E o mar seria o segundo. Eu não dava o devido valor ao mar antes de me mudar, mas, agora que estou de volta, jurei nunca mais subestimar aquela imensidão cinzenta e agitada.

Londres não tinha horizonte nenhum. Era uma loucura feita de fumaça e barulho — como uma versão deprimente e terrível da Disneylândia, o lugar onde as pessoas perdem todo o tempo delas em filas enquanto sua alma vai deixando o corpo, átomo por átomo. Não que alguém da minha família ligasse muito para minha alma se desintegrando durante Os anos em Londres™. E por que eles se importariam? Não era minha alma que tocava nas rádios. Sendo assim, não me restou escolha além de cumprir meu dever de irmã, ou seja, aceitar em silêncio o fato de eu não ser nada além de uma pequena parte do Show de Caspar.

O tempo que passei em Londres foi um carrossel infinito e nauseante de pessoas, festas e bisbilhoteiros por todos os lados. Achei que nunca fosse acabar. Até que um dia... simplesmente acabou. No instante em que Cass completou 18 anos, ele insistiu que todos saíssemos do pé dele. Então foi isso; tchauzinho, Londres e oi de novo, Brighton. Meus pais tinham um milhão de desculpas para voltar. A preferida era dizer que Caspar passava tanto tempo em turnê que não fazia sentido alugar uma casa tão cara em Putney, um distrito londrino.

Eles até começaram a fingir que tinha a ver comigo. "É o ano perfeito para você mudar de escola, Meggy, antes de começarem as matérias mais importantes do último ano." Blá-blá-blá. Tanto faz. Estava mais para: o mestre Lorde Cass mandou pular, então meus pais correram para calçar os tênis esportivos.

Em geral, a praia fica lotada em julho, mas hoje o clima está parecendo o início de um filme de catástrofe envolvendo naufrágios. No entanto, há algumas famílias por aqui, corajosamente fingindo desfrutar seus sanduíches de *homus* ao vento. E uma ou outra pessoa passeando com o cachorro. E um grupo de mulheres vestidas como coelhinhas da Playboy desgrenhadas, que parecem estar de ressaca, comemorando uma despedida de solteira. E eu.

Sempre venho até aqui quando não quero ser interrompida. As pedrinhas na orla podem ser desconfortáveis, mas é o lugar perfeito para organizar os pensamentos e compor. Hoje, porém, estou sem caneta, só tenho meu celular. Passo pela playlist de artistas até encontrar meu próprio nome. Então clico no play.

Looks like I told
Too many lies
You've fallen for my disguise

If I knew
How to tell the truth
You'd have seen it in my eyes

Fecho os olhos e deixo a canção me inundar. A pessoa para quem a escrevi invade minha mente como uma onda quebrando na praia. Eu me lembro de como foi escrevê-la. A intensa explosão de emoções que exigiam ser libertadas. Na época, não questionei nenhum verso, porque todas as palavras eram verdadeiras e necessárias.

Mas agora me pergunto: será que a melodia está do jeito certo? A letra é boba? Meus acordes são tediosos? A gravação faz jus à orquestra que ouvi em minha cabeça quando comecei a escrevê-la?

A resposta é não. É lógico que não. Afinal, não dá para esperar muito de um notebook e um microfone básico em um canto do meu quarto. Meu pai me ensinou um pouco sobre produção musical, mas não chego aos pés do nível dele ou de Caspar. Preciso assistir a mais alguns milhares de tutoriais no YouTube para ficar tão boa quanto eles.

Acho que essa é uma música que vai existir para sempre no purgatório digital, com todas as minhas outras demos. E acho que nunca vou ter coragem de mandar para ele...

Will your heart wait while
My heart's breaking?
Is it too late
To make a second first impression?

Suspiro e pauso a música por um instante. Os sons que me cercam desanuviam um pouco minha cabeça. O vento e as gaivotas chiam. Respiro fundo, procuro outra música e clico no play.

O rosto de traços bem-definidos de meu irmão aparece na tela, taciturno, com o esboço de um sorriso. Seus olhos escuros exibem total confiança, e seu cabelo loiro-escuro está bagunçado. É a capa do seu primeiro single, "Next Best Thing", lançado quando ele tinha apenas 16 anos — um ano a menos do que tenho hoje.

A música ressoa em meus ouvidos, uma mistura agradável dos gêneros dance e acústico que ainda parece atual quatro anos depois. A voz de Caspar é suave e doce, repleta de emoção. É bela e intimidadora ao mesmo tempo.

Full stop, listen up I've got a question
Tell me now am I wasting feelings?
Telling stories you don't believe in...

As primeiras demos dele chamaram atenção por um motivo. Obviamente, elas foram aprimoradas por produtores de alto nível, mas a semente do que tornava as músicas tão especiais foi plantada pelo próprio Caspar. Ele sempre tem um conceito e uma visão quando compõe. Ele escreve o tipo de canção que temos a impressão de conhecer há séculos, mesmo tendo ouvido só uma vez. Escreve canções que fazem sentido.

I don't wanna be your next best thing
I don't wanna be another five-minute wonder
More than just a catchy song you sing
Not the kind you throw away
Want you to hit replay
Over and over I'm gonna show ya
That I really wanna get to know know know ya...

Não deixo de reparar na ironia da letra. Caspar nunca foi a "segunda opção" de ninguém. Ele é o número um na lista de todos. E ainda assim teve que reivindicar esse sentimento para o conceito da música. Ele não podia nem me deixar ter meu próprio sofrimento para remoer sem tomar uma parte dele também.

I'm not gonna be your next best thing
Coz I'm everlasting...

Arranco os fones de ouvido e os atiro sobre as pedras. Acho que já ouvi música demais por hoje.
Às vezes, eu queria ser mais como meu irmão era na minha idade. Ele sempre teve tanta certeza do próprio talento...
É por isso que milhões de pessoas ouvem as músicas dele, enquanto só duas ouvem as minhas.
E uma delas sou eu.

CAPÍTULO DOIS

Então, caso não tenha notado, estou procrastinando para valer. O único motivo de eu ter vindo ao centro da cidade hoje foi procurar emprego, e não ficar de mau humor na praia, me comparando com meu irmão. Mas, por alguma razão, Caspar consegue se infiltrar em tudo o que faço, mesmo quando não tem nada a ver com ele.

Guardo o celular na bolsa e vou para o calçadão. O emprego dos meus sonhos seria algo bem-pago e criativo, mas como meu currículo não tem lá muitos certificados, uma única menção a minhas realizações na primeira série do ensino médio debatendo sociedade e zero horas de experiência de trabalho, parece improvável.

Minha mãe insiste que eu tenha "um gostinho do mundo real" durante esse verão, mas, até onde sei, o mundo real não é nada legal para os adolescentes. Para conseguir um emprego, é preciso ter referências... E para conseguir referências, é necessário ter um emprego... Para o qual precisaria de referências... Aff, a eterna rodinha de hamster do desemprego. Bem, talvez haja um dono generoso de alguma loja de roupas alternativas que veja meu potencial. Ou tenha pena de mim.

Sinto uma onda familiar de empolgação conforme abro caminho pela multidão. (Olá, moço bigodudo com cara-de-barman-barra-mágico estilo *steampunk* vitoriano. Onde você comprou esse colete?) Há bandeiras com as cores do arco-íris nos prédios, e sinto o aroma característico de peixe com batata frita e café das ruas de Brighton. É um belo ataque aos sentidos e, como sempre, acabo me distraindo.

O som de um piano chega a meus ouvidos e sigo a deliciosa melodia, procurando pelo pianista de jazz dos meus sonhos, igual ao Ryan Gosling. Mas logo descubro que, na verdade, quem está tocando o piano é um cachorro. Sim, é isso mesmo. Um artista de rua canino. Só em Brighton é possível encontrar a) um musicista tão talentoso, b) tocando um piano DE VERDADE na rua, c) vestido como Rowlf, o cachorro dos Muppets. Quando me dou conta, já ouvi quatro músicas seguidas.

Como isso não vai dar em lugar algum, me afasto do pianista com certa relutância e atravesso uma multidão de alunos de 14 anos que parece confusa. Pelo jeito, acho que todos eles perderam a capacidade de escolher uma direção e segui-la.

Achei que eu os estivesse xingando apenas em minha cabeça, mas alguns palavrões devem ter escapado, porque uma adorável garota olha para mim e diz:

— Não precisa ser tão grossa. Só estamos tentando achar o caminho para o Pavilhão Real.

Eita. Decido que a resposta mais madura é fingir que não falo inglês e disparar na frente dela.

Parece que levei o dobro do tempo para chegar à minha loja vitoriana de três andares preferida, no fim da Kensington Street. Paro em frente à vitrine, como faço todo sábado. É um jeito cruel de me torturar. Passo a semana inteira me preparando psicologicamente e dizendo a mim mesma que esse fim de semana vai ser diferente. Mas quando chego aqui, nunca é.

Quero dizer... qual a dificuldade de simplesmente falar com ele? Qual é o meu problema?

O sininho da porta ressoa quando entro na Caverna de Aladim. O nome não é nada original, eu sei, mas tem tudo a ver, porque há tesouros de segunda mão por todo lado. As araras estão repletas de calças boca de sino da década de 1970, casacos vintage ainda com o perfume do dono original, chapéus fedora, botas de plataforma, bolsas

Chanel com cinquenta anos de idade, sombrinhas japonesas... E por aí vai, como uma espécie de ilusão de ótica retrô. E a melhor parte é que eu posso me camuflar no meio de todas as coisas, então ninguém sabe que estou aqui.

Sinto meu coração disparar quando olho em volta. Ele não está na loja. Vou para o primeiro andar, que está tão superlotado quanto o térreo. Nem sinal dele. Talvez esteja em horário de almoço? Estou entre a cortina de veludo de um provador e uma vitrine de cartuchos de Game Boy, prestes a perder a esperança, quando finalmente o avisto.

Matty Chester.

Sei que parece clichê, mas minha boca está seca, os olhos, embaçados, e sinto um frio na barriga. Todos os pensamentos coesos somem da minha cabeça, e então percebo que parei de respirar por uns segundos.

Ele está mostrando uma das câmeras antigas e gigantescas para uma mulher de meia-idade. É óbvio que está. O que mais estaria fazendo? Afinal, explicar as funções tediosas das mais diversas câmeras é um de seus passatempos preferidos. É por isso que ele ama esse emprego. Dá para ver o entusiasmo dele transbordando por seu sorriso adorável enquanto conversa com empolgação, sempre dando detalhes excessivos.

Matty ama *coisas*. Ele encontra sentido no que outras pessoas acham inútil. Sua vivacidade é totalmente contagiante.

Perdendo a coragem, me escondo atrás de uma pilha de malas velhas, como se eu fosse uma *stalker* sem-noção. A mulher que ele está atendendo sorri com educação, mas com certeza não está interessada na compra. Ele aceita a derrota.

— Tudo bem, então, senhora. Se precisar de mais alguma ajuda, é só chamar!

A adrenalina corre por minhas veias ao ouvir a voz dele.

Matty devolve a câmera ao expositor e eu observo a forma como ele se movimenta. É tranquilo. Cuidadoso. Ele fica na ponta dos pés para alcançar o fundo do expositor, fazendo sua camiseta do David Bowie levantar um pouco. Não consigo deixar de imaginar como seria colocar as mãos ali, logo acima de seu cinto.

Na escola, as pessoas zombam dele. Acham que ele é estranho, muito nerd. Mas não veem o que eu vejo. Quando olho para Matty, eu vejo esperança. Vejo a prova de que o mundo pode ser um lugar melhor.

Mas não adianta tentar falar com ele. Sei que esses sentimentos nunca poderiam ser mútuos, então talvez seja melhor eu voltar lá para baixo antes que ele me veja. De qualquer forma, esse processo doloroso e ridículo é necessário se eu quiser compor música melhores. O amor não correspondido é tema de várias canções, não é? Com uma última longa olhada na direção dele, eu me viro para ir embora.

De repente, dou de cara com minha ex-amiga Ness Hawkins, que surge como um suricato do mal de trás de uma arara de jaquetas jeans. Ela grita meu nome tão alto que todos na loja se viram para olhar para mim. Incluindo Matty.

— Meg! Oi, Terra para Meg!

Sabe quando cachorros se fingem de mortos? Bem, é isso que estou fazendo. Completamente imóvel, olhos fixos no chão, esperando que Ness volte para o buraco de onde saiu.

— Ei, está me ouvindo? — grita ela.

Melissa está atrás dela, dando risada.

— Nossa, Meg, você está sempre no mundo da lua — diz Ness.

Houve um tempo em que essas duas garotas eram minhas amigas, mas agora... nem tanto. Elas podem até falar comigo com esse tom fofo, mas as palavras sempre têm um sabor amargo e desagradável. Para piorar as coisas, Matty está olhando para mim. Não há nada que eu possa fazer. Estou encurralada.

— Oi, Ness — digo, por fim. — Desculpe, não vi vocês ali.

Ela ri, jogando as ondas perfeitas de seu cabelo loiro-caramelo para trás do ombro.

— Você é tão avoada... — comenta. — Aliás, o que está fazendo aqui? Com certeza não precisa de roupas vintage, velhas e fedidas, já que consegue um monte de coisas novas de graça. Ou isso faz parte de sua estética de roqueira forçada?

Mexo desajeitadamente nas jaquetas jeans que estão na minha frente, tentando fazer bastante barulho com os cabides. Talvez assim dê para abafar os comentários passivo-agressivos da Ness.

— Você ficaria surpresa ao saber quanto realmente custa o que é de graça... — digo.

É verdade que marcas me mandam coisas grátis, mas em troca elas esperam que eu use o que quiserem, quando quiserem. Dão instruções exatas de como posar para o Instagram e que legenda escrever, como se eu fosse uma boneca de papel da vida real. É por isso que eu devolveria tudo se meus pais me deixassem. Essas coisas são tudo, menos de graça.

— Não consigo te entender, Meg — rebate Ness, ainda em seu tom falso e meloso. — Você deve ser a única garota do mundo todo que consegue encontrar motivo para reclamar disso! — Ela se vira para Melissa, rindo. — Não é mesmo, Liss?

— Com certeza — concorda Melissa. — Eu literalmente morreria para ter sua vida, Meg.

Isso mesmo, Ness, faça sua pequena puxa-saco te apoiar. Bem na hora. Eu não esperaria menos. Sinto o rosto queimando de constrangimento porque sei que Matty está assistindo ao desenrolar de toda essa cena excruciante. Preciso sair daqui. Agora.

— Tenho que ir — murmuro.

Ness, como sempre, decide ignorar.

— Então... — começa ela. — Eu vou dar uma grande festa de aniversário na semana que vem. Aí vim aqui ver se consigo uma inspiração para o look do evento. Mas não estou gostando muito desses vestidos de vovó.

— Sei que vai encontrar alguma coisa — digo.

Eu me viro para sair.

— Ah, uma ideia totalmente aleatória — grita Ness, bloqueando minha passagem. — Acha que Caspar poderia aparecer na festa? Quem sabe tocar algumas músicas?

— NOSSA, SIM! — berra Melissa, assentindo como um daqueles cachorrinhos de brinquedo que ficam no painel dos carros. — Seria demais!

Não acredito na cara de pau dessas garotas. Não somos mais amigas. Nem fingimos mais ser. Nos últimos meses, nenhuma delas teve nada de bom para falar para mim, ou sobre mim, e agora querem que eu faça um favor para uma festa para a qual nem fui convidada? Fala sério!

Como se lesse minha mente, Ness continua falando loucamente:

— Você também pode ir, se quiser. Só acho que não é muito a sua praia, já que agora é uma gótica solitária, ou sei lá. Mas com certeza todo mundo ia querer falar com você se convencesse Caspar a ir. Seria uma heroína para a turma toda da escola.

— Na verdade, ele não está na cidade — respondo.

Desvio o olhar para qualquer ponto que não seja o rosto dela. Sinto o pescoço esquentar, como sempre acontece quando estou mentindo. Continuo:

— Então, sabe como é... não adiantaria muito pedir.

— Ah, sério? — rebate Ness, num tom de desdém e descrença. — Se ele não está aqui, então como li na *MuzikHype* que ele está em Brighton, trabalhando no novo álbum?

Melissa entra logo atrás dela e acrescenta:

— É, eu também li! E as fotos dele no píer eram de, tipo, uma semana atrás.

Não respondo. Preciso sair daqui, mas as duas ainda estão na minha frente, como se fossem uma dupla de seguranças irritantes.

Ness cruza os braços, com uma expressão de desprezo.

— Por que você sempre tem que mentir sobre seu irmão? Tem inveja dele?

Ela troca um olhar desconfiado com Melissa, depois balança a cabeça como se sentisse pena de mim.

— Sério... — continua ela. — Todo mundo ficaria feliz da vida se Caspar fosse à festa. Mesmo que só por dez minutos. Por que não para de ser egoísta e fala com ele?

— E por que você não pode sair da minha frente? — pergunto.

Ah, não. Isso saiu bem mais agressivo do que eu pretendia.

E, é óbvio, Deus decide que esse é o exato momento para aproximar Matty de nós.

— Está tudo bem aí? — pergunta ele, piscando perplexo por trás dos óculos de armação preta. — Estava aqui por perto e reconheci vocês. Posso ajudar?

Ele é tão educado. Todos estudamos na mesma escola há anos, mas Matty está hesitante, como se ainda não tivesse conquistado nenhum nível verdadeiro de familiaridade. Por que ele tem que ser tão fofo?! E POR QUE eu acabei de perder a cabeça na frente da única pessoa cuja opinião me importa?

— Ah, oi, Matty — cumprimenta Ness em seu tom de voz nossa-como-sou-despreocupada. — Estamos ótimas, obrigada. Estou procurando um vestido de festa. Está sendo bem estressante. Ainda mais quando se dá de cara com certas pessoas que se acham melhores do que todo mundo. Sabe?

Melissa tem um ataque de riso maldoso depois da provocação de Ness. Queria que as araras de roupas me engolissem.

— Não, acho que não sei — responde ele.

Matty as observa, sem saber muito bem como interpretar a situação. Os olhos dele recaem sobre mim. Seu olhar é tão iluminado e sincero que não consigo encará-lo. É demais para mim.

— Meg? Você está bem? — indaga ele.

Assim que Matty diz meu nome, sinto o relógio para a autodestruição começar a contar.

— Será que todos vocês podem parar de me perturbar? — digo num tom hostil, ríspida e desagradável.

Por algum motivo desconhecido, uma força maior do que eu assume o controle de minhas cordas vocais sempre que Matty tenta falar comigo.

— Olha, eu preciso ir — digo. — Saiam da minha frente...

Passo por eles e desço as escadas correndo. Dá para sentir todos os três boquiabertos e horrorizados. Sei que vão falar sobre como sou horrível no instante em que eu desaparecer da vista deles.

Matty provavelmente vai comentar que sou sempre assim com ele: uma escrota. E o pior de tudo é que ele não sabe o porquê, nem o que fez para mim. E, para ser sincera, Matty não fez nada. É tudo culpa minha.

Contendo as lágrimas, respiro fundo e saio da loja. Já chega. Só quero ir para casa, onde posso chorar sem ninguém me ver.

CAPÍTULO TRÊS

— MEG! — GRITA MINHA MÃE, segurando uma câmera. — O que a gente conversou sobre bater antes de entrar? Levei vinte minutos para fazer ele entrar nessa maldita roupinha, e agora você estragou a foto.

Maximillian, nosso corpulento gato persa cinza, está com uma espécie de avental amarrado no corpo e um chapeuzinho de chef de cozinha preso na cabeça.

— O que ela está fazendo com você? — pergunto, pegando-o no colo. Ele é um saco de batatas pesado e peludo.

— Estou fazendo conteúdo para as redes sociais — responde minha mãe, bufando ao levantá-lo do chão. — Faltam só algumas centenas para ele chegar aos noventa mil seguidores!

Esse provavelmente é o momento em que eu deveria mencionar que minha mãe é maluca. Ela tem uma conta no Instagram para nosso gato e leva o papel de fazer fantasias e cenários para gatinhos *muito* a sério. Sua última criação é uma cozinha de papelão com BAKE OFF: MÃO NA MASSA — GATINHOS pintado na lateral.

— E vestir ele de chef de cozinha vai atrair mais fãs, é isso? — pergunto, sarcástica.

— É preciso usar a criatividade para chamar a atenção das pessoas — responde ela, ainda olhando para a câmera. — As estatísticas dizem que as fotos com fantasia dão cinco vezes mais engajamento do que todos os outros tipos de posts — conta ela, olhando as fotos, com a testa franzida. — Ah, essas não ficaram boas. A luz não está legal. Por que você tinha que entrar e distrair o gato?

Coloco Maximillian no chão e ele se arrasta meio desolado para sua bancada na cozinha.

— Me desculpe — digo. — Achei que eu morasse aqui ou algo parecido.

Minha mãe estala a língua, demonstrando reprovação.

— Sei que você acha tudo isso uma grande piada, mas manter os seguidores felizes é coisa séria. Eles amam nosso Maximoo, e fazer isso mantém a marca McCarthy na mente deles enquanto Caspar está trabalhando no novo álbum.

Uau. Faz o quê? Um total de dois minutos desde que passei pela porta? E as três palavras principais dessa família já foram ditas. Caspar, *check*. Marca, *check*. McCarthy, *check*. Beleza, tecnicamente são três palavras, mas de tanto que minha mãe as repete, elas poderiam muito bem se juntar em uma superpalavra: *MarcaCasparMcCarthy*.

— Por sinal, você já fez a postagem para a marca Squeezy Culture? O pacote deles está fechado há quase um mês.

— Logo mais eu faço — resmungo, olhando para a pilha gigantesca de caixas no canto da sala de estar. — Mas você sabe que eu odeio as coisas dessa marca. Não fazem meu estilo.

— Ah, você pode dar uma incrementada com uma de suas jaquetas ou algo assim — sugere ela, acenando vagamente. — Você vai dar um jeito, minha pequena fashionista.

Suspiro.

— Vou pensar em algo depois.

Minha mãe finalmente larga a câmera e olha para mim.

— Ah, como eu fui ter filhos tão talentosos? Um gênio da música e uma garota cheia de estilo. Cheia de estilo e *inteligente*.

Odeio quando ela faz isso. Tenta fingir que tirar fotos com roupas ridículas é remotamente comparável a trabalhar com música. Caspar está sendo criativo e desenvolvendo as próprias ideias, enquanto eu sou apenas o rosto bonito por trás das ideias de outra pessoa.

— Ah! Como foi a procura por emprego? — pergunta mamãe de repente, a curiosidade surgindo em sua cabeça como uma grande bolha vazia. — Deu sorte?

— Mais ou menos — respondo, indo até a porta. — Um dos hotéis estava contratando, e também tentei em algumas lojas. Acho que vou ter que esperar para ver.

Não menciono o humilhante incidente com minha aminimiga que aconteceu na frente do meu crush. É uma lembrança que vai me assombrar por bastante tempo, então minha mãe não precisa ficar sabendo também.

— Um emprego vai te fazer tão bem — diz ela com um sorriso. — Vai te manter com os pés no chão, sabe?

Ah, tá! Porque com um irmão superfamoso e uma mãe obcecada por conseguir seguidores para o nosso gato no Instagram, sou *eu* que preciso manter os pés no chão. Ah, e tem o meu pai. Não sei nem por onde começar. Ele nunca deixou de ser festeiro, mas tenta compensar por todos os anos de balada com treinos diários de ioga e sucos saudáveis. Mas nem sua rotina hippie fitness atual é capaz de livrá-lo da vergonhosa tatuagem de carinha sorridente da acid house. (Dizem que foi um erro cometido quando ele estava bêbado em Ibiza.)

— Mas é difícil — afirmo. — Ninguém quer contratar uma adolescente sem nenhuma experiência de trabalho, e a maioria dos lugares paga uma miséria. É basicamente concordar em ser explorado.

— Ah, que bobagem! — exclama minha mãe. — Vários amigos seus trabalham aos fins de semana. E nem sempre se trata só do dinheiro, Meggy. O trabalho ensina habilidades valiosas para a vida.

Preciso me conter para não mencionar a ironia disso. Minha mãe não trabalhou um único dia desde que Caspar assinou o contrato com a gravadora. A menos que confeccionar acessórios para gatos conte como trabalho, mas eu acho que não.

— Tanto faz... — sussurro.

O belo rosto da minha mãe se contorce em uma careta.

— Sei que você não acha que ajudar Caspar é um trabalho de verdade, mas posso garantir que é. Ele não conseguiria dar conta de tudo sem mim. Quem organizaria os e-mails dele e selecionaria todas as publicidades?

— Hum, talvez o empresário dele — respondo, incapaz de conter o sarcasmo. — Sabe, o cara que deveria fazer essas coisas?

Ela desconsidera.

— Sim, sim. Mas TJ é uma pessoa só, e Caspar tem muita demanda. Sabemos muito bem disso. A carreira inteira dele desmoronaria sem mim. Sou a cola invisível que mantém tudo no lugar!

Invisível não é a palavra que eu usaria para descrever minha mãe. Talvez ela tenha confundido com *visível*. Ou *escandalosa*. Ou talvez *totalmente dramática*. São adjetivos muito, muito melhores.

— Maximillian McCarthy! Pare de destruir seu *petit gatô*! Ainda não tirei a foto, seu ingrato.

Pelo visto já gastei meu benefício de um único minuto da atenção da minha mãe, então fujo para o meu quarto. Estou cansada de pensar em procurar emprego, tirar fotos para o Instagram e na maldita *MarcaCasparMcCarthy*. Chega de remoer os péssimos momentos de hoje. É hora de bloquear tudo, me conectar com minha música e desaparecer em meu mundinho.

No alto da escada, sou bombardeada pelo som de uma discussão acalorada entre os dois homens da minha família.

— Pelo menos dá uma chance. Não pode cortar se ainda nem terminamos.

— NÃO! Essa foi uma ideia terrível. Onde eu estava com a cabeça?

— Não é terrível. Sério, acho que pode sair algo legal. Precisa de uma produção decente, é *óbvio*, mas é um excelente ponto de partida, tem um som legal.

— Está uma droga, pai! Está longe de ser legal.

Passos ressoam pelo corredor e, um segundo depois, vejo um par de olhos escuros irritados e um capuz cinza.

— Caramba, Meg — grita Caspar. — De onde você saiu?

Balanço a cabeça para meu irmão mais velho vaidoso, mimado e celebridade pop.

— Oi, Caspar — digo em tom seco. — É bom te ver também.

CAPÍTULO QUATRO

Top 5 coisas impossíveis de acreditar sobre minha família:

1. Que existam garotas e garotos em todo o Reino Unido e no mundo inteiro com pôsteres do Caspar nas paredes do quarto. Por que alguém em sã consciência ficaria olhando para a cara mal-humorada dele por vontade própria?

2. Que meu pai ainda não tenha desistido de seu sonho de se tornar um produtor musical famoso, apesar de já ser bem velho e não ter noção das novas tendências. Ele acha que entende o cenário musical, mas quase sempre está errado. Não quero parecer cruel. Ele tem muito talento e me ensinou tudo o que sei sobre música. No entanto, não acho que deva largar o emprego formal. E, a propósito, ele tem uma profissão muito descolada: "arquiteto de soluções digitais".

3. Que minha mãe *tenha* largado o trabalho formal. Ela era recepcionista de uma academia de dança antes de Caspar assinar com a gravadora. Agora, ela passa a vida correndo atrás dele, levando-o de carro para entrevistas, falando com empresas em nome dele e metendo o nariz em tudo o que seu empresário, TJ, deveria estar fazendo. (E Caspar paga para ela fazer isso!)

4. Que, acredite se quiser, Caspar e eu já fomos próximos um dia e adorávamos jogar jogos bobos e cantar juntos. Hoje em dia, já nem tanto. Discutimos mais do que nos damos bem.

5. Que alguém veja nossa família e realmente queira ser como nós. Sempre vejo fotos de nós quatro sendo compartilhadas com a *hashtag* #FamiliaPerfeita na legenda. Se ao menos as pessoas soubessem a verdade... Somos tão problemáticos quanto qualquer outra família imperfeita por aí.

♪

Caspar parece mais cansado do que o normal, e seu cabelo está bagunçado. Acho que ele não tem dormido direito nos últimos dias, com o estresse de preparar o novo álbum e a atividade ainda mais estressante de passar a noite toda fora pegando geral.

— Ah, oi, Meggy! — diz meu pai do topo da escada. — Você voltou! Venha ouvir no que eu e Cass trabalhamos pela manhã. Está incrível.

— Não! Não está — grita Caspar lá para cima. — Minha nossa, pai... aceita de uma vez que não está funcionando. Para começar, não sei nem o que deu em mim para aceitar essa situação toda.

— Você não está nem dando uma chance. Sei que não estou tão atualizado quanto todos os produtores descolados de Londres, mas podemos pedir que alguém faça alguns ajustes depois. Estamos falando de estabelecer uma base e voltar para suas raízes.

Caspar revira os olhos e passa por mim.

— Achei que você quisesse cantar sobre os bons e velhos tempos. — diz meu pai, me esmagando contra a estante do corredor ao correr atrás do príncipe Caspar.

Sou apenas um obstáculo irritante em seu caminho.

— Lembra daquelas noites incríveis que passávamos improvisando músicas quando você era pequeno? Tinha magia naquilo, Cass! Acho que essa canção consegue capturar o início da sua carreira.

— Não está boa — resmunga Caspar, pegando a jaqueta perto da porta. — É antiquada e fácil de esquecer. Já ouviu o último álbum do Shawn Mendes, pai? Nem morto ele lançaria uma merda dessa.

— Mas você não é o Shawn Mendes, você é o Caspar McCarthy. Não é ruim tentar algo diferente. A gente pode mudar os acordes do refrão, acrescentar uma estrofe no final, que tal?

Sempre sinto vergonha alheia quando meu pai usa essas palavras técnicas. Ele aprendeu muitos jargões vendo Caspar trabalhar e agora acha que faz parte da indústria musical. Tenho certeza de que ele e minha mãe nasceram para ser deslumbrados pelo mundo das celebridades. Ambos não se cansam disso e de poder citar nomes de famosos por terem um filho célebre.

— Me desculpe, beleza? Mas eu avisei para não criar expectativas. O cenário musical evoluiu muito desde as canções que a gente fazia antigamente. Não vai mais rolar. Só continue desenvolvendo sites, tá bem, pai?

Os ombros de meu pai murcham, e eu sinto pena. Ele parece um labrador que teve o focinho acertado por um jornal enrolado. Sei do orgulho que meu pai sente por todas as músicas que eles criaram juntos. Antes, os dois postavam músicas autorais no YouTube e tinham milhares de visualizações e comentários de fãs empolgados.

Mas isso foi há muito tempo. No instante em que TJ descobriu Caspar e ele assinou o contrato, meu irmão nunca mais precisou do pai.

Como se quisesse enfatizar o que acabou de dizer, Caspar tira um maço de cigarros do bolso de trás da calça jeans. Uau. Que atitude impressionante, mano. Porque nada diz mais "sou-adulto-e-independente" do que ferrar com os próprios pulmões. Se essa é a forma que ele encontrou para perturbar todo mundo, com certeza vai funcionar.

Ah, não. Lá vem meu pai com a frágil tentativa de bancar o policial mau.

— Cara, cara... O que você está fazendo? — pergunta ele. — Não deveria fazer isso.

Caspar fica encarando meu pai sem responder e acende um cigarro de propósito. Eu me preparo para a explosão em três... dois...

— CASPAR! O que você pensa que está fazendo? — grita minha mãe, abrindo a porta da sala. — Você não tem permissão para fumar nesta casa! Achei que tinha parado. Vai estragar sua voz... e meus tapetes e cortinas!

— Minha voz não é o problema aqui, mãe — responde Caspar com grosseria, escancarando a porta da frente. — É a composição totalmente sem inspiração que está estragando tudo.

— Mas as músicas são maravilhosas! — rebate ela, suspirando. — Você está pensando demais nesse álbum, querido. Precisa começar a colocar a mão na massa.

Meu pai assente com veemência e acrescenta:

— Isso mesmo. Você não pode desistir antes de terminarmos a música. As pessoas estão loucas para ouvir o verdadeiro Caspar McCarthy, e juntos podemos fazer isso!

Caspar bufa de um jeito provocador e sem interesse.

— Tanto faz. Estou saindo.

Ele bate a porta ao sair, colocando os óculos de sol caríssimos que são sua marca registrada. Caspar tem certeza de que os óculos impedem que os fãs o reconheçam, mas eu duvido muito. Apesar de reclamar de dar autógrafos, sei que ele gosta de atenção.

O frágil policial mau do meu pai se tornou um patético policial triste. Ele se vira para minha mãe e diz:

— Não entendo por que ele está agindo assim. Achei que tivéssemos feito algo mágico hoje. Venha ouvir.

— Acho maravilhoso que você esteja tentando estimular ele — diz minha mãe, acompanhando-o até o andar de cima. — Já se passaram meses e ele não chegou a lugar nenhum com esse maldito álbum! Fico preocupada, talvez os fãs desanimem e passem a adorar outra pessoa. E ainda estamos cobrindo a última turnê.

— Talvez eu seja um velhote constrangedor e não devesse interferir. Mas as pessoas amavam aquelas demos antigas, não é? — indaga ele.

Vou atrás dos dois, desejando não estar interessada. Mas, na verdade, estou extremamente curiosa para ouvir o que eles escreveram.

When did it stop being easy?
When did the power go out?
My answers always felt certain
And never left me space for doubt

But now I'm tripping up and stumbling
The walls around me crumbling
When the lights all blow out, one by one
Can't see clearly anymore
Oh, I've been here before
And the fight inside me is never done
So until I find a spark
Better make friends with the dark

A música é mesmo muito boa. A produção é básica, mas meu pai tem razão. A canção tem a mesma magia das primeiras de Caspar. Não sei qual é o problema do meu irmão. Parece que ele detesta todas as ideias antes mesmo de tentar fazer funcionar.

Meu pai e minha mãe colocam a música para tocar mais uma vez e caem na mesma conversa de sempre sobre "como-agradar-Caspar", que vem rolando nessa casa há semanas. *Ah, não! O pobrezinho do Cass-Cass perdeu a inspiração! O que vamos fazer? Quantas fotos idiotas do gato podemos tirar para manter os fãs interessados enquanto ele fica transando por Brighton?*

Fico parada na porta do estúdio do meu pai sem ser notada. A música tem tanto potencial. Queria sugerir uma harmonia que levantaria o refrão e um ponto óbvio em que um gancho instrumental poderia entrar. Mas para quê? Ninguém pediu minha opinião, então fico em silêncio.

Nessa família, sou completamente invisível.

CAPÍTULO CINCO

Meu celular está sempre cheio de notificação dentro da bolsa, mas o único momento em que fico on-line é aqui, no computador, no refúgio de meu quarto. Tento limitar o tempo que passo lendo comentários negativos. Sei muito bem que é, ao mesmo tempo, destrutivo e viciante. Nunca consegui acompanhar o fluxo interminável de tuítes vazios ou os e-mails que lotam minha caixa de entrada.

Tanto meus seguidores quanto meus pais me criticam por isso o tempo todo. Eles querem que eu fique on-line e disponível durante todos os segundos da minha vida para entretê-los. É exaustivo. Prefiro viver o momento sozinha, sem toda uma comitiva virtual atrás de mim.

Já que Caspar não está falando com os fãs, pelo jeito cabe ao restante da família manter as engrenagens da máquina McCarthy funcionando. Ah, é, cheguei a mencionar que o alecrim dourado pode até se dar ao luxo de dar um tempo das redes sociais? Afinal, ele é o artista e está "criando, tá, querida", o que gera um mistério e burburinho. Tanto que Ed Sheeran fez a mesma coisa, e isso criou suspense para o álbum e blá-blá-blá.

Então vamos dar às pessoas o que elas querem. Abro o Twitter e digito a primeira coisa que me vem à cabeça. Parece tão inútil, mas, para ser sincera, não vale a pena comprar outra briga com minha mãe por causa disso.

🐦 **@MegMcCarthy** Amo morar em Brighton! Tem alguma coisa mais relaxante do que ouvir música na praia? O que vocês estão ouvindo no momento?

Minha mãe sempre me diz para fazer perguntas, porque assim os fãs continuam engajando. Não me importo em iniciar conversas no Twitter, mas sempre acho as respostas meio deprimentes.

Como era de se esperar, em dez minutos os cinco tipos clássicos de seguidores deixaram seus comentários previsíveis. Já que gosto tanto de listas, aqui vai:

Top 5 tuiteiros irritantes:

1. O aspirante a melhor amigo

🐦 NOSSA, MEG!!!! Quando você foi à praia?! Eu fui hoje! Ia amar te encontrar e conversar! Sou muito sua fã, me manda uma mensagem!!! <3 <3 <3

Como é possível ser fã de alguém só pelas roupas que ela usa? Essas garotas não me conhecem. Nunca respondem às minhas perguntas ou têm uma conversa decente. Sou só a melhor amiga delas na fantasia, num sonho ilusório em que me conhecer equivale a chegar um pouco mais perto de Caspar.

2. O que pergunta sobre o Caspar

🐦 CHEGA DE BRINCADEIRA! DIGA LOGO QUANDO O NOVO ÁLBUM DO CASPAR VAI FICAR PRONTO?!!!

De certa forma, admiro os "fãs" que vão direto ao ponto. Sem rodeios, sem fingir que se importam comigo. Sou apenas mais um canal de informação. Mas não posso dar nenhuma resposta a eles; Caspar nunca me conta nada. A única exclusiva que tenho é que meu irmão é um grandessíssimo chato.

3. O que se autopromove

🐦 Oi, pessoal, vejam meu cover de "Next Best Thing" no YouTube!
Se vocês gostam da música, vão amar a minha versão mais ainda ;)

A indústria musical é cruel. Sei que é preciso se destacar para sobreviver. Senão a pessoa acaba como eu, sem chegar em lugar algum porque ninguém sabe que sua música existe. No entanto, acho grosseiro tentar conquistar fãs de um jeito rápido e automático invadindo as respostas do tuíte de outra pessoa. Não existe atalho para a fama, não importa o que os reality shows te façam acreditar.

4. O depravado

🐦 Vc é muuuuito gata, tem foto nova?? Tem namorado?
Podemos nos divertir DEMAIS juntos ;) ;)

Certo, este dispensa explicações.

5. O hater

🐦 Não me leve a mal, mas você é muito forçada. E daí que você tá na praia? NINGUÉM SE IMPORTA!!!

Guardei o pior para o fim. Muitos comentários que recebo são cem por cento tóxicos. Não importa quantas mensagens positivas eu receba, são sempre as palavras mais maldosas, mais amargas e mais odiosas que se destacam na tela.

🐦 Você tentando ser celebridade... apenas pare. Você não é o Caspar, PQP. Desculpa, mas você é inútil e não tem talento nenhum. 💀💀💀

🐦 Por que todo mundo fala que a **@MegMcCarthy** é bonita? Não dá para entender. Ela é ridícula, feia e deprimente na maior parte do tempo!!!

🐦 Não adianta fingir que vc é legal! Minha amiga estuda na sua escola e diz que você é grosseira e horrível com todo mundo! Vê se morre, sua vadia.

♪

Caspar tem uma equipe de marketing que gerencia suas redes sociais; assim ele pode concentrar toda sua energia na música. No fim das contas, acho que ele não sobreviveria sem esses profissionais. Meu irmão já é neurótico o bastante com resenhas e posições nas paradas musicais sem ter que lidar com o cenário infernal e venenoso dos comentários dos fãs.

Sei que eu deveria ignorar esse tipo de coisa, mas é mais fácil falar do que fazer. Às vezes, sinto um ímpeto de revisitar as piores mensagens várias vezes e não faço ideia do motivo. É como se eu tivesse que ficar verificando se são reais e se são tão ruins quanto me lembro.

Sem talento. Feia. Inútil. Grosseira. Vadia.

Parece que essas palavras vão deixar cicatrizes em meu coração para sempre.

Vê se morre.

Eu me obrigo a parar de olhar. Foram mais "opiniões" do que o suficiente para uma noite. É por isso que não compartilho minha música. Pensar em todos esses estranhos detonando minhas criações mais sinceras é demais para suportar. Não posso fazer isso. Se as pessoas zombam das minhas roupas ou da minha personalidade, tudo bem. Não estou tentando ser modelo nem a melhor amiga de ninguém. Mas música é diferente. Música é quem eu sou de verdade.

É por isso que só confio minhas músicas a uma pessoa. Ele é o único ser humano que já ouviu meus questionáveis dotes de produção, minhas letras sem edição e minha voz levemente nervosa.

Ele é meu maior apoiador. Conhece meu maior segredo.

E não faz ideia de quem sou.

Entro no servidor do Discord que passei a conhecer e amar, o "Fome de música: grupo de apoio para viciados em música do mundo todo"!

Sei que ele não vai estar on-line, mas estou ansiosa por suas palavras, que têm uma capacidade de cura, ainda mais depois de ler tantos tuítes maldosos.

Como eu imaginava, há uma mensagem esperando em minha caixa de entrada. Do BandSnapper. Sinto um frio na barriga só de ver o nome de usuário dele.

Clico em "abrir", animada com o que me espera. Pelo menos sei que é uma mensagem que vale a pena ler.

CAPÍTULO SEIS

Eu e BandSnapper temos um joguinho que consiste em fazer listas. Foi como chamei a atenção dele pela primeira vez no servidor, e continuamos fazendo isso desde que nos conhecemos. No início de cada mensagem, um define uma categoria para o outro: top 5 músicas que... A categoria pode ser qualquer uma, como: top 5 músicas que eu ouvia quando tinha dez anos; top 5 músicas que me dão vontade de quebrar o notebook; top 5 músicas com (uma palavra específica) no título. Essa última é uma das nossas preferidas. Por sinal, é a categoria de hoje. Quando leio as respostas do BandSnapper, o estresse das perturbações virtuais desta noite vai embora.

> **BandSnapper:** Oi, LostGirl.
> Tenho que dizer, essa rodada foi complicada.
> Eu tinha muito mais que cinco na lista, mas aqui vai...
> Top 5 músicas com "Girl" no título:
> 1. "Girls Go Wild", LP
> 2. "Bad Girls", M.I.A
> 3. "Girls Chase Boys", Ingrid Michaelson
> 4. "Are You Gonna Be My Girl", Jet
> 5. "Girls", The 1975

Agora, sua vez: top 5 músicas que te inspiraram a começar a compor.
Essa é difícil. Sei que muitas músicas devem ter inspirado você, mas apenas liste as primeiras que vierem à cabeça, mesmo se pensar em alguma coisa melhor um segundo depois. (Eu sei, sou malvado!)
Eu adoraria saber mais sobre suas influências musicais. Suas músicas são tão bonitas e originais. Consigo identificar toques de outros artistas nas melodias, mas sempre tem algo muito "você" em todas elas.
Não que eu saiba quem você é, no fim das contas. Acredita que já faz mais de dois anos que começamos a conversar? Acho que é hora de mais detalhes da vida real. Você sabe muita coisa sobre mim... E se eu te mandar uma selfie fazendo cara de cachorrinho pidão? Não? Não é atraente?
Como vai a nova gravação, por sinal? Sem pressa... Mas posso ouvir quando estiver pronta?
Impacientemente,
BandSnapper

BandSnapper: PS: Droga, acabei de lembrar de outra música com "Girl" no título!
Posso citar seis e acrescentar "Girls/Girls/Boys", do Panic! at the Disco?!

Assim que leio as músicas escolhidas por ele, eu as acrescento à playlist do Spotify em que guardo todas as suas recomendações. Ele tem o gosto musical mais eclético que já vi — vai de rock, indie e eletrônica a música clássica, country e pop cafona. Muitas vezes as músicas são bem desconhecidas e eu nunca ouvi falar delas. Mas uma coisa é certa: se BandSnapper gosta delas, eu também vou gostar.

É por isso que a opinião dele significa tanto para mim. Ele sabe muito bem do que está falando, então devo estar fazendo alguma coisa certa.

> **LostGirl:** Oi, BandSnapper.
> Sim, você está trapaceando DEMAIS acrescentando uma música extra! E sua escolha de categoria é impossível. Como vou escolher? Vou fechar os olhos e digitar o que vier na minha cabeça. Certo, lá vai. Top 5 músicas que me fizeram querer compor...
> 1. "Next Best Thing", Caspar McCarthy

Assim que isso aparece na tela, começo a apagar, mesmo sendo uma verdade inquestionável. Ouvir Caspar e meu pai trabalhando em músicas o tempo todo com certeza me fez querer compor também. Mas não posso contar isso a BandSnapper. É muito pessoal. Pode ser a pista que entrega quem eu sou. Além disso, ele nem gosta do Caspar, até onde eu sei. Pelo menos ele nunca mencionou nada. Então começo tudo de novo.

> 1. "Happier Than Ever", Billie Eilish
> 2. "Homesick", Dua Lipa
> 3. "Royals", Lorde
> 4. "Symphony", Clean Bandit feat. Zara Larsson
> 5. "Moral of the Story", Ashe
>
> Affffff! Já estou pensando em cinco músicas diferentes... e outras cinco... e em mais outras! Eu me inspirei em vários artistas, de diferentes décadas. Minha família toda ama música e estamos sempre ouvindo alguma coisa. Se me perguntar isso de novo na semana que vem, as respostas vão ser completamente diferentes.

LostGirl: Droga, esqueci de acrescentar uma música teatral! O que me dá uma ideia para a sua rodada...
Top 5 canções de musical. (Sim. Esse é o meu prazer inconfessável e preciso que você aceite isso.)
Sobre as suas perguntas: não, sinto muito, mas fazer cara de cachorrinho pidão não vai adiantar. Quanto a dar detalhes da vida real... O "Fome de música" é o único lugar em que posso ser eu mesma. Amo o fato de conversarmos tão abertamente aqui e não quero estragar isso.
Prometo que não sou um perfil falso, sou apenas uma garota normal de 17 anos. Embora minha vida às vezes não pareça nada normal. Desculpe, sei que estou falando coisas meio sem sentido, mas, por favor, não desista de mim.

LostGirl: E, sim, minha música nova está quase pronta. Eu te mando assim que terminar.
Bjs,
LostGirl.

Abro o Logic, programa que uso para gravar minhas músicas. Há vários blocos coloridos em minha tela. Vocal. Violão. Piano. Bateria. Cordas. Não sou nenhuma virtuose, mas posso tocar qualquer instrumento em meu notebook, uma nota de cada vez no teclado. Só precisa disso.

Clico em executar e ouço a demo. Logo nos primeiros compassos, fico frustrada com minhas limitações de gravação. O som do microfone parece abafado e confuso, os autofalantes estão com os graves muito altos e meus plug-ins parecem amadores. Convenhamos, não estou nem perto do nível do Caspar.

Mas talvez tenha alguma coisa...

Pode não ser brilhante, nem refinado, mas tem um sentimento ali; uma emoção verdadeira e sincera. Preciso confiar nisso.

I've got hidden waters running underneath
I've got buried treasure you wanna see

Para mim, é tão difícil explicar minha vida para BandSnapper. Se ele soubesse a verdade sobre meu mundo insano, nosso refúgio virtual seria destruído. Mas pelo menos posso confiar meus sentimentos a ele na forma de letra e melodia. É onde ele vai encontrar meu verdadeiro eu.

Feels like I'm giving my all in an empty space
Nobody watching the firework display
Giving my all as you walk away
Nobody watching the firework display
If you just turn around then maybe you'll discover
I am right behind you, filling up the sky with colour

O som repentino de notificação interrompe a música. Sinto minha barriga dar um mortal triplo para trás. Ele está on-line. Nesse exato momento.

BandSnapper: Você está aí? Ou está trabalhando?

Digito uma resposta depressa, com o coração batendo em ritmo sincopado.

LostGirl: Acabei de carregar os arquivos. Até que ficou legal. Só preciso fazer mais uns ajustes.

> **BandSnapper:** Manda, manda, manda!!! (Por favor?)

> **LostGirl:** Tá bom. Só me dá uma meia hora. Como foi hoje no trabalho?

Assim que faço a pergunta, eu me arrependo. Lembranças do momento em que perdi a cabeça voltam com tudo. Sinto náusea.

> **BandSnapper:** Ah, até que não foi ruim. Não tenho muita coisa para contar.

Ufa. Que alívio. Acho que eu não precisava me preocupar, no fim das contas. Espera, ele está digitando de novo...

> **BandSnapper:** Bem, umas garotas da minha escola apareceram lá, inclusive aquela tal de Meg de quem te falei. Elas estavam fazendo certo escândalo na loja, e quando tentei ajudar, a Meg gritou comigo. Tão grossa! Não sei por que ela me trata assim, mas parece me odiar por algum motivo.

Mesmo sabendo que isso estava prestes a acontecer, fico arrasada. Porque, caso ainda não tenha percebido (rufem os tambores), BandSnapper é ninguém mais, ninguém menos que Matty Chester.

Meu muso. O garoto em quem não consigo parar de pensar. O garoto pelo qual estou apaixonada.

E o pior de tudo, o que me faz querer botar as tripas para fora de preocupação, é que ele não tem ideia de que LostGirl, na verdade, sou eu.

A garota grossa e horrível da escola, que o odeia sem motivo.

Porque nada demonstra mais o amor verdadeiro do que ser uma grande chata, não é mesmo?

CAPÍTULO SETE

Top 5 vezes em que fui cruel com Matty Chester:

1. Hoje mesmo, ao passar por ele aos empurrões na Caverna de Aladim. Gostaria de dizer que foi a única vez que o tirei do meu caminho dessa forma, mas estaria mentindo.

2. Na primeira série do ensino médio, na aula de educação física, minha turma jogou queimada contra a turma dele. O magnetismo que ele teve sobre mim foi tanto que uma bola voou das minhas mãos direto na cara dele. Já viu alguém ser mandado para casa por estar com o nariz sangrando? Eu já.

3. Na segunda série do ensino médio, Matty me pegou olhando para uma das fotos que ele tirou de uma banda, que estava no mural da escola. A paixão que ele captou no rosto do vocalista quase me fez chorar, mas dei de ombros e saí andando como se tivesse odiado.

4. Toda vez que passo por ele nos corredores da escola. A essa altura, ele está tão acostumado com meus olhares feios que baixa o rosto sempre que me vê por perto.

5. O dia em que nos conhecemos, mais ou menos no meio da primeira série do ensino médio. Eu tinha acabado de voltar a morar em Brighton e Meg Megera estava no controle...

♪

Na época, eu não era tão solitária quanto sou agora. Entrar para uma nova escola sendo irmã de uma celebridade pop com certeza garante a aprovação instantânea dos outros alunos. Eu tinha amigos em todas as matérias que cursava e tinha saído algumas vezes com garotos do meu ano. Mas, apesar disso, ainda preferia ficar sozinha.

Eu estava sozinha na biblioteca fazendo um trabalho sobre *Senhor das moscas*. O livro confirmou minha teoria de que garotos não supervisionados viram um bando de idiotas. Se um grupo de garotas tivesse caído na ilha, elas teriam formado uma comuna, organizado uma rotina e começado a tricotar polainas umas para as outras com fibra de coco.

Do nada, uma câmera disparou bem diante dos meus olhos, atrapalhando minha concentração e embaçando minha visão.

— O que você está fazendo? — gritei, empurrando a cadeira para trás.

E então o vi.

Antes daquele momento, eu não acreditava em amor à primeira vista. Mas não existia outra forma de descrever os sentimentos que me inundaram quando olhei dentro daqueles olhos azuis, que pareciam tão sinceros. De repente, eu o amava. E sei que parece ridículo, mas, de um segundo para outro, eu o *conhecia*.

Sabia que ele era meigo e gentil. Sabia que amava música e valorizava a criatividade. Tinha quase certeza de que ele seria engraçado e certeza absoluta de que era inteligente e eloquente. Tudo isso estava em seus movimentos, em toda sua aura, no modo como segurava a câmera e no sorriso tímido que surgiu em seu rosto quando nossos olhares se encontraram.

Então, naturalmente, eu sendo eu, tive que sabotar nosso relacionamento mesmo antes que tivesse chance de começar.

— Por que está tirando foto minha sem permissão? — perguntei, as palavras cheias de farpas escapando antes que eu pudesse contê-las. — Deixa eu adivinhar, você quer vender minha imagem para algum tabloide nojento?

A comunicação entre meu coração e minha boca obviamente estava defeituosa. Matty ficou chocado com minha reação hostil e começou a mexer na câmera.

— Ah, hã, sim, é... Desculpa. Quero dizer, não, não vou mandar para nenhum tabloide. Quero dizer, não pretendia te assustar, isso que eu quis dizer.

Sua postura esquisita e o balbucio constrangido fizeram minhas entranhas derreterem como uma daquelas sobremesas chiques de chocolate que se estoura com um garfo. Ele era o tipo de cara que não precisava dessa bobagem de festas de celebridades e selfies perfeitas. Estava interessado em outras coisas. Estava olhando para o mundo, não para dentro de si.

E é por isso que, desde o primeiro momento, eu soube. Matty Chester era tudo o que sempre desejei. Ele tinha amolecido meu coração.

— Apague! — exigi, furiosa.

Outros alunos que estavam na biblioteca espiavam por sobre o dever de casa, tentando escutar a discussão.

— M-me des-desculpa — gaguejou Matty, com o rosto queimando. — Eu sinceramente não queria te incomodar. Veja, estou apagando, estou apagando!

Enquanto ele apertava alguns botões na câmera, um aluno mais velho gritou de uma mesa no canto:

— Não apaga, cara! A irmã do Caspar McCarthy é quase uma celebridade. Você pode conseguir uma grana com essa foto!

Matty arregalou os olhos de surpresa diante da revelação.

— Eu não sabia sobre o Caspar, não mesmo! Não foi por isso que eu te fotografei, eu só que...

— Você só *o quê?* — interrompi, fechando o livro sobre a mesa com violência. — O que te faz pensar que pode enfiar sua câmera idiota na minha cara?

— Eu só achei que, bem, não sei como explicar, é só que você... você estava tão fascinante — confessou Matty. — E eu não podia *não* tirar uma foto sua.

Todos ficaram em silêncio conforme suas palavras penetravam meu coração. Elas me tiraram dos eixos, fazendo meu mundo girar tão rápido que perdi completamente meu senso de gravidade.

— Uuuuh! — provocou uma garota do oitavo ano detrás de uma estante, antes de cair na gargalhada com sua amiga.

Constrangimento, adrenalina e pânico me acertaram como um soco. A santíssima trindade da humilhação adolescente. Eu não fazia ideia de como reagir.

— Shhh — ordenou a bibliotecária. — Parem com isso agora mesmo, antes que eu coloque todo mundo para fora.

A bibliotecária era uma senhora desprezível, mas naquele momento eu poderia ter dado um beijo nela por me proporcionar um motivo para escapar.

— Desculpa, eu não me expliquei direito — disse Matty, aproximando-se de mim. — É que eu adoro tirar fotos. É o que quero fazer da vida. Estou sempre procurando fotografias interessantes, e havia algo em você lendo seu livro. Você parecia tão intensa, mas meio... vulnerável também. Eu senti que precisava capturar aquela imagem.

Virando para ele com um olhar frio e devastador, peguei minha bolsa e saí irritada.

— Espere, não fique zangada — pediu ele. — Não queria te incomodar, juro. Já foi, eu apaguei. Veja, eu apaguei!

— Ótimo — respondi, girando para ficar cara a cara com ele. — Você não sabe nada sobre mim, então para de fingir que sabe.

Beleza, ele não devia ter tirado minha foto sem permissão, mas por que eu estava sendo tão horrível? Parecia que quanto mais bonzinho ele era, mais eu revidava. Aquele era meu principal, e mais idiota, mecanismo de defesa.

Matty piscou, confuso e em choque.

— Eu... eu não estava fingindo — explicou. — Eu enxergo momentos, só isso. Momentos que estão abertos a interpretações.

— Ah, é? — retruquei. — Bem, então interpreta isso.

Mostrei o dedo do meio para ele e saí andando.

CAPÍTULO OITO

O TERCEIRO SINGLE de Caspar estava em primeiro lugar, assim como os outros dois anteriores também alcançaram o topo das listas. Ele estava entorpecido pela fama. Enquanto isso, eu estava achando difícil ser legal com as pessoas. Parecia que todo mundo que falava comigo só queria um pedacinho do meu irmão. Eu me sentia cada vez mais uma estranha em minha vida supostamente perfeita.

Na escola, Matty também era um deslocado, mas ele lidava com isso de forma muito diferente. Estava sempre cheio de energia criativa, batucando sobre as mesas enquanto ouvia música nos fones de ouvido ou loucamente entusiasmado com bandas e fotógrafos. Os olhos de nossos colegas de turma ficavam inexpressivos quando Matty falava, mas eu me apegava a qualquer mínimo fragmento de conversa que ouvia, ansiando para participar.

Por algum motivo trágico, quanto mais eu gostava dele, mais incapaz era de falar com ele. Pensava em Matty quase sempre. Conhecia todas as camisetas de banda de sua coleção e sabia em que dias ele ficava até mais tarde na sala de informática para editar suas lindas fotografias cheias de histórias. Mas eu ainda não conseguia ser nem um pouco gentil com ele. Do que tinha tanto medo? Talvez eu simplesmente não suportasse expor alguém tão sincero e honesto ao insano furacão Casparcêntrico de minha vida.

Durante meus meses de "apreciação silenciosa", notei que, quando não estava tirando fotos, Matty estava ocupado com outra paixão. Eu via uma logo vermelha sobre um fundo cinza no celular dele ou quando ele usava os computadores da escola. Um dia, a curiosidade foi mais forte do que eu e, após fazer uma busca, descobri o servidor "Fome de música" no Discord.

Senti meu coração disparar de empolgação. Será que Matty também era compositor em segredo? Seria muito estranho e legal ao mesmo tempo. Escolhi o nome de usuário LostGirl para poder investigar. Dava para ver que a maioria das pessoas ali gostava de música, mas não compunha.

Havia dezenas de tópicos dedicados a debates sobre música, discussões, fatos estranhos e compartilhamento de playlists. Em quase todos os tópicos havia um usuário que sempre deixava sua opinião. BandSnapper.

Soube imediatamente que era *ele*. Seu avatar era a foto icônica dos Beatles atravessando a Abbey Road na faixa de pedestres. Eu já tinha visto a imagem na tela dele umas cem vezes. *BandSnapper era Matty Chester*, e eu tinha acesso a tudo o que ele estava escrevendo!

Por alguns dias, fiquei só observando. Li o máximo de postagens que consegui encontrar, rindo de suas piadas e aprendendo mais sobre seu amor por música. Tudo o que ele dizia significava alguma coisa para mim. Era como encontrar os acordes perfeitos para uma melodia. Ele me inspirava.

Eu me vi pegando cada vez mais o violão no conforto do meu quarto. As ideias que eu estava segurando começaram a fluir. Nunca fui um prodígio como Caspar, mas me senti estimulada a começar a compor minhas próprias músicas. A paixão por Matty estava me dando uma estranha sensação de confiança.

Depois de um tempo, reuni coragem para participar das conversas. E me senti livre pela primeira vez desde que Caspar assinou contrato com a gravadora. Adequar minhas opiniões à *MarcaMcCarthy* tinha se tornado sufocante, mas ali eu podia finalmente ser eu mesma — uma amante anônima da música. Não @MegMcCarthy, a modelo de

Instagram ou irmã de celebridade, mas apenas uma adolescente normal. Finalmente!

Fiquei viciada desde o início, postando minhas opiniões sobre todos os artistas das paradas de sucesso. Havia conhecido alguns deles em festas e nos shows de Caspar e sabia quais estrelinhas eram arrogantes ou egomaníacas, quais artistas de aparência certinha tinham vícios secretos e quais vencedores do prêmio do ano usavam autotune para disfarçar vocais desafinados. Eu poderia ter espalhado muitos segredos, e talvez devesse ter parado e apagado minha conta, mas estava me divertindo demais. Com uma naturalidade imprudente, mandei uma mensagem privada para BandSnapper.

> **LostGirl:** Oi! Pensei em dar um oi, já que ando postando em alguns de seus tópicos. Inventei um jogo de música, se quiser jogar. Se chama Top 5... Eu começo. Quais são as top 5 músicas que você não consegue deixar de dançar? Valendo ☺

Dava para ver pontinhos verdes ao lado do nome dele e, para minha alegria, ele logo respondeu:

> **BandSnapper:** Oi! Obrigado por inventar o melhor jogo de todos! Você deveria saber que eu nunca, sob nenhuma circunstância, sou visto dançando. No entanto, se eu fosse, por acaso, às vezes, dançar sozinho no meu quarto, seria com as seguintes músicas:
> 1. "Get Up Offa That Thing", James Brown
> 2. "Juice", Lizzo
> 3. "Jump Around", House of Pain
> 4. "Runaway Baby", Bruno Mars
> 5. "It's Like That", Run-D.M.C., Jason Nevins

> Agora é minha vez. Top 5 melhores capas de álbum de todos os tempos. (Desculpe, essa eu tenho que perguntar. Sou fotógrafo!) Quantos anos você tem, por sinal, e de onde você é? Eu tenho 15 e moro em Brighton.

Entrei em pânico. Tudo aquilo já não parecia mais uma ótima ideia. E se ele descobrisse que sou a garota terrível da biblioteca? Matty não podia descobrir, não se eu quisesse ter uma conexão verdadeira com ele.

> **LostGirl:** Uau, essa é bem difícil. Vou escolher cinco capas de discos da coleção dos meus pais.
> Eles são muito fãs de vinil!
> 1. "Around the World in A Day", Prince
> 2. "Tragic Kingdom", No Doubt
> 3. "Odelay", Beck
> 4. "Boys for Pele", Tori Amos
> 5. "Nevermind", Nirvana
> Cresci ouvindo esses álbuns, então eles significam muito para mim. Também tenho 15 anos.

Parei de digitar, pensando em enviar a mensagem assim mesmo. Porém, não parecia dizer muito. Será que eu poderia revelar um pouco mais? Ele não teria mesmo como saber que era eu...

> **LostGirl:** Eu componho músicas. Andei pensando em postar algumas no servidor, mas não sei muito bem se estou pronta para compartilhá-las com o mundo. Acha ridículo?

> **BandSnapper:** Não, não acho. Entendo como é difícil se expor. Que tipo de música você compõe? Estou curioso...

> **LostGirl:** Acho que são músicas pop, mas são orgânicas. Toco um pouco de violão e piano, e ando mexendo com produção também. Meu pai me ensinou o básico e eu estou aprendendo o restante sozinha conforme vou tentando fazer.

> **BandSnapper:** Nossa, você parece ter uma família muito musical! Tem alguma coisa que poderia me mandar? Eu adoraria ouvir. ☺

Congelei, sem saber o que fazer. Eu nunca tinha mostrado minhas músicas para ninguém. Mas aquilo era diferente. Era Matty Chester, o fã de música mais apaixonado do mundo. E eu não era Meg. Era LostGirl.

> **LostGirl:** Bem, eu acabei de compor uma música bem boba sobre meu gato. ☺ Com certeza não é meu trabalho mais profundo e significativo, mas eu poderia te mandar, o que acha...?

Havia muitos motivos para eu não mandar, mas estava ficando cansada de esconder uma parte tão importante de mim. Afinal, músicas não são feitas para ficarem escondidas dentro da gaveta. São compostas para serem ouvidas.

> **BandSnapper:** Eu adoraria! Deve ser muito engraçada. Prometo que não vou dizer nada que não seja construtivo. Por favor?

As defesas que me restavam desabaram mais rápido do que uma torre de Jenga na última tentativa. Eu precisava saber a opinião de Matty.

> **LostGirl:** Tudo bem. Mas PROMETA que não vai compartilhar com ninguém. Ok?

Anexei o arquivo em MP3 e cliquei em "enviar". Não tinha mais volta.

Embora fosse uma música menos séria, eu tinha certo orgulho dela. A melodia parecia um pouco com o filme *La La Land*, o que sempre me fazia sorrir. Coloquei para tocar alto no notebook e ouvi minha voz sobre o ukulele. Às vezes os arranjos mais simples são os mais eficientes.

> *Oh-oh-oh-oh-oh, Maximillian*
> *You're o-o-o-o-one in a billion*
> *When all I've got is no one to talk to*
> *Not been smiling like I ought to*
> *Feeling like the sky is caving down on me... ow!*
> *You'll be there when I am hurting*
> *I'm safe when I hear you purring*
> *Rescue me when I'm stuck up a tree*
> *Now you might have stinky breath but I don't care,*
> *My whole bed is covered in cat hair*
> *You're the fuzzball I adore*
> *Might bring back a dead mouse or two*

You know that I will always forgive you
Maximoo... My heart is in your paws

Enquanto a música tocava, tive um pequeno ataque de pânico. Não a ponto de hiperventilar, mas meu estômago embrulhou. E se Matty soubesse da conta de Instagram ridícula do meu gato? E se a música entregasse minha verdadeira identidade?

Por inúmeros minutos, atualizei a página, imaginando o que ele estaria pensando. Será que tinha odiado? Ou tinha adivinhado meu segredo? Não havia nada que eu pudesse fazer agora, mesmo que quisesse.

Então, por fim, uma resposta surgiu diante dos meus olhos.

BandSnapper: Ai. Meu. DEUS. É tão bonitinha e hilária que senti a necessidade de ouvir três vezes seguidas. Como você pode ser TÍMIDA?! Sua voz e sua composição são incríveis! Por favor, me diga que tem mais?!

Meu pânico deu lugar a alívio. Ele gostou. Ele gostou de verdade!

O resto é história. A amizade de BandSnapper e LostGirl havia nascido. E, desde então, acho que não passamos um único dia sem conversar.

Só que não na vida real. É óbvio.

♫

BandSnapper: Você ainda está por aí?

A mensagem de Matty surge na minha frente e me dou conta de que estava perdida em lembranças. Só consigo pensar nas coisas idiotas e horríveis que fiz com ele nos últimos anos, sem contar hoje. O que posso dizer? Como posso apoiá-lo se *eu* sou o motivo de ele estar tão chateado?

Estou presa em uma mentira. Uma vida dupla. Uma situação inescapável ao estilo Jekyll e Hyde. "Meg da escola" e o malvado Voldemort por trás de LostGirl. Eu não sei o que fazer.

> **LostGirl:** Desculpa, ainda estou trabalhando na música. Nossa, essa garota parece horrível. Será que é estresse por causa das provas ou algo assim?

Matty não costuma falar da "Meg da escola". Apenas nos dias em que ela o irrita muito.

> **BandSnapper:** Talvez... mas acho que ela é assim o ano todo. Pelo jeito, o irmão famoso voltou a morar com ela e os pais. Ela deve estar tensa por causa disso.

> **LostGirl:** Ah, é. Caspar McCarthy? Ele é bem conhecido. Deve ser estranho ter sua família exposta quando você só quer que as coisas sejam normais.

Eita. A mensagem parece um pouco defensiva. Preciso lembrar que Meg não sou eu. Não quando sou LostGirl. Não sei nada sobre ela. Ela não é ninguém.

> **BandSnapper:** Meg não é NADA normal. Ela posta publicidade no Instagram e está sempre indo a festas de celebridades. Não é exatamente famosa como o irmão, mas as pessoas ainda a reconhecem. É como se ela ficasse com a parte divertida da fama, só que consegue manter a vida de sempre. É o equilíbrio perfeito. Então POR QUE ela é tão escrota?! Qualquer um acharia que Meg seria feliz com todas essas oportunidades incríveis pela frente.

As palavras dele são como balas. Tenho que lembrar que Matty não está falando de mim. Pelo menos não o "eu" que ele conhece. Mas a linha entre essas duas versões minhas está ficando mais tênue a cada minuto.

> **LostGirl:** Como você sabe que essas partes da fama são mesmo divertidas? Talvez ela deteste festas e ser reconhecida por aí. Ter um irmão famoso pode ser mais difícil do que você pensa.

> **BandSnapper:** Quem sabe? Dá pra ver que ela é infeliz, mesmo com uma família que parece ter uma vida dos sonhos.

> **BandSnapper:** Não vejo a hora de terminar a escola. Só mais um ano, depois vou para a faculdade e não preciso vê-la nunca mais.

Bang. Último tiro disparado. Ele realmente não vê a hora de se livrar de mim. E quem pode culpá-lo?
Sem talento. Feia. Inútil. Grosseira. Vadia.

> **LostGirl:** Ah, desculpa, eu tenho que ir... minha mãe está me chamando. Esqueci completamente que tinha prometido assistir a um filme com ela.

Em geral, adoro passar horas conversando com Matty, mas hoje não consigo. Não sei se foram os passos pesados de Caspar pela casa ou se é o estresse de ter visto Ness e Melissa hoje, mas estou me sentindo muito frágil para lidar com tantas verdades desagradáveis. Os haters são uma coisa, mas críticas de Matty são demais para mim.

> **BandSnapper:** Ah, não! Eu ainda nem te mandei meu top 5. E a sua música nova? Por favor, não me faça esperar mais um dia. Preciso ouvir!

> **LostGirl:** Mais tarde você manda seu top 5. Vou fazer o upload da música para você agora. Mal posso esperar para saber o que você achou, e, por favor, seja sincero. Conversamos em breve. Bjs!

Fecho o servidor antes que Matty possa responder. Por um tempo, tento me distrair mexendo no Logic, mas não estou a fim de começar nada novo. Toda a criatividade deixou meu corpo.

Quando caio na cama, as mensagens de Matty ficam saltitando em minha cabeça como um decepcionante disco de vinil de segunda mão todo arranhado.

Quando não estou fazendo música, o barulho dentro da minha cabeça é ensurdecedor.

CAPÍTULO NOVE

A COZINHA ESTÁ um caos. Caspar já quebrou a promessa de manter a discrição; dá para ver que a diversão da noite anterior o deixou de ressaca e péssimo humor. Ele está com o celular na orelha, falando com alguém.

— Não adianta, TJ — grita. — Ainda não tenho nada para mostrar... Não, já tentamos aquele cara. Não vou me arrastar de volta para Londres para trabalhar com ele de novo... É, bem, vou ter algo em breve... NÃO, ainda não...

Minha mãe também está falando no celular, apoiando o aparelho entre a orelha e o ombro enquanto frita uma porção de bacon.

— Então vai ser na quinta-feira às 11h30? Temos que levar nossas próprias roupas ou o figurino vai ser fornecido? Ah, certo, não para artistas secundários... Que tipo de visual vocês querem?

Passo por ela para pegar suco na geladeira, mas Maximillian entra embaixo dos meus pés e quase me derruba. Meu pai começa a bater no liquidificador um de seus repulsivos shakes verdes supersaudáveis. O barulho do aparelho faz minha mãe gritar ao celular.

— SÓ PARA CONFIRMAR, AS FOTOS VÃO SAIR A TEMPO PARA A EDIÇÃO DE AGOSTO, CERTO?

Para não ser abafado por minha mãe nem pelo liquidificador, Caspar também decide que berrar é a melhor opção.

— ESPERE UM POUCO, NÃO ESTOU CONSEGUINDO OUVIR. MEU PAI ESTÁ AGINDO FEITO UM IDIOTA!

Bem-vindo ao café da manhã da família McCarthy. Não há qualquer momento de paz e silêncio até Caspar voltar para Londres.

— Certo, até mais — diz minha mãe, e em seguida balança o ombro em minha direção. — Querida, poderia colocar meu celular em um lugar seguro?

Procuro o aparelho no meio de seu volumoso cabelo loiro e o deixo sobre a mesa de jantar. Caspar também está terminando a ligação.

— É, tudo bem, mas tenho certeza de que não vale a pena perder seu tempo com isso — resmunga ele. — Tá bom, tanto faz. Tchau.

— Era o TJ? — pergunto, ousando me sentar na frente de meu irmão. Caspar se joga na cadeira e solta um suspiro.

— Ele está insistindo em vir até aqui para ver como eu estou. Como se isso fosse ajudar em alguma coisa — explica ele, se recostando na cadeira. — Pai, pode desligar um pouco esse maldito liquidificador?!

— Faz bem para mim, filho — responde meu pai, alegre. — Você deveria começar uma dieta em vez de sair para beber toda noite.

— Voltou tarde, então? — interrompo. — Isso porque você ia ficar longe dos olhos do público enquanto estivesse por aqui.

— Foi uma noite só — murmura Caspar, passando a mão no cabelo bagunçado. — Só queria me divertir um pouco. Estou estressado, beleza? Não estou conseguindo dormir mesmo, então o que importa?

— Na verdade, importa — respondo, ressentida. — A última coisa de que preciso é um bando de jornalistas me perseguindo atrás de fofoca.

Minha mãe põe na mesa dois pratos de ovos mexidos com bacon e torradas.

— Cass, era a revista *Girl-Time* no telefone. Consegui uma entrevista para quinta-feira de manhã. Não é a matéria de capa, mas qualquer coisinha já ajuda.

— Não quero dar nenhuma entrevista idiota — reclama Caspar. — Não tenho nada para falar.

Meu pai se junta a nós à mesa com seu copo de nojeira.

— Você pode falar sobre nossa música! Vínculo entre pai e filho. É uma história ótima, mesmo se acabar não entrando no álbum.

— Não vai entrar no álbum. Já te falei isso — rebate Caspar.

— Mas o TJ nem ouviu ainda. Vamos deixar ele ouvir antes de tomar qualquer decisão.

— Nossa, pai! Desiste de uma vez. A música não é boa, beleza?

Começo a tomar meu café da manhã. Bom dia, Meg. Dormiu bem? O que pretende fazer hoje? Como vão as coisas na sua vida? O que pretende fazer em qualquer dia da sua existência?

— A *Girl-Time* não está nem aí para o que você vai falar — declara minha mãe. — Eles só querem uma bela foto sua. É importante falar com as revistas locais quando puder. Lembrar as pessoas de suas raízes.

— Exatamente — concorda meu pai. — Raízes! Dueto em família! De sua ascensão à fama até voltar para casa para o segundo álbum. Você deu uma volta completa. É uma história bonita.

— Não vou falar nada sobre o álbum — responde Caspar, num tom áspero. — Estamos bem longe da data de lançamento, então não vou criar expectativas nas pessoas.

Meu irmão joga o bacon do seu prato no chão e assobia para chamar Maximillian como se ele fosse um cachorro.

— O que você está fazendo? — questiona minha mãe. — Isso não é para o gato.

— Tem muita gordura. Você sabe que não posso comer essas coisas. Ainda mais com você agendando essas sessões de foto inúteis.

— Não são inúteis. Não se você quiser que seus fãs continuem engajados — diz minha mãe, um pouco ofendida, comendo uma garfada de seu café da manhã. — E, só para você saber, é bacon vegetal. Tem pouca gordura.

Como se quisesse confirmar o fato, Maximillian cheira as fatias e se afasta, nada impressionado. Acho que nosso gato não pretende se tornar vegano tão cedo.

— Vou tomar um desses shakes do papai — anuncia Caspar. — Meg pode comer o meu bacon. Ela gosta de ser a gorda da família.

Já chega. Já aguentei demais dele essa manhã.

— Por que você precisa ser tão grosseiro com todo mundo? — pergunto. — Queria que voltasse para Londres. Você tem sido um espírito de porco desde que chegou aqui.

— A única porca aqui é você. Não sou eu, Meggy, e certamente não é o bacon! — rebate ele.

— Para com isso, Cass — interfere meu pai. — Deixa a sua irmã em paz.

— Só estou sendo sincero — retruca meu irmão, dando de ombros. — É ela que está fazendo esses trabalhos como modelo. Só estou tentando ajudar.

— Não dê bola para ele, querida — diz minha mãe. — Você é perfeita. É que ele está sob muita pressão no momento.

Meus pais nunca repreendem Caspar. Ele pode falar e fazer o que quiser; os dois continuam inventando desculpas para ele. Às vezes, acho que são mesmo deslumbrados pelo próprio filho famoso. É ridículo.

Caspar levanta e se apoia na bancada da cozinha, olhando fixamente para mim.

— Por sinal — começa —, será que você pode parar de falar para suas coleguinhas da escola ridículas que eu estou aqui? Tinha algumas garotas me espionando do lado de fora da balada ontem à noite.

— Eu não contei para ninguém — respondo, na defensiva. — Se as pessoas sabem que você está na cidade, a culpa é sua por chamar atenção.

— Eu tenho vida, Meg — grita Caspar mais alto do que o barulho do liquidificador. — Não posso ficar enfiado no estúdio o tempo todo, eu ficaria louco. Preciso sair e buscar inspiração. Encontrar pessoas. Fazer coisas. Sabe, coisas normais de pessoas jovens que você não faz.

— Eu encontro pessoas e faço coisas. E pelo menos...

Pelo menos eu sei compor músicas, é o que quase digo. Mas me contenho no último segundo. Minha família não sabe disso. Ninguém sabe que faço música a sério. E pretendo que continue assim.

— Pelo menos o quê? — pergunta Caspar, com desdém. — Pelo menos você tem seus seguidorezinhos na internet? Quantos são mesmo?

Algumas centenas de milhares? Muito fofo, Meg. Lembro como era antes do meu primeiro milhão. Continue tuitando e talvez um dia você finalmente me alcance.

— Já chega — intervém meu pai. — Não podemos tomar nem um café da manhã em família sequer sem que vocês dois briguem? Vão deixar sua mãe com enxaqueca.

Minha mãe está no celular, alheia a tudo, ignorando todo mundo. É, dá para ver que ela está muito aflita.

— Eu não fiz nada — murmuro entredentes. — Ele está pegando no meu pé sem motivo.

— Você estava irritando ele — repreende meu pai. — E, Cass, sei que está estressado, mas para de descontar na sua irmã. Não podemos simplesmente ser uma família feliz de vez em quando? Pensem na marca McCarthy! Honestidade. Comunicação. Apoio. Lembram?

Uau, acho vou vomitar o bacon vegano bem em cima da mesa de jantar.

— Pai... — começa Caspar. — Não vai ter nenhuma marca McCarthy se eu não fizer as músicas desse maldito álbum novo. E eu pensando que me distrairia menos em Brighton... mas vocês não calaram a boca desde que cheguei aqui.

De repente, meu irmão sai da cozinha, levando o shake de aparência repulsiva, o celular e seu péssimo comportamento.

— Bem, obrigada pelo café da manhã, mãe — digo.

Por mais que eu quisesse ficar aqui após a passagem do Furacão Caspar, acho que é melhor procurar outro lugar. Tipo, *qualquer* outro lugar. Mas, quando me levanto, minha mãe se estica e segura no meu braço.

— Espere, Meggy, tenho uma coisa para te contar.

Fico paralisada. Ela parece tão séria que fico me perguntando o que será que vai me dizer. Talvez seja sobre dinheiro ou sobre a casa. Talvez tenha alguma coisa muito errada. Ela está doente? Ela está... grávida?! Ai, meu Deus, não. Não pode ser isso. Ela é, tipo, velha.

— O que foi? — pergunto, me preparando para o pior.

Por fim, ela tira os olhos da tela do celular e abre um sorriso.

— Encontrei um emprego para você! Surpresa! Não é maravilhoso? Certo. Não era o que eu estava esperando.

— Emprego? Que emprego? — indago.

— Na Dodô Ioiô — responde ela, radiante. — É uma sorveteria de iogurte gelado no calçadão.

— Dodô Ioiô? — repito, dizendo as palavras bem devagar para entendê-las. — Está falando daquele lugar na esquina? Que tem um papagaio vesgo esquisito na vitrine?

— É um dodô, querida. É óbvio.

Fico encarando minha mãe, descrente.

— Não importa que tipo de ave é — digo —, eu nunca me candidatei para um emprego numa iogurteria.

Minha mãe ri.

— Eu sei que não. Fui eu que falei de você. Lembrei que uma antiga amiga da escola, Laura, é gerente lá. Então dei uma ligada para ela ontem à noite e ela disse que tem uma vaga disponível para você. Vinte horas por semana durante as férias. É perfeito!

Ah, vinte horas por semana. Em uma... iogurteria. Sem querer parecer ingrata, mas não é exatamente o tipo de lugar em que me imaginei trabalhando durante o verão.

— Certo... — respondo, hesitante. — Hã, obrigada. Parece incrível e tal, mas acho que prefiro esperar a resposta de outros lugares para os quais me candidatei.

— Por que esperar se já tem uma vaga agora? — insiste ela. — Você precisa agarrar as oportunidades quando elas caem do céu assim!

Oportunidades na Dodô Ioiô? Já imagino as manchetes nos sites de fofoca. *Irmã de Caspar McCarthy precisa de mascote de ave extinta para sobreviver. Clique aqui para ver fotos CONSTRANGEDORAS!*

— É, mas eu estava procurando uma coisa um pouco... diferente — explico. E por diferente, quero dizer menos horrível. — Algum lugar que eu não fique em público, sabe?

Viro para o meu pai com olhar de súplica em busca de algum tipo de apoio, mas ele não me ajuda.

— Acho que trabalhar no comércio vai ser bom para você, meu amor! — incentiva ele. — Você vai poder socializar, conhecer pessoas novas...

— É, faça umas amizades, por favor, Meg — diz minha mãe, e em seguida ela me balança como se eu fosse um chocalho gigante. — Você nunca mais chamou ninguém para vir aqui em casa, estou ficando preocupada com você. Tem uma garota adorável, mais ou menos da sua idade, lá na loja. Laura me garantiu que vocês vão se dar muito bem.

Ah, viva, uma amiga de aluguel. É o que eu sempre quis.

— Não preciso que me arrume amigos, mãe — retruco, afastando-me dela. — Já sei o que vai acontecer em um lugar desses. Vou ficar presa atrás do balcão com um monte de fãs do Caspar tirando fotos minhas.

— Exatamente. Vai ficar ótimo nas redes sociais. Trabalhar em uma loja mostra como somos simples, exatamente como qualquer outra família.

Contenho o ímpeto de gritar. Não que eu não queira um emprego, mas esperava conseguir um que não me marcasse para sempre como uma fracassada.

— Sério, mãe? Eu não estou precisando tanto assim de dinheiro...

— Nem tudo se resume a dinheiro, Megster — diz meu pai. — Você precisa sair e ter novas experiências!

— E essa casa vai ficar um caos durante o verão... — acrescenta minha mãe.

A ficha cai. A neblina se desfaz. A peça se encaixa. Uma lâmpada se materializa sobre minha cabeça e eu sinto vontade de arremessá-la em meus pais.

— Então vocês estão dizendo que querem me ver longe daqui? — pergunto.

Eles trocam um olhar estranho, depois meu pai pigarreia.

— Não, não, não é nada disso. — Ele faz uma pausa. — Bem, quero dizer... seria mais fácil para Caspar resolver a questão do álbum de uma vez por todas se tivesse um pouco de silêncio por aqui. Mas não é esse o motivo de querermos que você aceite o trabalho...

Levanto e coloco o prato de qualquer jeito na pia.

— Me descuuuuulpa, pai, esqueci por um momento que o universo gira em torno de Caspar. Não se preocupe, vou dar tooooodo o espaço que ele precisa para bancar o artista torturado. Que tal eu me mudar para uma barraca na praia durante o verão?

Meu pai se contorce, sem palavras diante do meu drama, e logo minha mãe assume.

— Olha só, Meg — começa ela —, sei que está se sentindo frustrada com o Cass aqui. Tem sido muito difícil para todos nós. Mas facilitaria muito as coisas se você pudesse ajudar pelo menos um pouquinho.

Obviamente, isso não tem nada a ver comigo ou com o emprego na iogurteria. Tem a ver com pisar em ovos perto do Conde de Cassbridge mais uma vez. E a ironia é que são eles que o estão sufocando com o amor e atenção excessivos e dominadores.

Permaneço em um silêncio taciturno, debatendo os prós e contras em minha cabeça. Prós: meu próprio dinheiro. Algo para fazer durante o verão. Não ficar nesse hospício. Contras: servir potes de sorvete de iogurte... para garotas risonhas... todas tentando tirar fotos de mim... vestindo um uniforme de poliéster ridículo e altamente inflamável.

— Vamos, vai ser divertido! — insiste mamãe. — E Laura precisa de ajuda com o movimento extra. Você ganha um trabalho legal e Cass dá andamento à música dele. É uma situação em que todos saem ganhando!

Todos saem ganhando, menos eu.

Somos interrompidos por Caspar batendo os pés e gritando no andar de cima.

— EU ANEXEI. VOCÊ JÁ DEVERIA TER RECEBIDO... NÃO, MANDEI PARA O OUTRO E-MAIL... SÉRIO, TJ, QUAL É O PROBLEMA COM SUA CONEXÃO DE INTERNET?

Talvez a escolha não seja tão difícil assim, afinal. O trabalho na iogurteria pode muito bem ser odioso, mas ficar presa aqui com meu irmão mimado que adora dar um chilique com certeza vai ser cem vezes pior.

— Certo, tudo bem. — Suspiro. — Acho que vou lá dar uma olhada.

— Perfeito! — comemora minha mãe, exultante. — Vou ligar para Laura e avisar que você está indo lá agora mesmo.

— O quê? Agora?!

Tenho tanta coisa para fazer. Twitter. Instagram. Publicidade para o Instagram. E, o mais importante, minha música. Além disso, ainda nem olhei minhas mensagens no Discord para saber o que BandSnapper achou da canção nova.

— Não existe hora melhor do que o agora — rebate minha mãe, me empurrando na direção da porta. — Vamos, vou avisar que você está indo. Ela vai ficar tão animada.

Eu estava ansiosa pelo verão.

CAPÍTULO DEZ

Há muito tempo, antes de Caspar assinar contrato com a gravadora, quando minha família ainda era inocente e ingênua, eu achava que existiam só dois tipos de músicos: famosos e não famosos.

Músicos famosos tinham músicas tocando na rádio e fotos em revistas. Tinham muito dinheiro, faziam shows para milhares de pessoas e não precisavam ter empregos normais e chatos no restante do tempo.

Músicos não famosos gravavam em seus quartos com equipamento ruim, aceitavam qualquer oportunidade de tocar em público (até apresentações não remuneradas em shoppings) e nunca precisavam se preocupar em serem reconhecidos em público.

Ou você é alguém ou não é ninguém. Parecia tudo tão simples.

Mas quando Caspar começou a receber atenção no YouTube, as duas definições começaram a se misturar. Ele era um garoto de 15 anos comum, que ia à escola e gravava vídeos com meu pai no tempo livre. Não levava a vida de luxo de uma celebridade; estava preocupado em estudar, assim como todos os alunos da primeira série do ensino médio.

Apesar da vida comum de nossa família, eventos incomuns estavam começando a borbulhar. As visualizações de Caspar estavam aumentando a cada dia, indo de centenas a milhares, centenas de milhares. Logo, pessoas começaram a pará-lo na rua, pedir para tirar fotos. Empresas mandavam e-mails oferecendo acordos de patrocínio. Não só para ele, mas para mim, para o meu pai e minha mãe também.

Tudo estava mudando. Não éramos famosos, não da forma como eu entendia a palavra. Mas estávamos recebendo muitas oportunidades, como se fôssemos.

Agora eu percebo que existem muitos níveis nesse jogo insano da fama. É possível ser elevado e rebaixado no espaço de uma única matéria na mídia. A manchete de hoje é o papel de embrulhar peixe de amanhã, e tudo o mais.

No início da carreira, Caspar era uma subcelebridade. Não lotava estádios como Ariana Grande ou Ed Sheeran, mas "Next Best Thing" era um grande hit, estava sempre em primeiro lugar nas paradas e tocava com frequência nas rádios do Reino Unido. Depois disso, seu sucesso aumentou bem rápido. Ele fez turnê pela Europa e pelos Estados Unidos e foi convidado para zilhões de entrevistas e programas de TV pelo caminho. Ganhou vários prêmios de Melhor Revelação e até fez pequenos papéis em séries de TV.

Aqueles poucos anos agitados agora me parecem um borrão. Os paparazzi, os ingressos VIP, os amigos famosos, o brilho e o glamour infinito para o qual não tivemos outra escolha além de nos deixar levar.

Então, um dia tudo isso meio que minguou. O álbum do Caspar saiu das paradas e das playlists. Os shows ficaram menores e as entrevistas se tornaram menos frequentes. Não era que os fãs o amassem menos, mas as músicas já estavam velhas. Datadas. As pessoas tinham se voltado para outros artistas que estavam se revezando na montanha-russa.

De repente, os dias de se misturar com astros de filmes norte-americanos e ter músicas tocando na Radio 1 terminaram. O que nos leva aos dias atuais, em que toda a nossa família está vagando sem rumo pela terra de ninguém da fama.

Caspar ainda tem muitos fãs comprometidos, dedicados, o que é mais do que a maioria das pessoas jamais sonhou. Ele poderia fazer um grande retorno, se quisesse. E ele *diz* que quer. Só fala nisso. Mas isso ainda não aconteceu, então estou com dificuldade de acreditar nele ultimamente.

Quanto ao meu lugar na escorregadia e íngreme escala da fama... tenho muitos fãs na internet que me seguem pelo interesse em moda ou me conhecem por meio de Caspar. Mas a maior parte das pessoas na rua não me reconhece. Sou convidada para eventos, como estreias de filmes e inauguração de parques temáticos, mas sou o tipo de celebridade tapa-buraco que não recebe nada para ficar no fim do tapete vermelho. Uma subsubcelebridade, pode-se dizer. E subsubcelebridades não têm permissão para se misturar com as celebridades de primeiro e segundo escalão. A menos, obviamente, que sejam parentes de algum deles.

♪

Abro a porta da Dodô Ioiô e me sinto claustrofóbica no mesmo instante. Mesas rosa-neon e cadeiras estão amontoadas perto da janela e há um balcão ocupando a parede dos fundos, repleto de potes de sorvete de iogurte, confeitos e caldas. Esse lugar é o pior pesadelo dos dentistas.

Atrás da caixa registradora está a amiga da minha mãe, Laura, usando uma camisa polo fúcsia. É horrenda, mas o que realmente me deixa com calafrios é o que está em sua cabeça. Um boné com um bico de ave. Eu sabia que seria ruim, mas... Sério? Um bico?

Enquanto considero fingir minha própria morte, Laura me vê e acena para mim com entusiasmo.

— Meg, que bom te ver! Joanna disse que você viria. Fiquei tão contente por ela ter falado com você sobre a vaga.

Forço um sorriso e tento me acostumar à realidade do acessório de cabeça em forma de ave. Vou matar minha mãe quando chegar em casa.

— Alana! — grita Laura. — Meg chegou, você já se trocou?

— Foi mal, Laura, já estou indo! — diz uma voz vinda da porta aos fundos.

— Alana veio mais cedo para ficar no caixa enquanto você faz o treinamento.

Espere. O quê? Ninguém falou nada sobre treinamento!

— Ela gosta muito de música, por sinal — acrescenta Laura, como se música não fosse algo de que todo mundo gosta. — Com certeza ela adoraria ouvir todas as novidades sobre seu irmão. Ainda não acredito que ele é filho da Joanna! Quem poderia imaginar? Sabe que, na época da escola, todos sabíamos que ela levaria uma vida glamurosa.

O rosto de Laura está radiante. Dá para ver que é uma fã da *MarcaMcCarthy*. Aposto que mal acreditou quando minha mãe me ofereceu em sacrifício ao maldito Dodô dela.

— É, acho que é uma coisa meio louca — digo de um jeito automático, recitando a resposta padrão que uso para amigos e família. — Ele se saiu muito bem. — Blá-blá-blááááá.

A porta dos fundos se abre. Deve ser a amiga de aluguel. Ela olha em meus olhos e abre um enorme e radiante sorriso de lábios vermelhos.

A principal palavra que usaria para descrever Alana é "grande". Ela tem um corpo grande; com certeza maior do que a maioria dos corpos que eu conheço. Seu cabelo é volumoso e bonito, cai até a cintura em longas ondas castanhas. Alana tem seios grandes também; curvas que tomam conta do lugar inteiro. Ela não é nada do que eu tinha imaginado.

Ela sorri com confiança.

— Oi! Então você que é a misteriosa Meg?

— Hum, é — respondo, sentindo-me estupidamente pequena em comparação a uma pessoa tão intensa. — Oi.

Ela faz um barulho agudo e curioso.

— Aaaaaah! Estava animada para te conhecer. Laura me fez largar tudo quando ficou sabendo que você viria. E por "tudo" eu quero dizer "dormir".

Observo-a com atenção, tentando descobrir sua idade. Ela parece jovem e velha ao mesmo tempo. Fisicamente, eu diria que é mais velha do que eu, mas sua confiança parece anos-luz à frente.

— Alana — repreende Laura, apontando para a cabeça da garota.

— Desculpe, chefinha — responde Alana.

Ela tem um tom jovial que sugere que uma crítica nunca a incomoda. Alana prende o cabelo em um rabo de cavalo alto e completa o visual com um daqueles horrendos bonés de Dodô. A camisa polo rosa não a favorece em nada, mas ela não parece ligar.

— Levamos saúde e segurança muito a sério aqui — diz Laura, firme. — Sem boné, sem serviço. E cabelo preso sempre.

Timidamente, prendo meus longos cabelos e faço um daqueles barulhos estranhos que dizem estou-rindo-mas-não-estou-achando-graça.

— Certo, então vamos prosseguir. — O ombro de Laura me direciona ao "escritório". — Acho que vamos demorar algumas horas, mas Alana consegue se virar.

Algumas horas? O que será que Laura vai me obrigar a fazer?

Alana abre um sorriso, e eu sou conduzida. Ela é tão cativante que não consigo deixar de sorrir também, mesmo sabendo por experiência própria como acaba essa coisa de "amizade". É melhor manter distância. Minha vida é complicada demais sem garotas estranhas e aleatórias que trabalham em iogurterias.

♫

Conforme as horas passam, vejo meu verão inteiro desaparecendo diante de meus olhos. Todas as músicas que não vou conseguir compor. Todas as conversas com BandSnapper que não vou ter. Todas as discussões alteradas de Caspar que não vou testemunhar. Certo, essa última até vale a pena...

Laura parece desproporcionalmente feliz por eu estar aqui e fica insinuando de forma nada sutil que eu deveria postar sobre meu novo emprego. Achava que dodôs não podiam voar, muito menos abrir o bico!

Só consigo fugir no meio da tarde. Fui obrigada a abrir mão até da minha alma ao assinar inúmeros contratos e acordos, além de ter que assistir a um filme hilário sobre normas da vigilância sanitária que deve ter sido feito na década de 1980, com uma câmera barata. Alana está ouvindo educadamente um cliente solitário contar uma história entediante sobre devolver uma mala com defeito para uma loja de departamento. Passo por ela sem me despedir. É melhor estabelecer os limites desde cedo, antes que ela comece a esperar coisas de mim. Coisas de amiga.

Duas horas e 47 minutos parece um tempo imenso sem entrar no "Fome de música". Meu coração acelera quando vejo que há uma nova mensagem me esperando.

> **BandSnapper:** Oi. Começando pelo começo, meu top 5 canções de musical é:
> 1. "Wait for It", Hamilton
> 2. "Waving Through a Window", Dear Evan Hansen
> 3. "Jet Song", West Side Story
> 4. "You Give a Little Love", Bugsy Malone
> 5. "The Other Side", The Greatest Showman

> **BandSnapper:** NOSSA! Esse top 5 me mandou para um buraco musical no qual não entrava havia algum tempo! Agora, sua vez: top 5 músicas que sempre te fazem chorar. Porque preciso confessar uma coisa. Sua música nova me deixou com lágrimas nos olhos, ainda mais sabendo o que a letra significa para você. Amei todo o conceito de "Firework Display". Aquela parte que diz "Por quanto tempo mais serei invisível? Garotas perdidas nunca encontram o caminho de casa" me pegou de jeito.

> **BandSnapper:** Sua voz melhora a cada nova gravação. Não vou mentir, fico todo arrepiado, principalmente quando você se solta e alcança as notas mais altas. Você precisa divulgar sua música, LG. Você tem talento e as pessoas precisam ouvi-la. Sabe quantos aspirantes a artista lançam um monte de porcarias sem nem pensar duas vezes? Suas

músicas são um milhão de vezes melhores do que as deles. Sei que um dia vai superar a timidez e ir em frente. E espero que esse dia chegue logo.

BandSnapper: Tá. Vou ouvir sua canção pela 44.ª vez... E se voltar a se sentir invisível, por favor, se lembre de que eu vejo você. Bjs.

Sento na grama do jardim do Pavilhão Real para tentar entender todos os sentimentos que estão girando dentro de mim depois de ler a mensagem de Matty. Euforia por ele ter gostado da canção. Medo de nunca ter coragem suficiente para compartilhar minha música e ele perder a fé em mim. Culpa pelo tanto que menti e por como é difícil explicar como me sinto para ele. E, principalmente, um tipo triste de decepção.

Porque BandSnapper enxerga quem eu sou de verdade, mas Matty Chester não. E não sei se um dia isso vai mudar.

CAPÍTULO ONZE

Quando volto para casa, minha mãe ainda está à mesa da cozinha, grudada no notebook. Mais trabalho administrativo envolvendo Caspar, sem dúvida.

— Ah, você voltou — diz, sem tirar os olhos da tela. — Como foi?

Dou de ombros, meio indiferente.

— Acho que fui bem.

A única resposta que tenho é o som irregular de suas unhas feitas batendo incessantemente nas teclas.

— Desculpe, Meggy, estou ouvindo — afirma ela, mas suas palavras estão muito espaçadas para eu acreditar. — Estou procurando alguns produtores para o Cass. Sei que ele anda irritado com essa coisa de compor em parceria com outras pessoas, mas acho que ele precisa *muito* de faixas que o inspirem.

Odeio o jeito como minha mãe fala sobre música, como se fosse especialista. Ela pode conhecer um pouco da terminologia, mas não saberia compor uma melodia nem que sua vida dependesse disso. Ela não sabe nem cantar, embora ser desafinada não a impeça de tentar. Sempre que toma umas taças a mais de Chardonnay, canta "Total Eclipse of the Heart", da Bonnie Tyler, a plenos pulmões. Sinto vergonha alheia.

De repente, sinto vontade de arremessar coisas. Minha mãe afasta bruscamente seu notebook da bolsa que atirei sobre a mesa.

— Ei, cuidado com meu notebook! Nossa, Meg, achei que você ficaria contente com esse emprego, não que chegaria em casa tão mal-humorada.

— Não estou mal-humorada! — retruco... com um péssimo humor. — Mas você poderia pelo menos ter me avisado que eu já faria um treinamento. Eu não estava preparada psicologicamente.

— Os McCarthy já nascem preparados. De qualquer modo, querida, pense em todas as coisas legais que você pode comprar com o dinheiro extra.

Huum, ela tem razão. Imagino o lindo violão eletroacústico Ibanez que experimentei na loja semana passada. Ou talvez um novo microfone? Um iMac? Talvez os três? Bem, é improvável comprar tudo isso ganhando um salário mínimo, mas com certeza vou poder comprar *alguma coisa*! Pelo menos vou estar fazendo dinheiro por conta própria em vez de pedir a meus pais algum dinheiro como cortesia do banco Caspar.

— É, acho que preciso de algumas coisas — admito.

Por fim, minha mãe tira os olhos de seu e-mail "importantíssimo" e sorri.

— Esse é o espírito, Meggy. Laura é tão adorável, tenho certeza de que vai se dar bem com ela. E você chegou a conhecer a garota cantora de quem ela me falou?

Fico perplexa. Por algum motivo, fico surpresa ao saber que Alana é cantora. Sem querer parecer esnobe, ela não faz o estereótipo de uma celebridade.

— Bem, nós nos cumprimentamos. Ainda não viramos Thelma e Louise.

Minha mãe faz aquele ruído de quem está mais ou menos ouvindo. O som de teclas preenche o espaço do que deveria ser nossa conversa.

— Tudo bem, então — digo, pegando um queijinho na geladeira. — Vou para o meu quarto.

— Tá, meu bem, divirta-se. E não se esqueça de fazer aquele post no Instagram hoje à tarde.

— Beleza, mãe.

— Eu também recomendaria ficar longe do Cass. Ele... bem, ele está emanando uma energia um tanto negativa hoje.

Que maravilha. E qual a novidade?

— O que ele tem agora? — pergunto.

Minha mãe suspira, exasperada.

— Uma certa visita apareceu aqui pouco depois que você saiu...

— Ah, certo. Então ele falou sério dessa vez?

— Parece que sim — minha mãe responde. — Mas Caspar não gostou nada. Eles não pararam de discutir a manhã inteira. Seu pai está lá em cima tentando acalmar as coisas. Está piorando tudo, sem dúvida.

Essa é uma zona de guerra em que certamente não quero me meter. Subo as escadas, cuidando para evitar o rangido da tábua solta em frente ao quarto de Caspar. Mas quando penso que passei despercebida, sou surpreendida por uma voz estrondosa e familiar.

— MEGGY MOO MOO!

Ah, droga.

— Fiquei me perguntando onde você estaria. Não pretendia passar por aqui sem dizer um oi para seu londrino preferido, né? Vamos, venha cá! Tenho um abraço apertado reservado para você.

Não consigo conter o sorriso quando me viro para aqueles olhos castanhos travessos e o sorriso que seria capaz de convencer o príncipe Charles a participar do The Voice.

— Oi, TJ — digo, abraçando o empresário do meu irmão. — Como vai?

Tentar passar despercebida quase nunca funciona com TJ. Ele é a única pessoa para quem nunca me senti invisível. Ele é muito observador para deixar qualquer coisa passar.

♪

Conhecemos TJ num dia de várias primeiras experiências para mim e para Caspar. Foi a primeira vez que estivemos em um carro com motorista particular, a primeira vez que comemos em um restaurante com estrelas Michelin e a primeira vez que conhecemos alguém como o homem que pagou por tudo isso.

Alto e cheio de presença, de pele escura e traços de modelo, TJ parecia estar o tempo todo em movimento, contando histórias e piadas. Seu terno era bem cortado e ele tinha uma energia infindável. Com uma história para florear qualquer assunto, TJ encantava todos que conhecia. Era impossível não se admirar com ele.

— Suas composições são *incríveis*, Caspar — elogiou TJ, balançando os braços. — São mesmo *incríveis*, não parece que foram feitas por alguém tão novo. *Nossa*. No instante em que ouvi sua voz, soube que precisava te conhecer. — Mais gestos entusiasmados com as mãos e batidas na mesa. — As músicas que fez com seu pai? Geniais. E os covers no piano? De arrepiar. E o *número de visualizações...* — Bam, bam, bam! — Sério, estou *chocado* em saber que você conquistou tudo isso sozinho.

Palavras, palavras e mais palavras. Muitos adjetivos para assimilar.

— Agora, sem querer parecer pretensioso — continuou TJ —, eu tenho uma proposta. Tenho os contatos e a experiência; você tem o talento. Acho que juntos podemos fazer algo muito, muito especial.

Vi minha mãe ficar boquiaberta feito um peixinho dourado perplexo, tentando entrar na conversa. Só que não havia um único espacinho por onde se enfiar.

— Lara Zane decolou depois que assinou comigo. Três singles no topo das paradas no último ano e uma turnê com ingressos esgotados. Devon Callow está em turnê pelo Japão, tem *muitos* fãs por lá. Ele começou com covers acústicos também, mas já chegou aos dois milhões de inscritos no YouTube. Sei que você pode dobrar esse número, Caspar. *Triplicar*.

Todos os números e menções a celebridades eram demais para minha cabeça de 13 anos de idade. Era como estar em um filme. Meu irmão tinha sido descoberto por um empresário conhecido de Londres e, depois de uma reunião, tudo estava prestes a mudar. Olhei para Caspar para ver se ele estava tão empolgado quanto eu. Por mais que ele estivesse sorrindo, dava para ver uma pontinha de pânico em seus olhos.

Como sempre, minha mãe não notou nada de errado. Ela já estava imaginando tapetes vermelhos e páginas duplas em revistas de celebridades.

— Bem, tudo isso parece *muito* interessante, sr. Jackson... — disse mamãe.

— Por favor, me chame de TJ.

— TJ, certo! — exclamou minha mãe, corando. — Ficamos muito animados quando você entrou em contato com Caspar na semana passada, e tudo o que você está mencionando parece um sonho. Mas ele só tem 16 anos. E a escola? Ele está estudando para entrar na faculdade e não queremos que se distraia.

Naquela época, minha mãe se preocupava muito com coisas como escola. Hoje em dia, nem tanto.

— Sim, sim — respondeu TJ, tranquilo. — Ficaríamos muito felizes em encaixar as reuniões e gravações no cronograma de estudos de Caspar. Depois podemos contratar um professor particular, dependendo de como as coisas evoluírem.

Minha mãe se virou para Caspar.

— Uau. O que acha disso, querido? — perguntou ela.

Ele deu de ombros.

— É, parece... bom, eu acho.

— É mais do que bom, meu jovem! — disse TJ, apontando para ele para enfatizar o quanto estava satisfeito com aquela resposta "correta". — Faz muito tempo que não encontro alguém com um talento como o seu, e precisamos agir o quanto antes. Estou pensando em gravarmos umas demos boas em meu estúdio, depois posso marcar reuniões com as gravadoras. Não tenho dúvida de que vão brigar para assinar com você assim que virem seu potencial. Então, acredite em mim, as provas para a faculdade serão a última coisa em que vai querer pensar.

TJ riu alto. Não consegui deixar de rir junto. Minha mãe também riu, mas com culpa. O único que não estava rindo era Caspar.

— Certamente isso não é bem verdade — disse minha mãe, por fim. — Provas ainda são importantes, mesmo para estrelas do pop.

— Eu mesmo nunca fui muito acadêmico — admitiu TJ. — Mas isso não me impediu de fundar uma das empresas de agenciamento mais bem-sucedidas do Reino Unido. Às vezes basta ter uma ótima intuição, ou, no caso de Caspar, um enorme talento.

Os elogios continuaram, até que Caspar pediu licença para ir ao banheiro. Eu o vi se afastar da mesa, cabeça baixa e mãos enfiadas no bolso da frente do blusão de moletom. Outras pessoas não teriam notado, mas eu conhecia meu irmão e sabia que havia algo errado.

— Também preciso ir ao banheiro — falei.

Segui Caspar pelo restaurante.

— Ei, você está bem? — perguntei.

Meu irmão suspirou ao ouvir minha voz e se voltou para mim.

— Está tão óbvio assim?

— Não para eles. — Mas para mim, sim. O que aconteceu?

Caspar passou a mão no cabelo, bagunçando-o como sempre fazia quando ficava nervoso.

— Nada — disse ele. — É que... Sei lá. Tudo isso parece bom demais para ser verdade. Eu não esperava que ele já fosse falar de turnê e de sair da escola. Está acontecendo tudo rápido demais.

— TJ só quer que você fique animado. Provavelmente nem vai acontecer tão rápido. Você deveria ficar feliz com isso!

— Eu *estou* feliz, mas...

Caspar hesitou, sem perceber que estava chutando uma fonte de água que parecia ser bem cara. Então continuou:

— Ele fica dizendo que eu sou ótimo e tal, mas não sou *tão* bom assim. Só porque tenho fãs no YouTube não quer dizer que o resto do mundo vai gostar de mim.

Era estranho ver meu irmão daquele jeito. Em geral, ele era 120 por cento confiante em relação a tudo. Nunca parava para se questionar. Só falava em ser um cantor famoso.

Mas acho que essa era uma situação incomum.

— O que você está dizendo, Cass? — indaguei. — Você é *supertalentoso*. É por isso que está recebendo essa oportunidade. Veja quantas pessoas já amam suas músicas.

— Ah, pelo amor de Deus, Meg. O que você sabe sobre isso? — murmurou ele, com uma raiva no olhar que não reconheci. — Você é uma criança. Não tem ideia de como funcionam essas coisas.

Então ele virou as costas e entrou no banheiro masculino, deixando-me com a sensação de ser mais insignificante do que as gotículas de água que caíam da fonte ao meu lado.

Naquele momento, eu via o mundo em preto e branco. Não havia meio-termo. Caspar amava música. Ele tinha um talento imenso e alguém promoveria sua música, de modo que o país todo a ouviria. Que razão haveria para não ficar feliz? Ele tinha razão. Eu não entendia.

Desanimada, voltei para a mesa, pegando o fim da conversa de minha mãe com TJ. Ele a estava deslumbrando com mais fatos e números e garantindo a ela que sabia o que estava fazendo quando se tratava de músicos adolescentes.

— E você, mocinha? — perguntou ele. — O gênio criativo corre na família?

— Ah, Meggy é muito criativa — respondeu minha mãe. — Um dia ela vai ser uma verdadeira formadora de opinião.

Fiquei olhando para o guardanapo, sem querer encarar TJ. No entanto, era difícil resistir a seu sorriso fascinante, então eu me vi, com cautela, sorrindo também.

— Você também gosta de música? — perguntou ele. — Canta ou toca algum instrumento?

Mais uma vez, minha mãe se meteu e respondeu antes de mim:

— Ela está junto com Cass e o pai o tempo todo. Toca um pouco de violão e faz o backing vocal. Mas é nova demais para participar de vídeos no YouTube com eles.

TJ arregala os olhos, surpreso.

— Mas você não vai ser nova demais para sempre! — exclamou ele. — Aposto que adoraria criar suas próprias músicas, não é?

Dei de ombros, como se aquela fosse uma ambição que nunca havia passado por minha cabeça.

— Talvez daqui a alguns anos? — perguntou TJ, dando uma piscadinha. — Você deve ter os genes musicais dos McCarthy. Posso sentir.

Foi a primeira vez que alguém me perguntou sobre minhas próprias músicas. Mais do que tudo, eu quis contar a ele que escrevia letras de música na parte de trás dos meus livros da escola; que sempre parecia ter uma canção na cabeça e cantarolava melodias pela casa quando ninguém estava ouvindo; que estava aprendendo sozinha a tocar violão e quase já dominava meu primeiro acorde com pestana; que, um dia, queria ser tão boa quanto meu pai... ou até como Caspar...

Mas então, antes que eu pudesse expressar qualquer um desses pensamentos, meu irmão voltou para a mesa. Ele obviamente havia tido uma conversa consigo mesmo no espelho, porque estava aprumado, com um sorriso confiante e certa insolência. O Caspar cabisbaixo de antes havia sido esquecido, ou pelo menos estava muito bem escondido.

Assim, como era de se esperar, toda a conversa voltou a ser sobre ele.

CAPÍTULO DOZE

Abraçar TJ é como abraçar um golden retriever. Assim como um cachorrinho, dá para imaginar seu rabo invisível balançando atrás dele quando me cumprimenta com a ternura e o entusiasmo abundantes de sempre.

— Estou ótimo, Meggy Megster! — exclama ele. — Nunca estive melhor. Quer dizer... estou me estressando feito louco com toda essa situação do novo álbum, e seu irmão está decidido a me fazer surtar. Mas, fora isso, estou excelente.

Um lamento frustrado escapa do quarto de Caspar. Vou até lá e o encontro jogado no sofá, esfregando a cabeça como se estivesse pegando fogo.

— Podemos focar, por favor? — reclama ele. — Tenho mil coisas melhores para fazer, então vamos acabar logo com isso.

— O que está acontecendo? — pergunto.

Meu pai está no computador usando o boné surrado que desenterra sempre que TJ está aqui. É tão constrangedor que eu poderia morrer só de ficar olhando para ele por muito tempo.

— TJ resolveu aparecer aqui para me perturbar pessoalmente — resmunga Caspar.

— Não estou te perturbando sr. M.C. Só estou te *bajulando* — retruca TJ.

Ele atravessa o quarto e toca na barra de espaço no teclado do computador, quase derrubando DJ Papai da cadeira giratória. Uma música eletrônica preenche o ar.

— Olha, esse cara é bom — diz TJ. — Ele está gravando com todos os grandes artistas do Reino Unido e morrendo de vontade de trabalhar com você.

— Eu odiei — diz Caspar. — Não tem nada a ver com meu estilo. Não vou conseguir compor de jeito nenhum.

Não sei do que ele está falando. A faixa instrumental é incrível e eu já consigo imaginar um mar de melodias possíveis.

— Tenho muitas opções — afirma TJ. — Você vai gostar de alguma coisa, pode confiar.

— Ou que tal voltarmos para nossa música? — sugere meu pai, corajoso. — TJ disse que ela tinha potencial quando tocamos para ele. Talvez pudéssemos arrumar um daqueles produtores suecos para trabalhar nela. O que acha?

Caspar começa a andar de um lado para o outro, sem paciência.

— Esqueça a nossa música, pai. Não está boa. Nenhuma dessas faixas está boa. Não me sinto inspirado por nenhuma delas.

— Já parou para pensar que talvez *você* seja o problema aqui, Cass? As músicas parecem boas — solto, as palavras escapando da minha boca antes que eu tenha tempo de impedir.

Ops.

Caspar se vira para mim com um olhar que poderia transformar flores frescas naqueles potinhos horríveis de pétalas secas aromáticas que minha mãe insiste em colocar no banheiro. Não importa minha idade, sempre serei a irmãzinha irritante dele — aquela que não compreende.

— Você não entende, Meg. *Bom* não é suficiente. Se eu for fazer um grande retorno, não pode ser *bom*. Tem que ser um sucesso gigantesco e garantido — diz ele, se aproximando do computador e pausando a música. — Essas músicas não são uma aposta... são uma BOSTA!

TJ ergue uma sobrancelha, algo que parece fazer muito quando está com Caspar.

— Espere, espere, espere — intervém. — Ainda não te mostrei tudo. Me deixa encontrar mais algumas opções. Sei que tenho alguma coisa aqui que pode se transformar em um sucesso.

Ah, não. Aquela coisa de falar antes de pensar está acontecendo de novo...

— Não é só a faixa instrumental que compõe um sucesso, sabe? — digo. — É o que você faz com ela. Se não consegue enxergar potencial em nenhuma dessas produções, talvez você não esteja sendo original o bastante.

Ops. De novo. Toda a frustração artística acumulada de Caspar é jogada em minha cabeça como um balde de gelo.

— Acha que é fácil, não é? — indaga meu irmão. — Então, beleza, srta. Meggy Moo, por que você não escreve a letra e a melodia, já que é tão esperta? Vamos, fique à vontade! Adoraria ver suas ideias fantásticas.

Tudo bem, então. É o que eu deveria responder. *Tudo bem, então, vou fazer. E vai ficar incrível. E mesmo que não fique, pelo menos vou terminar sem ficar repensando mil vezes cada nota.*

Mas, obviamente, não digo nada. Porque não sou tão corajosa quanto gostaria. Tenho tanto medo de arriscar quanto Caspar.

Depois de uma pausa, ele quebra o silêncio:

— É, achei mesmo que você não teria uma resposta. Se manda daqui e vai brincar de se arrumar. Deixa que os adultos cuidam da música, tá bem, Meg?

— Ei, calma, Cass. Meg só está tentando ajudar — explica meu pai, abrindo um sorriso para mim que diz "nossa, como seu irmão é, hein?" e que conheço tão bem. — As coisas ficaram um pouco agitadas por aqui hoje à tarde. Acho que nenhum de nós quer ser tão sensível assim.

"Nenhum de nós". Rá, rá. Está mais para um de nós. O supermimado, egomaníaco e insolente.

— Beleza — respondo com indiferença. — Podem continuar. Vou para o meu quarto... brincar de me arrumar.

TJ seleciona outra faixa instrumental, ignorando o contratempo.

— Agora, esse aqui com certeza vai te deixar empolgado. Espere chegar no refrão, é um som incrível.

Quando me viro para ir embora, percebo que o queijinho que eu estava segurando virou uma vítima inocente de minha frustração épica. Afundei as unhas no invólucro vermelho como se fosse uma espécie de bolinha antiestresse.

— Ei, Meggy! Como foi a entrevista de emprego? — meu pai de repente se lembra de perguntar.

Ele parece tão sincero com aquele boné idiota e constrangedor. É difícil se irritar muito com ele, mesmo diante das circunstâncias.

— Foi boa, obrigada — respondo.

Meu pai abre um grande sorriso, depois retorna direto para o Show de Caspar™.

Talvez "bom" não seja o suficiente para o filho número um, mas parece que *é o suficiente* para tudo que diz respeito a mim.

CAPÍTULO TREZE

Aqui vai um fato pouco conhecido sobre meu irmão: ele é um professor muito paciente. Foi Caspar que me ensinou a tocar meu primeiro acorde no violão. Foi num sábado, quando eu tinha mais ou menos dez anos; entrei em seu quarto enquanto ele praticava uma música que meu pai havia ensinado. O som estava tão bom que tive que ouvir mais de perto.

— O que você está tocando? — perguntei.

Caspar mal levantou o olhar, de tão concentrado que estava. Na época, era necessário muito mais esforço para seus dedos se movimentarem pelas cordas. Ele era muito talentoso, mas ainda estava aprendendo e precisava prestar bastante atenção no que estava fazendo.

— "Learn to Fly", do Foo Fighters — respondeu ele.

Cantei junto. Meu pai amava tocar aquela música, então a primeira frase estava gravada em minha memória.

Caspar sorriu quando comecei a cantar.

Ele abriu espaço na cama para eu me sentar ao seu lado, então cantamos a primeira estrofe e o refrão juntos enquanto ele tocava. Foi um pouco lento e desajeitado em algumas partes, mas na segunda estrofe já estávamos amando o som de nossas vozes juntas.

— Ei, pode me ensinar um acorde? — perguntei.

— Aham. Qual? — quis saber Caspar, posicionando os dedos de uma forma que parecia complicada e fazendo um dedilhado. — Dó?

Fiz que não com a cabeça.

— Dó não. Parece difícil.

Ele sorriu de forma afetuosa.

— Você consegue aprender, minigênio — garantiu ele. — Mas tudo bem... que tal Mi menor? Só usa duas cordas.

Ele me entregou o violão, mas me senti esmagada.

— É pesado! — falei. — Como você consegue segurar?

— É prática. Agora me dê sua mão.

Ele me orientou, posicionando meus dedos indicador e anelar um ao lado do outro no braço do violão. O instrumento vibrou desafinado, protestando contra a troca repentina de dono.

— Eu não consigo. — Suspirei. — O som saiu horrível.

— Vamos, pressione o mais forte que conseguir e tente ficar na casa certa.

Fiz o que Caspar disse, apertando tão forte que meus dedos ficaram doendo. Determinada, continuei tocando até começar a sair um som parecido com um acorde.

— Isso mesmo. — Caspar deu uma risada. — Mi menor. Você é uma estrela do rock agora!

Toquei repetidas vezes, exultante com minha pequena vitória.

— ESTOU TOCANDO! UHUUUUL!

A música do Foo Fighters não pareceu tão convincente com um único acorde contínuo e desajeitado. Mas Caspar cantou comigo mesmo assim.

♫

Top 5 meias verdades que BandSnapper (no caso, Matty Chester) sabe sobre LostGirl (no caso, eu):

1. Eu componho canções de amor. (Ele só não sabe que são todas sobre ele.)

2. Tenho um irmão mais velho que gosta de música. (Mas nome, idade e o fato de ele ser uma celebridade mundialmente conhecida foram levemente alterados... por motivos óbvios.)

3. Eu moro no sul da Inglaterra. (Só que ele pensa que é em uma cidadezinha em Hampshire.)

4. Sou de uma família "feliz e unida" de quatro pessoas. (Mas não que somos uma maldita MARCA! #FamiliaIdeal, #FamíliaPerfeita, #Publicidade, #Talento, #FomososDoInstagram, #1MilhaoDeSeguidores)

5. Eu agora tenho um emprego de verão. (É aqui que preciso começar a pensar com cuidado quais fatos preciso "adaptar".)

É complicado falar com BandSnapper. Uma pequena falha em minha mentira revelaria tudo. É por isso que forneço a Matty a versão *meio verdadeira* do que está acontecendo. Mentirinhas conscientes, por assim dizer. Não é como se eu estivesse mentindo por completo. Só estou editando os fatos. Bem, pelo menos é o que digo a mim mesma.

LostGirl: Adorei suas escolhas de canções de musicais! Mas nenhuma música de **Waitress**? Como assim? Se situa! Quanto às músicas tristes... Certo, essas são as que me atingem em cheio e sempre resultam em lágrimas nos olhos:
1. "Someone you Loved", Lewis Capaldi
2. "Breathe Me", Sai
3. "Sober", Demi Lovato
4. "Surrender", Natalie Taylor
5. "Falling", Harry Styles
Estou lacrimejando só de pensar nelas, então vou mudar de categoria agora mesmo.

> Seu próximo top 5: músicas sobre trabalho/emprego. O motivo para essa escolha é — adivinha quem começou a trabalhar na biblioteca? A resposta é: eu! (Estou presumindo que você adivinhou.)

Uma biblioteca é praticamente a mesma coisa que uma iogurteria, né?

> **LostGirl:** Não é nada muito descolado, mas, pensando pelo lado bom, é um dinheirinho extra.

Viu? Não são mentiras. São meias verdades.

> **LostGirl:** Estou muito feliz por você ter gostado de "Firework Display"!
> Sério, significa muito para mim. Obrigada pelas palavras de incentivo também. Sei que você tem razão, eu não deveria ficar tão nervosa só de pensar em me apresentar. Mas, para ser sincera, eu preferiria enfiar a cabeça na composteira cheia de minhocas do meu pai a cantar na frente de estranhos. A única pessoa a quem confio minhas músicas é você.

Bem, pelo menos essa parte é verdade.

> **LostGirl:** Obrigada por escutar. Você faz eu me sentir um pouco menos perdida. Bjs.

Talvez seja estranho alguém tão grossa e sarcástica como eu escrever uma mensagem tão cafona. Mas o que posso dizer? Matty é como uma flor... ele fornece o néctar para eu produzir mel.

Meu devaneio apaixonado é interrompido de repente por uma série de notificações no meu celular. As mesmas notificações aparecem na tela de meu notebook, sobrecarregando a aba em que o Twitter está aberto. Confusa, clico na página, inundada por tuítes de fãs.

🐦 MEU DEUS, VOCÊ ESTÁ TRABALHANDO NA DODÔ IOIÔ?! QUANDO ISSO ACONTECEU?!!

🐦 Com certeza vou passar na Dodô Ioiô para tirar uma selfie com **@MegMcCarthy** amanhã...

🐦 TÁ LEGAL, UMA PERGUNTA... CASPAR VAI ESTAR LÁ?!!

Mas o quê? Como as pessoas sabem disso? Faço uma pesquisa e descubro, para meu horror, que Laura postou a mesma mensagem em todas as redes sociais da loja.

🐦 Ótima notícia, fãs de iogurte! Amanhã uma celebridade especial vai começar a trabalhar conosco. **@MegMcCarthy**, irmã de **@CasparMcCarthy**, vai estar aqui durante o verão servindo os sabores preferidos de todos vocês! Não vejo a hora de ela se juntar à equipe.

Desço a tela.

🐦 Aff, ela nem é uma celebridade de verdade.

🐦 Eu vendo **@MegMcCarthy** conseguindo tudo de mão beijada: 😒😒😒?

🐦 Ótima forma de parecer gente como a gente. SÓ QUE NÃO!

Eu já esperava isso, mas é muito pior quando se vê com os próprios olhos.

— Amanhã vai ser divertido — digo para Maximillian, que está deitado em minha cama. — Podemos trocar de lugar? Você vai trabalhar na iogurteria e eu fico em casa, sendo gato.

Ele dá algumas voltas e depois começa a lamber o próprio furico.

É bom saber que sempre posso contar com Maximillian como fonte de sabedoria e conforto durante esses momentos estressantes.

CAPÍTULO CATORZE

— LÁ ESTÁ ELA! É ELA MESMA!

— NÃO ACREDITO. AHHH!

— MEG! MEG, POSSO TIRAR UMA FOTO COM VOCÊ? POR FAVOOOOR?

Tem uma multidão de adolescentes gritando e tirando fotos quando me aproximo da loja. Abro um sorriso desajeitado enquanto tento chegar à porta.

— Nossa, obrigada por virem até aqui, gente. Preciso me preparar para começar a trabalhar. Desculpa, com licença, hã... você se importa? Desculpa, posso passar?

Não consigo entender como alguém se daria o trabalho de acordar cedo no início das férias de verão para tirar uma selfie. Já estou começando a me estressar com esse trabalho agora que tenho que me preocupar em estar sempre com uma aparência "adequada para as câmeras".

— Meg, você chegou! Entre, entre! — exclama Laura.

Então ela se vira para trás e fala para as fãs:

— Vamos abrir em cinco minutos. Vão dando uma olhada no cardápio enquanto esperam. Todos os nossos iogurtes gelados têm baixo teor de gordura, são orgânicos, sem castanhas e amendoins. Também temos opções veganas, então tem para todos os gostos!

Sutil, Laura. Bem sutil.

— Minha nossa — diz Laura para mim —, faz muito tempo que não temos uma multidão como essa. Muito obrigada por trazer tanta gente, Meg.

Constrangida, ajeito uma mecha de cabelo atrás da orelha.

— Não fiz nada. Foi você que espalhou a notícia — comento.

— Bem, você deve ter feito alguma coisa — diz alguém atrás do balcão. — Quando ela espalhou a notícia de que *eu* estava trabalhando aqui, a única pessoa que apareceu foi minha avó.

Meus olhos encontram os de Alana. Ela está com o uniforme rosa, debruçada sobre a caixa registradora como se dominasse o recinto. Ela é inescapável. Inevitável. Parece tão confortável que, de repente, sinto que não há muito espaço sobrando para mim.

— Você não viu uma senhorinha na fila, viu? Mais ou menos dessa altura. Óculos, chinelos, resmunga muito...

A confiança extrema dela é o exato oposto do que estou sentindo no momento. Vamos, cérebro. Pense em uma resposta hilária e genial...

— Não.

Ótima réplica, Meg. À altura de alguns de seus melhores trabalhos.

— Certo, é melhor não deixarmos essas pessoas esperando — diz Laura. — Meg, por que não deixa suas coisas na sala dos fundos para podermos abrir?

— Está bem.

— Você pode acompanhar Alana hoje. Ela vai te ensinar a ficar na caixa, na estação de coberturas e todo o resto. Mas não precisa se preocupar, você vai se familiarizar com tudo logo.

— Está bem — repito.

Parece que minhas habilidades linguísticas estão ficando piores a cada segundo.

Alana abre a porta dos fundos e faz sinal para eu ir até lá. Ela me lança um sorriso enorme. Estou falando de um sorriso grande como o de Cameron Diaz... Como o de Zac Efron. Como se metade da cabeça dela estivesse sorrindo para mim. Ou talvez seja o batom vermelho e ousado que esteja me dando essa impressão.

— Vem, vou te mostrar onde colocar sua bolsa — chama ela, gesticulando de um jeito teatral na pequena sala dos funcionários. — Beleza, aqui vai uma apresentação bem rápida. Geladeira. Chaleira. Armários. Micro-ondas. Mesa e cadeiras. Calendário. Ah, é claro, e o boné supercharmoso na forma de um pássaro extinto.

Com um floreio, ela me entrega o boné. Aceito de má vontade.

— Hã, obrigada.

— Você vai aprender a amá-lo — responde ela, impassível.

Coloco o boné tentando não estragar o rabo de cavalo estilo Ariana Grande que fiz com tanto cuidado.

— Certo. Vou acreditar em você — digo.

Alana ri e me dá um tapinha no ombro. Ah, não. Ela é dessas pessoas que ficam encostando nos outros. É cedo demais para isso. Cedo demaaaaais.

— Não fique nervosa — aconselha ela. — É bem tranquilo trabalhar aqui. Eu vou te ajudar.

Sorrio para ela, tentando parecer grata.

— Obrigada.

Por um rápido segundo, me pergunto se minha mãe estava certa sobre conhecer pessoas novas. Essa garota com certeza é amigável, e preciso tentar manter a mente aberta. Mas assim que digo isso a mim mesma, Alana abre aquele sorriso exagerado e diz a coisa que faz toda a esperança para a nossa futura amizade murchar e morrer.

— Você é mesmo irmã do Caspar McCarthy?

Lá vamos nós de novo. Nosso relacionamento tem, tipo, quatro frases de duração até agora e ela já lançou a bomba Caspar? Sinto a decepção cair do meu peito para o meu estômago, onde sei que vai fermentar pelo restante da manhã. Aff.

— Laura estava me contando sobre sua família — continua ela. — Sou muito fã dele. Não acredito que estou a um passo de distância de Caspar agora que te conheci! Como ele é? É tão legal quanto parece nos videoclipes?

A irritação me causa coceira. Dou uma resposta propositalmente vaga:

— Huuum, mais ou menos. Bem, é melhor irmos lá para fora.

Viro as costas para ela e saio da pequena sala. O motivo de eu estar aqui é ficar longe de Caspar, não para ficar falando sobre ele. Esse emprego era para ser uma fuga, uma coisa só para mim. Já deveria saber que não duraria muito.

♫

Minhas primeiras horas como funcionária da Dodô Ioiô passam mais rápido do que um episódio de *RuPaul's Drag Race*. Assim que Laura abre a porta, o lugar se enche de adolescentes, todos comprando iogurte gelado para se aproximar de mim. Alana e Laura correm de um lado para o outro do balcão, alternando-se entre servir coberturas nos copinhos e cobrar no caixa. Tento observar o que elas fazem, mas é difícil quando todo cliente me chama para conversar e tirar uma foto.

Sempre que tento ajudar com os pedidos, Laura me leva para o meio da multidão.

— Não, não, Meg. Fique lá com seus fãs — diz ela. — Temos tudo sob controle.

Pelo jeito só estou aqui para servir de propaganda humana.

Depois de um tempo, o alvoroço diminui. Alana solta um suspiro enorme e despenca sobre o balcão.

— Caramba. Foi bem intenso — comenta ela. — Nunca servi tanto confeito na vida.

Pego um par de luvas de plástico sob a pia.

— Me desculpem por toda essa loucura — digo. — Pronto, me deixem ajudar.

Laura ri.

— Desculpar você?! Não precisa se desculpar, querida, isso é maravilhoso para nós! Vendemos em duas horas mais do que costumamos vender no fim de semana inteiro. — Ela limpa o balcão até ele ficar imaculado. — Por que vocês duas não fazem um rápido intervalo enquanto está sossegado por aqui?

— Já? — pergunto. — Tem certeza? Parece que ainda não fiz nada.

— *Nunca* questione a oportunidade de fazer um intervalo! — exclama Alana. — Não é sempre que a Laura permite essas coisas. É um presente que deve ser devidamente apreciado!

Eu a acompanho até a sala dos funcionários, tentando reunir meus pensamentos, mas Alana preenche o silêncio.

— Nossa, aquilo foi totalmente insano! Nunca vi ninguém cercado por tanta gente. Você é famosa?

— Não, não sou — respondo, sentando em uma cadeira. — Só tenho alguns fãs do Instagram e tal.

Alana faz aquela coisa irritante de, em vez de sentar à minha frente, dar a volta na mesa e sentar bem ao meu lado. Lá vamos nós de novo com a questão do espaço pessoal.

— Aquilo foi muito mais do que algumas fãs. Tinha muita gente. Você é uma celebridade de verdade! Não acredito que está trabalhando aqui com a gente. Que loucura.

— São meus seguidores aqui de Brighton — explico. — Sempre me dão muito apoio, mas agora que já me viram aqui, duvido que fique movimentado daquele jeito de novo.

É isso que é difícil explicar para as pessoas. Esses momentos de "fama" vêm tão facilmente quanto vão. Podem causar toda uma agitação e parecer que vão durar para sempre, mas não é bem assim. Se os momentos de fama não duram para Caspar, com certeza não vão durar para mim.

— Então, essas fãs do Instagram... — começa Alana, se aproximando demais para o meu gosto. — São por causa do Caspar? Ei, posso te seguir?

Ela já está me procurando no Google. Fique calma, Meg. Conte até três.

— É, sou conhecida por causa do meu irmão, mas...

— Ai, minha nossa, essa é você? — pergunta Alana.

Meu Instagram aparece na tela dela. Dezenas de fotos cuidadosamente filtradas de mim posando com roupas diferentes. Não costumo ver as pessoas olhando para essas fotos. Pelo menos não no mundo real. Acho que não gosto.

— É, sou eu. Eu tenho uns patrocínios. Não julgue, essas fotos são meio constrangedoras...

— Não, elas são bem LEGAIS — diz Alana, empolgada, olhando as postagens. — Nossa, você é maravilhosa. Por isso tem tantos fãs. Você é tipo uma supermodelo.

Tento me ver pelos olhos dela.

— Não é bem assim — retruco. — Qualquer um pode ficar bem com a edição certa.

— Minha nossa! Esse é o seu gato?

Ela está olhando uma foto em que estou segurando aquela bola de pelos rechonchuda. Abro um sorriso.

— Sim, é o Maxi. Ele tem quase o mesmo número de seguidores que eu.

Alana clica em uma foto dele vestido de Yoda. Ela ri tanto que chega a roncar, mas isso só a faz rir mais ainda.

— Rá! Isso é incrível — diz. — Seu gato é demais. Vou seguir ele agorinha mesmo. E você também, lógico.

Ótimo. Agora preciso segui-la, senão é falta de educação. Eu meio que estava torcendo para que não precisássemos passar por essa fase de trocar redes sociais. Agora ela só vai ver a vida perfeita da *Meg virtual da MarcaMcCarthy™*, não a pessoa que está bem à sua frente.

Bem, e daí? Ela é espalhafatosa e metida, e eu ainda nem sei se gosto dela, mas clico em seguir assim mesmo.

AlanaHoward. Dou uma olhada rápida em seu perfil.

— Espere, essa é você? — pergunto.

Ela está cantando em um microfone e tocando um violão acústico azul-turquesa. É uma foto estática, mas dá para senti-la em movimento, transbordando tanto carisma e autoconfiança que fico arrepiada.

A Alana da vida real, de cabelo preso em um rabo de cavalo e uniforme nada bonito, abre um sorriso satisfeito.

— Sim, sou eu mesma. Sou cantora e compositora. Toco muito pela cidade, em noites de microfone aberto e tal.

— Microfone aberto? — repito feito uma idiota.

Meu cérebro tenta desesperadamente conciliar a estonteante cantora da foto com a garota que trabalha na loja e está na minha frente.

— Hã, sim, é onde todos os cantores que não têm muito alcance se encontram — responde Alana, me olhando como se perguntasse em-que-planeta-você-vive.

— Bem, eu ainda não tenho 18 anos — digo, na defensiva. — Não posso ir oficialmente a bares.

Alana ri, dissolvendo o clima espinhoso num instante.

— Tecnicamente, só passei a ter idade para beber no ano passado, mas a maioria dos bares não se importa de você se apresentar se estiver bebendo refrigerante ou suco.

Suas palavras acendem uma lâmpada em minha cabeça e fazem as baratinhas de meu cérebro saírem correndo. Noites de microfone aberto! Por que nunca considerei fazer algo assim antes? É o tipo de coisa pela qual Brighton é famosa.

Espere, o que estou pensando? Que vou aparecer em um bar e começar a cantar? Na frente de um monte de estranhos? Ou, pior ainda, na frente de fãs? Ah, tá. Pelo jeito, minhas músicas vão continuar com teias de aranha.

— Então, suponho que seu irmão não precisou fazer esses primeiros shows pela cidade? — pergunta ela.

Alana está recostada na cadeira, parecendo totalmente relaxada. Diferente de mim. Ela continua:

— Ele tem tanta sorte por suas músicas terem chegado às pessoas certas. Eu faria de tudo para ser descoberta assim!

— Na verdade, ele é ótimo no que faz — rebato de forma muito mais brusca do que deveria. — Não é só um astro do pop adolescente. Ele trabalhou muito para se aperfeiçoar e chegar onde está.

Caspar pode ser o maior babaca da humanidade e o irmão mais sugador de atenção de todo o Reino Unido, mas não vou deixar ninguém me dizer que ele não é talentoso ou que não se esforça. Correção: que ele não se *esforçou*, verbo no passado. O presente talvez seja um pouco mais questionável.

— Ah, não. Eu não quis dizer isso — diz Alana, arregalando os olhos azuis, horrorizada ao se dar conta de que falou besteira. — Só estou dizendo que a indústria musical é insanamente difícil. É incrível ele ter chegado tão longe com tão pouca idade. Eu toco há anos e ainda estou andando em círculos. Para ser sincera, é inspirador saber que alguém de Brighton pode chegar no topo das paradas!

Preciso morder a língua para não responder alguma coisa. Não sei muito sobre Alana, mas já ouvi essa mesma história centenas de vezes. Ah, eu também poderia ter conseguido se tivesse tido a sorte de Caspar. Eu também poderia ter conseguido se tivesse a aparência de Caspar. Deveria ter sido eeeeeeu!

Sério, as pessoas são muito iludidas quando se trata das próprias habilidades. Caspar conseguiu se destacar na música com um pouquinho de sorte e uma imensidão de talento. A maioria das pessoas não conseguiria chegar aos pés dele, mesmo se tentasse.

— Você quer trabalhar com música, então? — pergunto.

— Servir iogurte gelado não é exatamente meu sonho. Meu coração está no palco, não no fundo de um pote de iogurte.

Não consigo deixar de sorrir diante da analogia maluca. Na verdade, não consigo deixar de sorrir para Alana em geral, apesar de minhas reservas. Ela é um pote de confeito que transborda ousadia e entusiasmo; colorida, caótica e irritantemente viciante.

De repente, fico curiosa. Quero saber o que ela escuta, onde toca e por que motivo está trabalhando aqui se preferiria trabalhar com música em tempo integral. Mas antes que possa expressar um único pensamento, sou interrompida.

— Ei, já que estamos falando disso, posso te mandar uma música minha? Adoraria saber o que você acha, ainda mais considerando que sua família é tão musical.

A ponte levadiça que existe dentro de mim se fecha antes de ela terminar a frase. Quantas vezes já não passei por isso? Quantas vezes aspirantes cheios de expectativa vão tentar me usar para se conectar com Caspar? Todos somem depois que se frustram, então vou poupar o tempo de todos e acabar com isso agora mesmo.

— Não posso entregar demos não solicitadas — digo, sem rodeios. — Desculpe. Se quiser uma opinião sobre suas músicas, é melhor mandar direto para o empresário do Caspar.

Alana me encara.

— Ah... tá. Eu não estava falando do Caspar. Só queria saber o que *você* acharia.

Ah, tá. A velha desculpa. Como se alguém se importasse com o que uma garota do Instagram pensa sobre suas músicas.

— Não tenho permissão para aceitar nada — digo. — É tudo muito complicado por causa do Caspar. Desculpa.

Não sei se a expressão de Alana passou a ser de raiva, descrença ou entretenimento. Talvez um pouco dos três.

— Entendi. Então você não pode ouvir uma música por causa do seu irmão? Nossa. Você vive mesmo em um planeta diferente do restante das pessoas comuns, não é?

Por onde posso começar? Poderia tentar contar a ela sobre o fluxo infinito de demos e pedidos desesperados que chegam para mim; sobre os vários "amigos" que só são legais comigo porque querem assinar contrato com uma gravadora; sobre o vazio que sinto quando pessoas investem suas esperanças e sonhos em mim. Mas de que adiantaria? Ninguém nunca acredita que está te usando. Eles sempre acham que são uma exceção à regra.

Então ficamos em um silêncio desconfortável, cada uma mexendo em seu celular, a mesa se expandindo à nossa frente e as paredes da sala se aproximando.

Felizmente, a porta abre e Laura interrompe o ar parado.

— Certo, meninas, acabou o intervalo. Está começando a encher de novo, então eu preciso de ajuda.

Levantamos da cadeira, ávidas para escapar daquele climão. Alana ergue uma sobrancelha para mim quando voltamos para a loja.

— Não podemos deixar os fãs esperando, não é mesmo? — diz ela.

Há o esboço de um sorriso em seu rosto, então não sei ao certo se o comentário é uma oferta de paz atrevida ou algum tipo de ataque.

Não respondo, preferindo acreditar na pior alternativa.

Sejamos realistas. É sempre a pior alternativa.

CAPÍTULO QUINZE

Top 5 coisas que são superestranhas:

1. Ser a garota nova

Se eu achava que ser nova na escola era ruim, no trabalho é ainda pior. Não consigo guardar nenhum dos preços na cabeça e consegui estragar a descarga na primeira vez em que usei o banheiro. Que derrota.

2. Conhecer pessoas novas

Ainda mais aquelas que têm pouquíssimo interesse em você como pessoa, mas um enorme interesse no que você pode fazer por elas. Agora me lembro por que detesto fazer amigos. Eles nunca são verdadeiros. Em geral, as pessoas são um saco.

3. Posar para fotos

Tento valorizar meus fãs, mas depois da quinquagésima foto, meu maxilar começa a doer e ficar esquisito. Na maioria das fotos que rodam pela internet, meu "sorriso para a câmera" está mais para a noiva do Chucky do que para Jennifer Lawrence.

4. Dividir a casa com outras pessoas

Quando chego em casa, descubro que TJ se mudou para lá e dominou tudo. Há notebooks, documentos e listas de afazeres em todo canto. Ele parece estar em todos os cômodos, falando alto ao telefone, falando alto com meus pais e até falando alto consigo mesmo. Minha casa já é bem caótica sem ele. Mas a presença constante de TJ ainda não é tão estranha quanto a quinta coisa superestranha de minha lista, que é...

5. Encontrar meu irmão na sala se agarrando com alguém

Só queria relaxar e assistir a alguma coisa na Netflix, mas não tenho sorte. Caspar está no sofá da sala com uma garota aleatória de cabelo preto. Ele desabotoou a camisa dela e está com a mão em seu sutiã. Tenho uma visão direta de sua calcinha de renda vermelha, já que a saia está levantada até a cintura.

— PELO AMOR DE DEUS, CASPAR! — grito. — Quer parar com isso?!
Pelo jeito, a paixão é tão grande que eles esqueceram que aquele é um espaço familiar. Dá para ver que reconhecer minha presença não está entre os itens principais de sua lista de afazeres. Isso é quase tão ruim quanto o infame incidente-da-banheira-no-aniversário-de-casamento-dos-meus-pais, mas não estou preparada para falar disso agora.
— CASPAR, POR FAVOR!
Mais sons de beijo superagradáveis.
— Só estou conhecendo a Sharla — diz ele, parando para respirar.
— Shauna — corrige ela.
— Ah, é, Shauna. Que tal eu te chamar de "linda"? Assim não esqueço.
Fico esperando Shauna cair em si e dar um tapa na cara dele, mas em vez disso ela solta um gritinho e puxa a saia para baixo em uma vaga tentativa de ficar um pouco menos nua.

— Caspar! Você é muito abusado — diz ela. — Mas é óbvio que pode me chamar pelo nome que quiser.

Aff. Alerta de vômito! *Alerta de vômito!*

— Desculpe, mas quem é você? — pergunto à recém-designada "linda". — Caspar não mencionou que estava namorando.

Caspar levanta do sofá, puxando Shauna junto.

— Ei, ei, ei, não precisa exagerar. Nós nos conhecemos hoje. Mas quem sabe o que pode acontecer? — diz ele.

Meu irmão pisca para a garota, fazendo-a ficar vermelha e rir ainda mais.

— AI, MEU DEUS — berra Shauna. — Não estou acreditando. Tipo... quem vai até o píer e dá de cara com seu cantor preferido?! E depois é convidada para ir para *a casa dele*. Parece um sonho...

— Por que não subimos para o meu quarto e deixamos o sonho continuar? — sussurra Caspar para ela.

Beleza, isso é demais para mim. Vou apagar o fogo deles com meu jato de vômito.

— Tecnicamente, o quarto não é mais seu — digo, firme. — Desculpe, Shauna — acrescento, olhando para ela com empatia. — Não estou tentando fazer você se sentir importuna, nem nada disso, é só...

Paro a frase no meio. Eles já estão na metade da escadaria, sem parar de se agarrar. De repente, TJ aparece e interrompe os dois.

— Celular, por favor — ordena ele, estendendo a mão.

TJ conhece os possíveis perigos de deixar garotas sozinhas com Caspar... Digamos apenas que não cairia muito bem para a *MarcaMcCarthy* ter um nude dele circulando por aí.

Shauna vasculha a bolsa e quase atira o telefone em TJ, para assim poder subir mais rápido.

— Lógico, sem problema. Pegue. — Em seguida, a garota sorri para mim cheia de empolgação e diz: — Foi muito legal te conhecer!

Eu não tenho como dizer o mesmo. Em vez disso, grito:

— É essa sua forma de conseguir inspiração, Cass? Talvez devesse tentar *compor uma música* primeiro.

— Talvez você devesse tentar crescer e se divertir um pouco — responde Caspar, olhando para trás. — Nunca se sabe, você pode até gostar.

Ele entra no quarto e bate a porta. TJ ri, apesar de eu estar visivelmente constrangida.

— Ele é imprevisível, não é mesmo? — diz TJ. — Tenho certeza de que vai se sentir muito melhor quando liberar todo aquele estresse.

— Ai, que NOJO, TJ. Como isso pode ser justo? Fui obrigada a sair da minha própria casa para Caspar poder ter seu *precioso* espaço, mas tudo o que ele faz é sair atrás de mulher. É nojento! Não quero chegar em casa e encontrar garotas aleatórias desconhecidas esparramadas na sala de estar.

— Ela não é aleatória. O nome dela é Sinéad!

— É Sharla. Não, espere. Shauna. Aff, não interessa o nome dela, é desagradável!

— Ah, fala sério, Megster — diz ele. — Tudo isso faz parte de ser jovem e famoso. Não comece a ficar intolerante só porque você começou a trabalhar.

— Pois é, estou trabalhando e fazendo algo realmente produtivo com minha vida. E o que ele está fazendo? Como Shauna/Sharla vai ajudar a tirar o álbum idiota dele do buraco?

— Estou resolvendo a questão do álbum, não se preocupe. Até o fim do mês, vamos ter iniciado alguma coisa — garante ele.

— Fim do MÊS?!

Não vou conseguir aguentar um mês inteiro com TJ se espalhando por todo lado, minha mãe agitada o tempo todo, meu pai tentando ser legal e Caspar de cara feia. E agora estranhas aleatórias fazendo sexo no sofá quando chego em casa! Meu pai vem do corredor, ainda usando aquele maldito boné virado para trás.

— O que está acontecendo aqui? Está tudo bem, meu amor? — pergunta ele.

— Não, não está! — exclamo irritada, cruzando os braços. — Por que vocês estão deixando Caspar tão à vontade? Ele estava se pegando com aquela garota quando eu entrei!

Para meu horror, meu pai ri. O que faz TJ rir também. Lá em cima, Shauna com certeza está rindo. A única que não está se divertindo com essa situação sou eu.

— Não tem graça, pai! Esta é minha casa também.

— Garotos são assim mesmo — responde ele, ainda rindo. — Não é, TJ, meu parceiro?

Ele estende a mão na direção de TJ para um cumprimento frouxo com o punho fechado. Não. Não. Faça isso parar.

— Ah, nesse caso, que tal eu arrumar um cara qualquer por aí? Posso trazê-lo para casa e transar com ele no meu quarto, o que acha? Você não se importa, não é? Já que parece não ter regra nenhuma nessa casa.

A risada do meu pai para no mesmo instante.

— Meg, olha a boca! — repreende ele, sério. — Você tem 17 anos e sabe muito bem que não pode levar garotos para o quarto.

— Não acha que está usando dois pesos e duas medidas, pai?

— Bem, Caspar tem mais de 18 anos, então não posso fazer muita coisa. Mas vou falar com ele amanhã. De qualquer modo, Caspar não está fazendo mal a ninguém e, para ser bem sincero, é mais fácil deixar ele continuar assim.

É claro, pai. Deixe Caspar continuar sendo o Rei da Casa, pisando em todos nós e não demonstrando nenhum respeito. Ele não está fazendo mal a ninguém... exceto, talvez, à sua própria filha.

Aff. Vou aceitar todos os turnos possíveis na Dodô Ioiô. Pessoas novas podem ser superestranhas, mas pelo menos não conseguem decepcionar tanto alguém quanto sua própria família.

♫

LostGirl: Ei, você está aí?

BandSnapper: Aham, estava para te mandar minhas top 5 músicas sobre trabalho...
1. "9 to 5", Dolly Parton
2. "Bills", LunchMoney Lewis
3. "Work Song", Hozier
4. "Harder, Better, Faster, Stronger", Daft Punk
5. "Work Bitch", Britney Spears

BandSnapper: Terminou seu primeiro dia de trabalho? Em uma escala de Dolly Parton a Britney Spears, como foi?

LostGirl: Sim! Não foi tão incrível quanto Dolly, mas não foi tão tosco quanto Britney. Foi normal.

BandSnapper: Só normal? O que você teve que fazer? Como eram seus colegas de trabalho?

LostGirl: Para ser sincera, passei quase o tempo todo meio sem fazer nada, tentando aprender as coisas. Minha chefe até que é legal, mas acho que ela só me deu o emprego porque conhece minha mãe.

BandSnapper: Ah, bem, mas eu tenho certeza de que você é a bibliotecária mais legal de lá! Conheceu alguém novo?

LostGirl: Só um estranho lindo, alto e de pele escura entre as estantes de poesia e biografias...

BandSnapper: Hum... Entendi.

LostGirl: Haha! Estou brincando! Não tinha nenhum cara bonito. Só outra garota mais ou menos da minha idade.

BandSnapper: Ei, não me deixe preocupado assim! Achei que alguém roubaria você de mim... ☺

LostGirl: Você não tem motivo para se preocupar...

BandSnapper: Que alívio! E como é a garota?

LostGirl: Ela é ok. Um pouco irritante.

BandSnapper: Como assim?

LostGirl: Ela é escandalosa. Não fica quieta. Acha que manda em tudo.

BandSnapper: Nossa, é uma primeira impressão forte. Será que ela não estava nervosa?

LostGirl: Pode ser. Parece que ela quer ser minha melhor amiga, mas acho que não temos muito em comum. Além de música, talvez.

BandSnapper: Gostar de música é um ótimo começo! Dê uma chance a ela, você pode encontrar uma melhor amiga onde menos espera.

LostGirl: Mas eu já tenho um melhor amigo. Não preciso de outro.

BandSnapper: Está falando de... mim?

LostGirl: Quem mais seria?

BandSnapper: Aaaahhh, LostGirl. Você também é a minha melhor amiga.

LostGirl: ☺

BandSnapper: Vai me contar quem você é de verdade?

LostGirl: Por favor, não pergunte.

BandSnapper: Já se passaram dois anos e eu nem sei seu nome verdadeiro.

LostGirl: Não podemos deixar as coisas como estão?

BandSnapper: Sei lá. Não sei quanto tempo mais aguento esperar... Da próxima vez você pode mesmo conhecer um estranho lindo, alto e de pele escura... E depois?

LostGirl: Do que está falando? Aquilo foi uma piada...

BandSnapper: Eu sei.

BandSnapper: É só que...

BandSnapper: Não sei. Deixa para lá.

LostGirl: Está tentando me dizer alguma coisa?

BandSnapper: É, estou tentando dizer para você pensar nas suas top 5 músicas que têm a ver com água.

LostGirl: E qual o motivo dessa escolha?

BandSnapper: Passei o dia todo tirando fotos perto do mar. É melhor eu começar a editá-las.

LostGirl: Tá bem. *Adiós*, melhor amigo. Beijos.

BandSnapper: *Adiós*, LostGirl. Bjs.

CAPÍTULO DEZESSEIS

Caspar está monopolizando o banheiro do andar de cima. A entrevista que ele vai dar para a revista é hoje, e pelo jeito ele precisa arrumar o cabelo e fazer a maquiagem antes de o cabeleireiro e o maquiador chegarem. Isso faz muito sentido, só que não.

Acabo chegando atrasada no trabalho e com a repugnante blusa rosa suada nas axilas. Um grupo de fãs vai ficar com essa imagem para toda a eternidade. Minha reputação está tão amassada quanto um folheto de restaurante chinês que foi enfiado na caixa de correio por um garoto de 13 anos cheio de espinhas.

Além de tudo isso, descubro que Alana vai ser minha "supervisora" durante o verão inteiro. Meu destino está fadado ao fracasso.

Top 5 coisas que aprendi sobre Alana:

1. Ela não consegue entender indiretas

Ainda mais quando se trata de assuntos sobre os quais eu NÃO quero falar. Sério. Em poucas horas, ela já me interrogou sobre minha vida escolar, minha vida amorosa e minhas expectativas profissionais. Eu me esquivo de todos os assuntos como uma ninja das conversas, porque não é da conta dela. Mas isso não a impede de me contar tudo e mais um pouco sobre sua vida. Sem ninguém perguntar.

— Então você está pensando em fazer faculdade? Eu nem cogitei. Estava exausta por causa do monte de provas e trabalhos. Uma chatice. E para quê, se eu só quero fazer música?

— Não acredito que você ainda está solteira! Mas eu entendo. Desisti do amor nos últimos anos do ensino médio também. Era ainda mais estressante do que as provas!

— Ei, já mudou de ideia sobre ouvir minhas demos? Ainda gostaria muito de saber sua opinião. Não pode quebrar as regras da indústria? Só dessa vez?

É extremamente constrangedor. Acho que ela vai me obrigar a ouvir suas músicas em seu telefone em algum momento, e então o constrangimento vai ser ainda maior. Não posso fazer nada por ela em relação às demos, por mais que Alana espere que sim. Principalmente porque é nítido para mim que...

2. Ela é amadora

Digo, no âmbito musical. Sei que parece terrível, mas infelizmente é verdade. Ela trabalha na Dodô Ioiô há dois anos enquanto "faz sua carreira decolar". Mas em todo esse tempo ela nunca tocou fora da cidade e só gravou nos piores estúdios, com profissionais que mal sabem diferenciar os conectores XLR dos próprios furicos.

Não me entenda mal, noites de microfone aberto devem ser divertidas, mas não vão mudar a vida de uma aspirante a compositora. Ela acha mesmo que um grande empresário vai estar na plateia um dia e oferecer um contrato, num passe de mágica?

Isso pode acontecer nos filmes, mas na vida real esses profissionais têm coisa melhor para fazer do que ficar perambulando por barzinhos de cidades litorâneas em busca da próxima Rita Ora, que está cantando com um sistema de som barato. Hoje em dia, o recrutamento de talentos é feito todo on-line, e tempo é dinheiro. Alana não fazer ideia disso não me faz criar muitas expectativas em relação às suas habilidades musicais. No entanto...

3. Ela é excelente no trabalho

Se a carreira na música não der certo, com certeza ela poderia seguir em muitas outras áreas. Alana é naturalmente boa no que faz. E, sim, sei que é só servir iogurte em copinhos, mas é muito mais que isso.

Alana sabe lidar com pessoas. Notei de imediato que ela deixa todos os clientes à vontade, mesmo os ranzinzas. Parece não haver situação capaz de desconcertá-la. Ela é organizada, minuciosa e ótima para explicar coisas. O que quase compensa o fato de que...

4. Ela diz as coisas mais estranhas

Aqui estão algumas coisas que ela me disse nas poucas horas que passamos juntas — totalmente do nada:

— Você sabia que no País de Gales eles chamam o micro-ondas de *popty ping*? POPTY PING!

— Aquele cara que eu acabei de atender é parecido com como imagino Picasso. Nunca vi uma foto de Picasso, mas esse moço tinha um ar que exalava Picasso, você não acha?

— Você já parou para pensar se todos vemos as mesmas cores? Tipo, e se eu estiver olhando para o iogurte de morango e pensando que é rosa, mas para você o morango é azul, porém aprendeu a chamar azul de rosa, mesmo sendo, na verdade, azul...? Não seria uma loucura?

— De quem você gosta mais? Picasso... ou Van Gogh?

É difícil saber como reagir a algumas dessas coisas sem sentido que ela solta de repente. É como se não houvesse filtro entre seu cérebro e sua boca. O que me leva ao quinto e último argumento...

5. Ela não se importa com o que as pessoas pensam dela.

Ela realmente, *realmente* não se importa.

Alana diz o que quer, sem se preocupar se as pessoas vão ou não entender. Ela prende o cabelo em um rabo de cavalo bagunçando e usa sua camiseta feia e apertada como se estivesse arrasando na passarela. Come confeitos que caem sobre o balcão e ri do fato de estar engordando por causa deles. Olha bem nos olhos de cada cliente, encarando-os com um sorriso radiante, até os garotos bonitos.

Queria poder pegar uma das colheres de servir que ficam perto da caixa registradora e roubar para mim um pouco da autoconfiança dela. Porque bem no fim do meu turno... Minhas agradáveis aminimigas da escola, Ness e Melissa, entraram na iogurteria.

Não tenho onde me esconder. E, diferente de minha colega de trabalho, eu *ligo* para o que as pessoas pensam de mim. Eu *ligo* para o que *todo mundo* pensa.

Mesmo aquelas pessoas cuja opinião não deveria importar.

CAPÍTULO DEZESSETE

— Então é *verdade*! Meg McCarthy está trabalhando na Dodô Ioiô. Que *aleatório*!

Ness se aproxima como se eu fosse um ímã puxando-a para perto por seus brincos metálicos. Melissa segue logo atrás, rindo feito boba. Estão sorrindo como duas psicopatas. E eu estou presa atrás de um balcão.

— Oi. O que traz vocês duas aqui? — pergunto, fingindo que aquele encontro na Caverna de Aladim da semana passada nunca aconteceu.

Quando estiver em dúvida, bloqueie. É um bom lema para a vida, né? Ness se apoia no balcão, bem descontraída.

— Li um tuíte seu ontem à noite e quis vir dar uma olhadinha nesse lugar. — Ela levanta os óculos de sol até o alto de sua cabeça loira, analisando o espaço com uma expressão distraída. — Você está mesmo trabalhando aqui? Estou meio em choque.

— Por quê? — pergunto, tentando esconder minha surpresa ao ver a base alaranjada horrenda que ela passou no rosto.

— Bem, você sabe — responde Ness, trocando um sorriso maldoso e desdenhoso com Melissa. — Pensei que você estivesse um pouco acima desse tipo de coisa, por ser uma *McCarthy* e tal.

Ela enfatiza a pronúncia do meu sobrenome, articulando cada sílaba da maneira mais condescendente que se pode imaginar. Melissa tenta abafar o riso. Então Ness se junta a ela. As duas estão rindo de mim bem na minha cara. Começo a murchar, de forma lenta e agonizante. Só há um motivo para elas terem vindo até aqui: ver a irmã metida e arrogante desprovida de todo o seu poder e gargalhar alto disso. Rá. Rá. Rá. Não tenho para onde fugir. Não há nada que eu possa dizer. Elas são as clientes. E o cliente sempre tem razão.

— Essas duas são suas amigas? — pergunta Alana, ocupando o espaço ao meu lado.

Saio do transe e sinto a energia positiva dela formando algum tipo de campo de força de coragem no balcão. Eu tinha esquecido que Alana estava aqui, mas de repente fico muito contente por ela estar.

Pisco bem rápido e minha visão volta a focar.

— Hã, sim. Estas são Ness e Liss. Elas são da minha escola.

Ness abre um sorriso forçado, cruzando os braços. Melissa repete a ação, jogando os cabelos castanhos para trás como se lançasse um desafio. Dá para ver que elas detestam Alana. Talvez até mais do que me detestam.

Também dá para ver que Alana não se importa.

— Você deve estar eufórica de ter uma subcelebridade nesse lugarzinho — diz Ness, dando seu primeiro golpe. — Achei que ela fosse *grande* demais... — Ela olha Alana de cima a baixo ao dizer a palavra "grande" — ... para um trabalho que paga salário mínimo.

— Pois é. Por que você precisa de um trabalho desses, Meg? — indaga Melissa, incapaz de esconder o tom irritante. — Sua família não tem um monte de dinheiro? Seu irmão é, tipo, famoso!

— Acho que você acabou de responder à sua pergunta, querida — interrompe Alana, com o mesmo sarcasmo que minhas supostas amigas. — O *irmão* de Meg é famoso. Ou melhor, *rico*. — Ela dá uma piscadinha atrevida para mim, como se fosse uma heroína. — Não é?

— Exatamente — respondo, finalmente encontrando minha voz. — Não espero que ele me dê nada de mão beijada. — Olho bem nos olhos de Ness. — Diferente de algumas pessoas.

Ness me encara como se tivesse nascido uma segunda cabeça em mim.

— Tá. Estranho. Achei que você estaria trabalhando como modelo ou algo do tipo. Não isso.

Quanto as pessoas acham que eu ganho com posts no Instagram? Porque, além de todas as coisas de graça, a resposta é zero. Mesmo com o sobrenome McCarthy.

Alana abre a tampa do freezer.

— Certo, garotas, o que vocês vão querer?

Ela está transbordando educação, mas está totalmente no controle. Ness e Liss estão começando a se transformar nas irmãs feias da Cinderela; suas sobrancelhas mal desenhadas estão franzindo de raiva. Preciso morder meu lábio para conter um sorriso.

— Quero uma bola de baunilha — ela responde. — Light. — Depois murmura baixinho: — Se você souber o que é isso...

Melissa solta uma gargalhada maldosa, olhando fixamente para o corpo de Alana. Estou furiosa. Alana, no entanto, não está nem um pouco abalada.

— Ah, baunilha light — diz ela, sorrindo. — Uma escolha extremamente *original*. Agora, posso tentá-la com alguma cobertura? — Alana abre um sorriso largo, como um tubarão. — Espere, me deixe adivinhar. Você já é doce até demais, não é, docinho?

Tenho quase certeza de que dessa vez uma risadinha escapa de mim. Tento contê-la, mas é difícil demais.

Ness estreita os olhos e diz:

— Vou querer um pouco de morango. Por favor.

Quando Alana entrega o copinho, Ness solta um grito agudo e joga o iogurte no chão, espalhando tudo.

— Está tentando me matar? Tinha um AMENDOIM aí. Sou alérgica a amendoim! Um único grão pode me fazer entrar em choque anafilático.

Ah, sério? SÉRIO? Ela vai ser tão baixa assim? Porque eu me lembro muito bem de quando nos entupíamos de M&Ms de amendoim, muito tempo atrás, quando ainda éramos amigas. Ou ela já se esqueceu disso? Assim como se esqueceu de ser uma pessoa legal comigo.

Melissa se aproxima de Ness, abanando-a com as mãos num frenesi.

— Você está bem, querida? Não encostou em nada, né?

— Eu... eu não sei — responde Ness.

Ela respira fundo e segura no braço de Melissa. Em seguida, fala bem mais alto, um verdadeiro draminha teatral. Entre respirações ofegantes, ela se dirige a Alana com fúria:

— Ai, acho que estou tendo uma reação alérgica! Não acredito que você me deu isso. Vou te denunciar por negligência!

Ah, não. Agora ela foi longe demais. Não posso deixar Ness prejudicar a reputação de Alana com suas mentiras deslavadas. Cerro os punhos, preparando-me para desafiá-la — para lembrar a ela que essa alergia é uma farsa e nós duas sabemos disso. Mas Alana não precisa de mim. É óbvio que não. Ela tem tudo sob controle.

— Não temos amendoins e castanhas nas dependências das lojas. Nenhum. Zero.

Ness para no meio de um falso chiado e arregala os olhos.

— B-bem, deve ter! — rebate ela. — Estou sentindo minha garganta fechar!

Alana está tão calma que mais parece ter acabado de sair de uma aula de ioga. Ela aponta para uma placa enorme na lateral do balcão. NÃO TEMOS AMENDOINS E CASTANHAS NAS DEPENDÊNCIAS DA LOJA.

— Nós nos orgulhamos de oferecer produtos seguros para todos os tipos de alergias e intolerâncias e somos muito meticulosos com a questão dos amendoins e castanhas. Como você pode ler nessa placa *gigantesca* que está na vitrine da loja. *Gigantesca*. Para que ninguém deixe passar.

Ness se levanta, o rosto vermelho. A placa é mesmo maior do que precisaria ser. Até eu me sinto idiota por ter esquecido.

Alana pega um rolo de papel toalha do suporte ao lado da pia e entrega para Ness.

— Parece que seu choque anafilático já passou — diz. — Então o que acha de limpar a sujeira que fez no chão?

Há uma risada presa em minha garganta que ameaça estourar a qualquer segundo, então tampo a boca com a mão para me conter.

— Esse lugar é nojento! — declara Ness. — Meg, você deveria ter vergonha de mostrar a cara aqui. Vou tuitar que sua amiga gorda quase me *matou*.

— Finalmente a fama! — Alana sorri. — Ótimo. Pode colocar também o link para o meu Soundcloud?

Cada tiro que Ness dispara volta como um bumerangue e atinge sua cara. Estou passada. Que poder é esse que Alana tem? Queria um pouco disso.

Decido que quero conhecê-la melhor. De repente, quero conhecê-la mais do que tudo.

— Vamos, Liss — diz Ness, furiosa, arrastando Melissa pelo braço.

— Ah, mas eu ainda nem pedi meu iogurte...

— LISS, AGORA!

As duas saem da loja batendo a porta. Para o horror delas, Alana acena alegremente para as duas pela janela.

E a risada finalmente sai. Não consigo parar de rir.

— Pelo jeito elas não são suas amigas de verdade, né? — pergunta Alana, erguendo uma sobrancelha com malícia. — Caso contrário, vou me sentir um tanto quanto desconfortável agora mesmo.

— Elas não são *nem um pouco* minhas amigas — respondo, ainda rindo tanto que mal consigo pronunciar as palavras. — Não mais.

Olho para a sujeira que elas deixaram pelo chão.

— Nossa, sinto muito por elas terem vindo aqui e feito isso — digo. — Vou limpar tudo.

Alana pega o produto de limpeza e me entrega um pano.

— Eu te ajudo. Não se preocupe.

Ela abre aquele seu sorriso superconfiante, então relaxo.

Pela primeira vez na vida, não me preocupo nem um pouco.

CAPÍTULO DEZOITO

Quando chego em casa, minha mãe está agitada na cozinha. Ou, mais especificamente, está agitada ao redor de Caspar, debruçado sobre a mesa da cozinha, resmungando respostas no que presumo ser a nossa língua.

— Querido, por que você não falou um pouco mais sobre o álbum? Você sabe que é isso que os fãs estão querendo.

— Hum-Huum. (Tradução: *Sei lá*.)

— Podia pelo menos ter provocado um pouco. Dado uma dica ou duas?

— Aaaaaff. (Tradução: *Não quero falar sobre o álbum ainda*.)

— Os fãs não vão ficar lendo sobre suas dicas de moda para sempre, Cassy. Eles querem exclusivas! É o que vai ter deixar no topo de novo.

— aaaaff. (Tradução: *Palavrão*.)

— Pelo jeito a entrevista deu certo, então? — interrompo.

— Não foi tão ruim — responde minha mãe, suspirando.

Ela está encostada na bancada da cozinha com um copo de vodca tônica. Isso significa que foi ruim. Mamãe continua:

— Mas queria que seu irmão tivesse falado do álbum novo. A entrevista perdeu um pouco o propósito.

— Mãe, não está pronto! — explode Caspar, finalmente usando palavras para se comunicar. — Você sabe que não está pronto! Não vou falar de uma coisa que ainda nem existe.

Minha mãe bate o copo na bancada, deixando tanto eu quanto Caspar sobressaltados.

— Bem, e *quando* vai ficar pronto, Cass? — indaga ela. — Já te demos muito tempo para dar continuidade a ele. Fizemos de tudo para acomodar suas necessidades. Mas você parece mais interessado em garotas do que em trabalhar de verdade!

Nossa... É isso aí, mãe! Por essa eu não esperava. Eu estava prestes a subir para o meu quarto, mas talvez deva ficar um pouco mais para escutar a discussão.

Caspar arrasta a cadeira para trás.

— Já pensou que talvez eu já esteja sentindo muita pressão sem você me pressionar ainda mais? — pergunta ele. — Estou fazendo o que posso, mãe, mas não é tão fácil quanto você pensa. Não tenho como simplesmente tirar músicas da cartola.

A postura de minha mãe muda no mesmo instante. Eu deveria saber que ela cederia depois de dois segundos.

— Ah, Cassy, espere. Não seja assim. Sei que você está se esforçando. Eu não quis dizer que você não estava tentando, querido!

Bam, bam, bam. Passos subindo as escadas, seguidos de uma batida de porta que faz a casa tremer.

Minha mãe toma um longo gole de vodca, encarando a torradeira com uma expressão vazia. Eu me pergunto se ela vai se lembrar de perguntar sobre meu dia, meu novo trabalho, *qualquer* coisa que tenha a ver comigo. Mas... nada. Está com aquele olhar distante de preocupação com Caspar que já conheço muito bem. Então resolvo deixá-la sozinha e vou para meu quarto.

Tiro meu uniforme do mal enquanto ligo o notebook. Pela primeira vez, não vou direto para o Twitter para o dilúvio de amor e ódio. Nem entro no "Fome de música" para falar com Matty. Em vez disso, digito duas palavrinhas no campo de busca: *Alana Howard*.

Para minha surpresa, aparece uma página inteira de resultados. Facebook, Soundcloud, Twitter, matérias da imprensa local e uma fileira de vídeos do YouTube. Clico no primeiro da lista.

ALANA HOWARD — ONE DAY AT A TIME (CANÇÃO ORIGINAL) AO VIVO NO BRUNSWICK

Clico no play. Alana está ao piano, usando o mesmo chapéu de aba larga que vi na foto do perfil de seu Instagram.

Alana-do-YouTube ri, reluzindo sob os holofotes.

— Ok, vamos lá. Peço desculpas antecipadas por qualquer nota fora do tom. É a primeira vez que toco essa música ao vivo.

I don't have a map, I don't have a lot inside my pocket
I'm making the most of the things that I've got and that's how
I like it
Maybe I should get myself together like everybody else
They say they've worked it out
But I don't think they're being honest...

Fico olhando para a tela, sem acreditar. A voz de Alana é... incrível. É forte, alcança notas altas com muita facilidade, mas ao mesmo tempo também é, de alguma forma, vulnerável. Ela envolve tanta emoção em torno de sua letra reflexiva que é impossível não ser atraído pela música.

Been living for the weekend
Maybe that's shallow but it's what I do
Who cares about the dead ends?
Does it even matter where I'm running to?

Eu não esperava que ela fosse tão boa assim. A canção poderia competir com qualquer single de grandes artistas que tocam em estádios, e a performance dela é impressionante. Quero entrar na tela do computador e ficar no meio do público para ver melhor.

The future's always gonna be there
Nothing lasts forever so I'm OK with now
Don't we all just figure it out somehow?

If we take it one day at a time
One day at a time...

Quando chego no refrão, não tenho mais nenhuma dúvida: sou uma fã de Alana Howard. Estou dançando na cadeira, cantarolando com a parte final, porque gruda na cabeça. Foi como reencontrar um amigo que não via há muito tempo, mas não havia me dado conta de que me fazia falta.

Essa é a garota com quem eu trabalho. A garota que achei que combinava mais com um pote de iogurte gelado do que com um violão. Eu deveria ter dado uma chance a ela muito antes. Porque ela é incrível. É mais do que incrível. É uma artista de sucesso só esperando ser descoberta.

Não sei por quanto tempo fico ali sentada, ouvindo a música várias vezes seguidas, até que noto meu irmão parado na porta, me observando com o rosto sério e franzido.

— Ei, de quem é essa música? — pergunta ele.

Óbvio. Se tem música acontecendo nessa casa, ela tem que passar primeiro pelo Barão Von Casshausen. Ele precisa dar permissão por escrito para cada nota que ouse reverberar no recinto. E esse é um dos motivos pelos quais ele nunca, jamais, vai ouvir um único compasso de qualquer música minha.

— Achei que você estivesse irritado — digo, recusando-me a ceder.

Não vou ficar constrangida por ter balançado meu isqueiro imaginário no alto. Estou em meu quarto e posso imaginar isqueiros se eu quiser.

Caspar revira os olhos.

— Não estou irritado — rebate ele. — Só estou cansado de tanta pressão que a mamãe está colocando sobre mim com essas entrevistas idiotas. É irritante.

— Ah, é tanta pressão — respondo, revirando os olhos como ele havia feito. — Você tem a casa inteira, produtores à disposição, a mamãe e o papai fazendo absolutamente tudo por você...

— Estão me sufocando, isso sim.

Ah, coitado. Sufocado por amor e atenção. Pobrezinho do Cass Cass (Não digo essa parte em voz alta, obviamente. Só lanço um olhar sarcástico para ele e espero que isso transmita o sentimento.)

— E então, de quem é essa música? — repete ele, sentando em minha cama. — Você está recrutando talentos ou algo assim?

— Não, nada a ver com isso. É de uma menina do meu trabalho.

Caspar me olha com desinteresse.

— Na iogurteria — digo. — Sabe? Meu emprego de verão?

Ele dá de ombros e responde:

— E eu lá sei o que você anda fazendo?

Se os fãs de Caspar pudessem nos ver agora... Todo mundo acha que ele é o irmão mais velho perfeito e que nosso relacionamento é tããããoo fofo. Mas, na realidade, não passamos de fantasmas que se cruzam nessa casa.

— Bem, estou trabalhando na Dodô Ioiô, no calçadão, e a menina que está me treinando é cantora e compositora. Ela é muita boa, escuta só...

Quando vejo o vídeo mais uma vez, meu quarto se enche com a voz maravilhosa de Alana de novo. Sorrio de empolgação conforme a música vai se desenrolando. A melodia se torna mais familiar a cada vez que a ouço, como uma balada clássica que conheço há anos.

Observo Caspar assistindo ao vídeo, assentindo de leve. Dá para ver que ele está gostando. Alana vai ficar muito feliz de saber que ele tirou um tempo para escutá-la.

Mais para o fim da música, diminuo um pouco o volume.

— O que acha? Ela é boa, não é?

— É, até que não é ruim — concorda Caspar. — Tem um grande potencial para compor.

— Foi o que pensei — digo, sorrindo.

Nossa! Eu e Caspar realmente concordamos em alguma coisa. E ainda mais uma coisa relacionada à *música*. É praticamente um milagre.

— Acho que ela poderia assinar contrato com uma gravadora se todas as músicas forem tão boas assim — comento.

Caspar solta uma gargalhada alta, que me pega desprevenida. E antes de eu ter tempo de processar sua reação, ele já está saindo do quarto.

— Ei, qual é a graça? — pergunto. — Ela tem talento!

— É, parece que sim — responde ele com um sorriso irônico. — É uma pena ela ser tão gorda. É um desperdício.

Quando as palavras chegam aos meus ouvidos, ele já foi embora.

Talvez seja melhor assim. Estou tão chocada que não saberia como retrucar.

CAPÍTULO DEZENOVE

— Então é só você e Caspar, certo? Não tem nenhum outro irmão escondido?

Alana está sentada em uma banqueta do outro lado do balcão, depois de se servir de uma bola de duplo chocolate. Dessa vez, estou feliz por ela estar sendo enxerida sobre minha vida, porque isso significa que não estamos falando sobre suas músicas. De jeito nenhum vou contar a ela sobre a "opinião" escrota de Caspar. Ela ficaria arrasada.

Não acredito que ele foi capaz de desprezar uma voz incrível daquele jeito. Mas... será que tem razão sobre a imagem dela? Aff. Eu me sinto uma idiota traidora só de pensar nisso. Por que o mundo se importa mais com a aparência das pessoas do que com o talento? É injusto.

— Não, somos só nós dois — respondo.

Alana está girando sobre a banqueta como um furacão humano. Fico tonta só de olhar.

— Então o talento musical é de família?

Ótimo. De volta à música. O único assunto que eu *não* quero discutir de jeito nenhum.

— Bem, sim. Não sei se você já viu os primeiros vídeos do Caspar, mas foi meu pai que gravou e que ensinou tudo o que ele sabe. Minha mãe, nem tanto. Ela *acha* que canta bem, mas...

— Não, estou falando de você — interrompe Alana com uma risada estrondosa. — Você compõe?

Congelo. Ninguém nunca me perguntou isso. Tudo é sempre sobre Caspar. Se eu gosto das músicas dele, qual a minha preferida, como é ter crescido com um irmão famoso... Mas ninguém nunca me perguntou se *eu componho músicas*. Então, para ser sincera, não tenho ideia do que responder. Trata-se de um território completamente inexplorado.

Alana para de girar e olha diretamente para mim.

— E aí? — diz ela.

Pisco os olhos e desperto do estado de atordoamento, rindo de nervoso.

— Hã, é... Desculpa. Compor? Não. Isso é coisa do Caspar, não é para mim.

— Você está mentindo na minha cara! — exclama ela. — Diga a verdade.

Alerta vermelho. Sirenes tocam em meu cérebro. Como ela sabe? O que eu faço agora? Não mantive minhas músicas em segredo por todo esse tempo só para essa garota me decifrar depois de apenas uma semana de convívio.

— Bem, você sabe... Eu ajudava meu pai com as letras quando era mais nova, por diversão. Mas nada sério.

Pronto. Parece totalmente plausível. Então por que, de repente, me sinto como um microrganismo sob um microscópio? Deve ser porque Alana está investigando cada célula do meu ser com um olhar descrente.

— Você vem de uma família extremamente musical e nunca compôs uma música? Como assim? Nunca nem quis tentar? — questiona ela.

Ah, por favor! Ela não vai esquecer essa história. Nunca tive que lidar com esse tipo de questionamento sobre minha música. Bem, só por parte do BandSnapper, mas ele não conta.

— Não é muito a minha praia — respondo, torcendo para isso ser suficiente para encerrar a conversa. Mas Alana pensa diferente.

— Como pode não ser a sua praia?! — berra ela. — É música! É incrível! E faz parte da sua família, então não me venha com essa.

Essas palavras são como o imenso refletor de um helicóptero sobre mim. Não tenho onde me esconder, e sua intensidade está me fazendo suar.

— Tem alguma coisa a ver com aquelas meninas de ontem? — pergunta ela. — Você tem medo de que elas te perturbem por causa disso?

— Não! — exclamo. — Fala sério. Recebo toneladas de mensagens de ódio todos os dias de seguidores malucos do Twitter. Até parece que eu deixaria a opinião de alguém me impedir de fazer o que quero.

Sim, eu deixaria. Eu deixo as opiniões das pessoas me impedirem de fazer *tudo* o que quero.

— Não é todo mundo que tem os dons musicais de Caspar — digo. — Podemos ser irmãos, mas isso não significa nada.

— Ah, mas você deveria tentar — sugere Alana. — Aposto que seria boa nisso.

Encosto no balcão, evitando o olhar dela.

— É. Talvez um dia.

— Não me importo de te dar umas aulas. Deveríamos tocar juntas! Seria incrível!

Ai, meu Deus. Acho que gostava mais dela quando não parava de falar de Caspar, em vez de falar de mim.

— Já ouviu alguma música minha, por sinal? — pergunta.

Fico feliz ao avistar um grupo de garotas paradas em frente à loja; os olhos delas brilham de empolgação quando me veem.

— Clientes! — grito. — É melhor voltarmos para o trabalho.

— Não são clientes, são suas fãs. E com certeza comprariam seu álbum depois que a gente compor as músicas juntas.

Sorrio para as garotas que estão entrando na loja, torcendo para que Alana entenda a indireta de que não quero mais falar sobre isso. Mas o mais irritante é que parece não haver indiretas no mundo dela.

♪

— Você ouve música, né? Outras músicas, que não sejam do Caspar?

— É claro que ouço!

— Qual tipo?

— Todos os tipos. Pop, é óbvio. Bandas indie, eletrônica, cantores-compositores...

— Ah, cantores-compositores! Agora melhorou. Diga o nome de alguns. Vamos ver se gostamos dos mesmos.

As garotas que entraram na loja só serviram como distração temporária, e então o questionamento foi retomado. Pelo menos dessa vez estamos falando de outros músicos e não de nós mesmas, então decido colaborar.

— Dodie é uma de minhas preferidas. Tem também Billie Eilish, Taylor Swift...

— AI, MEU DEUS, EU AMO A TAY TAY! De que música você gosta?

— Gosto de todas, na verdade. Amo todo o *folklore*, principalmente a "invisible string".

Os olhos de Alana se iluminam de alegria.

— É a melhor faixa do álbum! Deveria ter sido um single, não acha? — pergunta.

Como sempre, seu entusiasmo anula sua noção de espaço. Dou um passo para trás.

— Sim, com certeza!

Ela dá um passo para a frente.

— Conhece alguma música da Ingrid Michaelson?

Dou um passo para trás.

— Conheço! "Be Ok", "Everybody"...

Alana dá um passo para a frente e nós duas dizemos:

— *You and I*.

— Está brincando? — pergunta Alana, e ri feito louca. — Essa é uma das músicas que me fez começar a compor!

Fico animada e, antes que me dê conta, palavras estão escapando de minha boca de tão ansiosa que fico para entrar na onda de Alana:

— Ela compõe de uma forma tão inteligente. As letras são excêntricas, mas ainda assim sinceras. Conhece mais alguma compositora norte-americana? LP? Sara Bareilles? Grace VanderWaal?

— Sim, sim e sim. Amo todas elas! Você está morando no meu cérebro agora? Elas são tão subestimadas.

Estou inspirada agora. Há uma enciclopédia inteira de cantores em minha cabeça, e quero comparar todos com a lista de Alana.

— Você conhece Oh Wonder? É uma dupla de Londres, uma garota e um cara. É bem relaxante e bonito.

— Vi ao vivo ano passado! — responde Alana. — Até encontrei os dois depois do show e Josephine autografou o *set list* para mim. Achei que fosse morrer na hora.

— Que incrível! Eu amo o estilo dela! Eles são incríveis!

— Como você consegue ouvir tantos compositores legais e não ficar inspirada a compor suas próprias músicas?

Percebo que me deixei levar pelo entusiasmo. Alana conseguiu me fazer baixar a guarda sem eu nem notar. Droga.

Dou de ombros, na defensiva.

— Sei lá. Assisto a muitos filmes também, mas nem por isso quero me tornar diretora.

Alana balança a cabeça.

— Não — insiste ela. — Eu não estou acreditando. Não com seus genes musicais. Você só precisa encontrar inspiração. Eu vou te ajudar.

Ela vai me ajudar.

Eba. Parabéns para mim. Não poderia ter me atido a abrir a caixa registradora, poderia? Tinha que me colocar nessa situação complicada. De alguma forma, ocultar os comentários repugnantes de Caspar resultou em Alana me oferecendo uma aula de composição.

Já é hora de ir para casa?

CAPÍTULO VINTE

Estou tendo aula sobre uma das únicas coisas que já sei. A coisa que amo mais do que tudo. Estou tão tentada a dizer a verdade para Alana, gritar: "eu sou compositora, caramba! Escrevi dezenas e dezenas de músicas e estão todas no meu notebook!" Mas as palavras ficam entaladas na garganta. Não consigo fazer isso. Não faço ideia do porquê. Simplesmente não consigo.

— A inspiração está em todo lugar — explica Alana, um tanto condescendente. — Você só precisa se conectar a ela... — Seus olhos se voltam para a janela. — Rá! Olha, Meg! Sua musa está te chamando.

Eu me viro, esperando ver um garoto lindo, digno de canções de amor, mas fico extremamente decepcionada.

— Eca. O que é isso? — pergunto.

Na beirada da janela está o pombo mais nojento, doente e sujo que já vi. Aponto para a sujeira em forma de pássaro.

— Essa coisa sarnenta NÃO é minha musa de jeito nenhum — protesto. — Parece que está prestes a morrer.

A voz poderosa de Alana de repente enche a sala, me pegando desprevenida.

— *Tem um pombo sarnento na beirada da janela... Ele está me olhando de um jeito esquisito, no olho-olho-olho...*

Caramba, ela está usando um microfone escondido? Ela tem a voz mais alta, clara e afinada que já ouvi e não se importa com quem está ouvindo.

— *Suas asas estão apodrecendo e seu bico está todo doente...*

Eu cubro a boca com a mão, explodindo em risadas incontroláveis.

— *... eu acho mesmo que ele está prestes a morreeeer...*

— Meu Deus, Alana. Você está cantando sobre um rato voador de olhos vermelhos e uma perna só!

Alana me olha com seriedade por um momento, até que caímos na gargalhada, descontroladas.

— Eu canto sobre absolutamente qualquer coisa. Sabe, Meg, a inspiração está em todo lugar, basta procurar por ela!

Certo, acabou a hora das risadas. Realmente não preciso de uma aula sobre encontrar inspiração, muito obrigada.

— Se eu fosse escrever uma música, não seria sobre malditos pombos — rebato. — Seria sobre minha vida ou, tipo, um garoto. Ou algo assim.

— UM GAROTO?! Que garoto? Quem é ele?

Ah não... Informação demais. Os olhos de Alana se iluminam como se eu tivesse acabado de dar a ela ingressos grátis para Hamilton.

— Ninguém! Eu só estava dando um exemplo!

Droga, por que fui abrir a boca? Ela me pegou desprevenida com aquela música improvisada boba sobre o pombo sarnento.

— Não minta, com certeza existe alguém — diz ela. — Eu poderia te ajudar a escrever sua primeira canção de amor para ele! Ele mora aqui perto? Poderíamos tocar na noite de microfone aberto na próxima semana e convidar ele...

A irritação percorre cada centímetro do meu corpo.

— Eu já disse, não componho músicas, você poderia deixar isso para lá, por favor?

— Se você fosse a uma apresentação minha, entenderia o que estou falando. Você ia adorar!

— NÃO, ALANA. Por que você é assim? Eu não vou mudar de ideia e me tornar compositora em um passe de mágica só porque você está insistindo. Eu não canto, não componho, então DEIXA ISSO PRA LÁ — digo, minhas palavras exasperadas como tijolos pesados construindo um muro ao meu redor.

Mas Alana continua ignorando meus protestos.

— Mas você já ouviu sua própria voz? — indaga ela. — Por que você não canta baixinho e eu gravo no celular? Aposto que você canta melhor do que pensa!

A persistência dela é demais para mim. É uma pena, porque estávamos compartilhando um momento e rindo juntas, mas agora ela foi longe demais.

— Você poderia relaxar um pouco? — solto. — Não vou cantar aqui. Fim de papo.

Ela não me responde.

— Alana, você está me ouvindo?

Ela está olhando para o celular. Estou pronta para continuar com meu chilique mal-humorado, mas então olho para o rosto dela. Quero dizer, analiso seu rosto. A diversão está se esvaindo e as lágrimas estão se formando em seus grandes olhos azuis.

— Alana? O que aconteceu?

— Eu... eu acho que preciso ir — gagueja ela, correndo para a sala dos fundos.

Fico perplexa. Laura aparece um minuto depois com um sorriso sem graça no rosto.

— Desculpe — diz ela. — Alana recebeu uma notícia um pouco... pessoal. Eu falei que ela poderia tirar o resto do dia de folga.

Não sei o que está acontecendo. Por que eu gritei com ela daquele jeito? Por que sou uma pessoa tão horrível?

— Ela está bem? — pergunto, baixinho.

— Sim, ela vai ficar bem — responde Laura, animada. Um pouco animada demais para eu acreditar nela. — Enfim, como foram as coisas entre vocês duas hoje? Tudo indo bem?

Não tenho certeza de como responder. Então eu apenas aceno com a cabeça e não digo nada.

♪

BandSnapper: Ei, você está aí? :)

LostGirl: Sim, acabei de chegar do trabalho! O que você está fazendo?

BandSnapper: Nada de mais. Pensando em quando você vai me dizer seu top 5 músicas que têm a ver com água. Já faz séculos que estou esperando!

LostGirl: Foi mal! Ando muito ocupada e ainda não tive tempo de fazer.

BandSnapper: Tudo bem! Como vão as coisas?

LostGirl: Até que não estão tããããão ruins. Você não vai acreditar: minha colega de trabalho também é cantora e compositora.

BandSnapper: Não acredito! Sério?

LostGirl: Pois é. Hoje ela tentou me fazer cantar com ela atrás do balcão. Eu quis MORRER!

BandSnapper: Haha. Sério?! Você devia ter feito um dueto com ela!

LostGirl: De jeito nenhum! Ela nem sabe que sou musicista... Não vou contar para ela.

BandSnapper: Espere, espere. O quê? Por quê?

LostGirl: Porque ela é muito animada. Vai tentar me levar para noites de microfone aberto com ela.

BandSnapper: E isso é uma coisa ruim?

LostGirl: Eu já te disse. Você é o único que pode ouvir minhas músicas.

BandSnapper: Mas ela também faz música. Vocês poderiam se ajudar!

LostGirl: É. Ou ela poderia me empurrar para algo que eu não quero fazer. Ou roubar minhas ideias.

BandSnapper: Ah, agora você está sendo pessimista.

LostGirl: A vida me tornou pessimista, BandSnapper. A maioria das pessoas que conheci não foi muito gentil, nem me deu apoio.

BandSnapper: Bem, talvez você não tenha dado oportunidade de elas fazerem isso.

LostGirl: Estou tentando com a Srta. Musicista (como ela agora será identificada), mas ela parece ter uma personalidade muito expansiva, então estou um pouco preocupada. De qualquer modo, acho que ela recebeu uma notícia ruim, porque teve que sair no meio do turno.

BandSnapper: Ah, não! O que aconteceu?

LostGirl: Não sei. Eu estava um pouco irritada com ela e agora estou me sentindo mal. Ela força um pouco a barra, mas é engraçada e muito mais legal do que as garotas da minha escola.

BandSnapper: Você tem o número dela? Por que não manda uma mensagem?

LostGirl: E vou dizer o quê?

BandSnapper: Perguntar como ela está, que tal?

LostGirl: Eu mal conheço ela...

BandSnapper: E por que não tenta conhecer?

BandSnapper: Desculpa, LostGirl, mas preciso editar umas coisas.

BandSnapper: Por sinal, pense a respeito daquele convite para a noite de microfone aberto!

LostGirl: Err, não, não vai rolar.

BandSnapper: Tá bem...! Continue dizendo isso para si mesma.

LostGirl: AFF! Tchauzinho, amiguinho. Bjs.

BandSnapper: "AFF!" pra você também. Até logo! Bjs.

CAPÍTULO VINTE E UM

Fico encarando o celular, sem saber se mando ou não a mensagem. Meu instinto natural é ficar bem longe dos problemas dos outros. Mas então me lembro de como ela estava chateada. Sei que se eu não perguntar como Alana está, vou passar a noite toda preocupada.

> Oi, Alana. Vc está bem? — M

Não foi muito poético, devo admitir. Ainda assim, cumpre o papel. No mesmo instante, vejo que ela está digitando.

> A — Oi, Meg. Desculpa por ter saído correndo daquele jeito. Recebi uma notícia horrível. Estou meio chocada, mas estou bem.

Espero Alana explicar um pouco mais, mas ela não manda outra mensagem. O que eu faço? Será que ela quer que eu pergunte ou está tentando não falar sobre isso? Alana não é de omitir informações. Mas o que eu sei? Conheço a menina há poucos dias.

> O que aconteceu? Ou prefere não dizer? **M**

Alana começa a digitar. Depois para. Então recomeça. Fico esperando até a resposta aparecer.

> **A** Meu ex-namorado teve uma overdose.

Fico encarando as palavras, tentando processá-las. *Ex-namorado*. *Overdose*. Não consigo associar nada disso a Alana. Não à alegre, engraçada, excêntrica Alana, que está sempre sorrindo e cantando alto no meio da loja. Como essa história pode ter a ver com ela?

> Sinto muito. Ele está ok? **M**

Ai, meu Deus. Lá vou eu com o meu "ok" insosso. Com certeza nada está ok nessa situação.

> **A** Ele está estável. Ainda está no hospital, mas foi por pouco.

> **A** A mãe dele o encontrou bem a tempo. Foi ela que me mandou a mensagem avisando.

> **A:** Provavelmente esperando que eu dê um jeito de salvá-lo.

> **A:** Como se eu já não tivesse tentado mil vezes.

Minha cabeça está girando. De tudo que sei sobre Alana, eu imaginaria que suas más notícias seriam mais provavelmente sobre um animal de estimação prestes a morrer ou um avô bonzinho que quebrou o quadril. Não um terrível passado complicado envolvendo drogas e decepções amorosas.

Parece que não sou a única capaz de guardar segredos.

> **M:** Vocês ainda são próximos? Você vai visitá-lo?

> **A:** Faz meses que não nos falamos. Assim que recebi a mensagem me deu vontade de correr para o lado dele, mas depois decidi que não seria uma boa ideia.

> **A:** Levei uma eternidade para tirar Dylan da minha vida. Não é uma ferida que preciso reabrir.

Dylan. Ele tem nome. Não sei por que isso me surpreende. Só torna tudo real. Como essas coisas podem ser reais?

> **A:** Foi mal, estou falando demais. Nada disso é problema seu.

Ah, não, estou demorando muito para responder. Ela acha que eu não me importo, mas eu me importo. De verdade.

> **M:** Não, sério, não tem problema, você pode me contar. Só estou chocada demais.

> **A:** Ele era um cara legal. Ninguém entendia o que via em mim.

Pisco, confusa.

> **M:** Como assim?

> **A:** Ele sempre foi rodeado de garotas. Poderia ter namorado qualquer uma.

> **M:** Mas escolheu você!

> **A:** É, a Alana de 16 anos, idiota e gordinha.

O quê? Ela tem mesmo essa insegurança? É a mesma Alana que conheço?

> Ei, não diga isso! **M**

> Só estou sendo sincera. Bem, mas ele me amava do jeito que eu era, além dessas coisas superficiais. Provavelmente porque ele também era músico. A gente escrevia músicas e se apresentava juntos. **A**

> Nossa, deve ter sido intenso! **M**

> Foi. Ele era três anos mais velho que eu, então as pessoas não aprovavam. Mas estávamos apaixonados... **A**

> Dá para ver que vocês tinham uma ligação especial. **M**

> Sei lá... Sinto que eu deveria ter me esforçado mais. Sinto que foi culpa minha. **A**

> Acho que fiquei cansada de me sentir mal sempre que estava com ele. Sinto que nunca me encaixei em lugar algum.
> — A

> Ei, pode parar. Para começar, você é maravilhosa! Sei que não te conheço há muito tempo, mas você é um partidão, Alana. Além disso, isso não é culpa sua. Você não é responsável pelas ações do Dylan.
> — M

Estou prestes a falar de Caspar e que não posso me culpar pelas idiotices que ele faz, mas me contenho. Nem de longe é a mesma situação. Nossa, por que eu associo tudo a ele o tempo todo? Nem tudo tem a ver com meu irmão, cérebro — ainda que a maior parte das pessoas em minha vida faça você acreditar nisso.

> Não consigo deixar de pensar: e se eu tivesse mantido contato? Ou se tivesse me esforçado mais para manter ele na linha? E se, e se, e se? Bem, eu tentei. Tentei mesmo. Será?
> — A

Como posso responder? Não sei o que aconteceu. Não estava lá e não consigo visualizá-la em uma situação tão extrema. Minha intuição me diz que Alana deve ter dado tudo de si para esse garoto. Ela não parece nem um pouco ser do tipo que hesita, então tento tranquilizá-la.

> Você o amou. Isso é o bastante. **M**

> Ele bebia e fumava o tempo todo, e no início eu achava inofensivo. Pior, na verdade eu achava legal. Mas parava de achar tão legal quando ele ficava bêbado a ponto de apagar. E depois ele começou a se meter com coisas mais pesadas... **A**

Drogas. Que perda de tempo. Uns funcionários da gravadora de Caspar, que deviam ter o dobro da minha idade, já me ofereceram cocaína e MDMA nos shows dele. Eles sempre pareciam tão esquálidos, se enfiando nos banheiros imundos de casas noturnas e cheirando sabe-se-lá-o-quê, depois falando merda para todo mundo a noite toda. Morro de medo de pensar em meu irmão sendo seduzido por essas coisas. Talvez já tenha sido. Como vou saber?

> Minha nossa! Parece assustador. **M**

> É assustador mesmo. Dylan começou a sair com um pessoal que eu odiava. Ele estava sempre se divertindo. Quando eu questionava, ele era grosseiro comigo. Muito grosseiro. Perdemos todos os nossos amigos porque ele afastou todo mundo. Os lugares não queriam nos chamar para tocar porque ele não era nada profissional. **A**

> **A:** Fiquei de coração partido, mas não dava mais para continuar tentando. Dylan estava me afundando junto com ele, e eu não queria viver aquela vida.

> **M:** Sinto muito, Alana, parece terrível. Mas você fez a coisa certa.

Quero ajudá-la, mas está além de minha capacidade. Quando minhas palavras mais importam, pareço dizer tudo errado. Meus olhos se enchem de lágrimas.

> **A:** Será mesmo? Talvez, se eu tivesse ficado, ele não teria chegado a esse estado. Talvez eu pudesse ter impedido que ele se autodestruísse desse jeito.

> **M:** Parece que ele estava determinado a seguir por esse caminho, com ou sem você.

> **A:** Não dá para saber. Não consigo entender as escolhas dele. Ele tem muito talento, mas o desperdiçou. Estava ocupado demais culpando o mundo por seus problemas. Acho que, no fim, eu tive que me salvar.

Uma lágrima escorre por meu rosto e eu a seco, constrangida, apesar de Alana não poder me ver. Por alguma razão, estou emotiva. Talvez seja a percepção de que todo mundo tem uma história que ninguém sabe. Ou talvez porque alguém finalmente confiou em mim para se abrir.

> **A:** Bem, desculpa o desabafo. Você deve ter coisas mais importantes com que se preocupar. Com certeza vou estar melhor na semana que vem e, ei, pelo menos posso canalizar tudo para minha música, né?

Ela está encerrando o assunto, mas sinto que mal começamos. Se ao menos eu soubesse como ajudá-la...

> **M:** Estou feliz que tenha me contado. Olha, eu sei que posso ser chata às vezes, mas é tudo fachada. Vc sempre pode me mandar mensagem se quiser conversar, pq, pra ser sincera, eu não tenho muitos amigos de verdade.

Assim que envio a mensagem, percebo que, pela primeira vez, não estou arrependida. Fiquei genuinamente envolvida com o que Alana estava me contando e me senti bem por estar presente.

Isso nunca aconteceu antes.

> Uau, a irmã de Caspar McCarthy como minha conselheira pessoal? Jamais imaginei que isso poderia acontecer.

> Qual a probabilidade? Talvez você me faça cantar aquela música do Pombo Sarnento... 😛

> Isso eu ADORARIA ouvir!!!!

Ela está voltando ao normal, então abro um sorriso.

Droga. Agora vou ter que contar a verdade a ela, não vou? Nem tenho mais escolha.

Digito as palavras no celular: *Tenho uma confissão a fazer. Sobre composição.* Mas ela me manda outra mensagem antes de eu clicar em enviar:

> Acho que preciso processar tudo isso. Obrigada por tudo, Meg. Te vejo na segunda-feira. Bjs.

Tarde demais. O momento passou. Seria estranho mandar a mensagem agora. Mas quero alegrar Alana. E sei exatamente como fazer isso.

CAPÍTULO VINTE E DOIS

Top 5 coisas que eu deveria estar fazendo neste fim de semana:

1. Atualizando o Twitter
2. Atualizando o Instagram
3. Atualizando o Facebook
4. Atualizando minha gaveta de calcinhas
5. Evitando Caspar

Top 5 coisas que estou fazendo neste fim de semana:

1. Ficando
2. Obsessiva
3. Com
4. Minha
5. Música-do-gato (agora é uma palavra)

Eu a ouço 17 vezes, tentando imaginar a reação de Alana. Ela vai amar. Aposto que vai rir tanto que vai acabar roncando. Mas, de repente, pensar em compartilhar isso com ela me fez ter uma crise de perfeccionismo digna do Caspar. Passei uma hora ajustando o equalizador na parte dos vocais e regravando mais uma vez o ukulele. Quero que o som esteja perfeito.

Uma batida forte na porta do meu quarto me tira de minha busca obsessiva por detalhes e me joga de volta à realidade. Eu me atrapalho para tirar os fones de ouvido e abro a porta, hesitante.

— Você está fazendo música aqui dentro? — pergunta.

É TJ, de braços cruzados e um sorriso atrevido nos lábios. Droga. Em geral, ninguém me ouve quando estou trabalhando em minhas músicas. Acabei me deixando levar.

— Não é nada sério — digo, tentando não dar detalhes. — Só uma coisinha boba que estou gravando para uma amiga.

Ele encara meu microfone Røde.

— Você tem uma estrutura legalzinha aqui. Não sabia que fazia gravações caseiras.

— É, meu pai montou para mim há alguns anos, me ensinou o básico, você sabe...

Minha mãe está correndo de um lado para o outro no cômodo ao lado, lavando roupa. Para meu horror, TJ a chama.

— Joanna! Você sabia que sua filha está compondo música aqui?

Sua cabeça loira aparece na porta.

— Ah, ela está sempre no quarto fazendo experimentos, não é, Megs?

— Pois é — resmungo. — Como eu disse, não é nada de mais.

— Sei, você só está experimentando... — diz TJ, se aproximando do meu miniestúdio, espiando a tela do meu notebook.

Eu o vejo analisar tudo.

— Posso escutar? — pergunta.

Corro para a cadeira e minimizo a janela aberta do Logic com um clique.

— Não, não. É muito idiota e eu ainda nem terminei — digo.

— Ah, vamos. Eu nunca te ouvi cantar. Estou curioso.

Pela forma como ele está se plantando ao meu lado, já sei que não vai sair até eu fazer o que pediu. Devo clicar no play? Ninguém jamais ouviu minha voz além de Matty. Fico enjoada só de pensar.

Ah, que seja. Dane-se.

Clico na barra de espaço e minha voz ressoa sobre os acordes cuidadosamente gravados. Começo a achar o tapete do meu quarto incrivelmente interessante e fico olhando para ele sem parar. TJ está calado, o que não é normal.

Isso é excruciante. O que será que ele está pensando?

— Viu, eu falei que era idiota — murmuro, interrompendo a música na segunda estrofe.

— Está brincando?! — responde TJ, arregalando os olhos. — É ÓTIMO! Você tem uma voz fantástica, Meggy. Eu não fazia ideia de que você cantava assim! Você mesma que gravou?

— Bem, sim — digo, ficando imediatamente da cor do batom de Alana. — Mas, como eu disse, não é uma música de verdade, nem nada do tipo.

— Parece uma música de verdade para mim.

Ele se vira para a porta, procurando minha mãe. Só que ela não está mais lá. Faz tempo que foi embora. Posso ouvi-la arrumando o quarto de Caspar, do outro lado do corredor. Que surpresa. Bem, eu não queria que ela ouvisse mesmo.

— É melhor você voltar a tomar conta do Sr. Cassington — comento, dando uma deixa para TJ. — Senão vai ter que ficar morando aqui para sempre, não é?

— Certo. Seria bom se ele estivesse sendo produtivo como você — diz TJ, e me dá um tapinha no ombro. — Vai me mostrando o andamento. Adoraria ouvir a versão final.

— Aham — respondo. O que nós dois sabemos que se traduz como "nem pensar".

Coloco os fones e tento recuperar a concentração. Quero deixar essa música o melhor possível para Alana e, embora eu mal possa admitir para mim mesma, quero que ela fique impressionada. Quando pego o ukulele, TJ reaparece na porta.

— Pode ir embora de uma vez? — grito. — E feche a porta quando sair!

— Estou de olho em você, mocinha — diz ele, dando uma piscadinha.

Então TJ simplesmente vai embora, me deixando terminar a música do gato em paz.

♪

> **LostGirl:** Ei, Snapper! Finalmente fiz a lista de músicas que têm a ver com água.
>
> 1. "Sea", Ina Wroldsen
> 2. "Oceans", Seafret
> 3. "Waves", Dean Lewis
> 4. "Cry Me a River", Justin Timberlake
> 5. "Stop the Rain", Ed Sheeran

> **LostGirl:** Também tenho uma ATUALIZAÇÃO MUITO IMPORTANTE. A Srta. Musicista recebeu uma notícia ruim, então resolvi alegrá-la enviando "Maximoo". (Não meu gato. A música.)
> Isso mesmo, vou mostrar uma música minha para ela.
> Não, não vamos fazer um alvoroço por causa disso.
> Sua próxima categoria é top 5 músicas com números no título.
> Valendo! Bjs.

Fecho o Discord e abro o WhatsApp. Alana não está on-line, mas respiro fundo e anexo a música. Não vou poder desfazer isso depois. Alana não vai poder "desouvir" minha voz ou minhas habilidades de gravação duvidosas. É isso — não tem volta. Ela vai conhecer meu grande segredo. Assim como TJ agora também sabe.

Ah, que seja. Dane-se; pela segunda vez hoje.

Depois de clicar em enviar, demora mais ou menos seis segundos para o pânico me obstruir como um vaso sanitário entupido.

Para minha própria sanidade, fecho o notebook e finjo que isso nunca aconteceu.

♪

Pego uma graphic novel que ainda não terminei de ler e me deito na cama. Três minutos depois, meu celular começa a vibrar. Pode ser só minha imaginação, mas a vibração parece mais urgente do que o normal. Antes mesmo de olhar para a tela, eu sei exatamente quem é. E quem mais poderia ser?

— Alô...

— AI. MEU. DEEEEUS!

Como se estivesse no viva-voz, a voz alta e estrondosa de Alana preenche meu quarto como um apresentador de TV muito animado. Lá vamos nós.

— Olha, não é para tanto. Vo... — começo a dizer, mas Alana me interrompe.

— Hã, alô? É uma COISA IMPORTANTÍSSIMA! Porque, AI, MEU DEUS, MEG. Literalmente. Ai. Meu. Deus. Você é CANTORA?!

O que eu fiz? O arrependimento é real. Muito, muito real.

— É só uma bobagem que eu pensei que poderia te animar...

— Não, não, não — interrompe Alana.

Praticamente posso vê-la balançando o dedo em minha direção.

— Não me venha com essa — continua ela. — Você é uma cantora de verdade, e compositora também. Eu sabia! Sempre soube.

— Ai, não diga isso. Por favor, não transforme isso em uma questão.

— Mas *é* uma questão. Sua voz é incrível. E a gravação está muito profissional. Eu nunca poderia fazer algo tão bom assim. É tão fofa e contagiante. E a letra é hilária!

Não consigo parar de sorrir. E não é o sorriso falso que faço para meus seguidores do Instagram. Dessa vez é real.

— Então você gostou? — pergunto.

— Eu AMEI. Por favor, diga que tem mais coisas para me mandar.

Isso é surreal. Estou acostumada a ler elogios do BandSnapper na tela de um computador, mas nunca ouvi opiniões tão positivas em voz alta. Minha música é uma coisa abstrata flutuando por alguma parte do cyberespaço. Não é algo sobre o qual humanos de verdade comentam.

— Eu tenho umas coisas — murmuro. Estou mesmo admitindo isso? Qual é o meu problema? — Um monte de coisas, na verdade.

Alana fica ofegante de tanta empolgação. Ela está sacudindo meu celular, meu quarto, deixando meu mundo inteiro de cabeça para baixo.

— Mande tudo para mim. Quero ouvir tudo. Além disso, por que você não canta ao vivo? Tem noite de microfone aberto todo domingo no Latest Music Bar. Estava mesmo pensando em ir lá amanhã. Não seria incrível?

Beleza. É por isso que não mostro minhas músicas para ninguém. É por isso que ter enviado aquela maldita música pode ter sido o maior erro na história da minha vida. Eu deveria ter me lembrado de que quando se dá a mão a Alana, ela vai querer o braço. Ou melhor, quando se dá uma mera musiquinha, ela vai planejar um show completo!

— Não, não seria incrível. Eu te mandei isso porque confio em você. Não quero que ninguém saiba que eu componho músicas. Nada de noite de microfone aberto, nada de nada. Está bem?

— E se compuséssemos alguma coisa juntas? — sugere ela. — Poderíamos fazer você ganhar um pouco de confiança e depois fazer uma apresentação!

— ALANA. Que parte da palavra NÃO você não entende? Eu não quero!

Ela fica em silêncio. Eita. Será que fui grossa demais? Acabei sendo muito escrota?

Mas logo Alana continua, ignorando o fato de que acabei de lhe dar uma chapuletada.

— Não entendo por que você quer manter isso em segredo. Com certeza mandou a música para mim por um motivo. Vamos, me mostre as outras coisas. As outras músicas. Quero muito ouvir.

Resmungo alto. Espere... acabei de fazer exatamente o mesmo barulho que Caspar está sempre fazendo. O suspiro mimado e irritante. Preciso muito me policiar.

— Não sei. Talvez — digo, refletindo e tentando ser legal.

— O que tem a perder mostrando sua música às pessoas?

A única válvula de escape que é só minha e não do mundo todo? A santidade da *MarcaMcCarthy*? Minha dignidade?

— Sem querer ofender, mas você não sabe como é crescer com um irmão prodígio. É muita pressão sobre uma pessoa. Não estou pronta para divulgar tudo ainda — explico.

A essa altura, Alana ri de mim. Ela gargalha, como se eu tivesse contado uma piada.

— Ah, Meggy, Meggy. Não se preocupe. Sei tudo sobre o precioso ego masculino quando se trata de música.

Ei, espere. Ela está rindo comigo?

— Imagino que esteja falando de Dylan?

— E quem mais seria? — retruca ela.

Preciso ser cuidadosa. Esse território ainda é desconhecido.

— Como ele está? Teve alguma notícia?

— Não soube muita coisa. Só que ele está acordado e vivo. Aparentemente. — Ela suspira. — Resolvi que não vou mesmo visitá-lo. Pode parecer cruel, mas não vale a dor de cabeça.

— Não é cruel, sério. Você tem que pensar em si mesma.

Acho que a ouvi sorrir.

— Obrigada. E você me animou mesmo com essa música — declara ela.

— Que bom. Essa era a ideia.

— Vá me ver amanhã — solta ela. — Vou tocar por volta das oito da noite. Você não precisa cantar. Só ouvir.

Quase conto que assisti a seus vídeos no YouTube e que a acho excelente, mas me contenho.

— Estou meio ocupada amanhã. Depende do que acontecer aqui em casa, com a programação de Caspar e tal.

Mentir parece a opção mais segura quando sou encurralada dessa forma.

— Pare de dar desculpas esfarrapadas e vá logo até lá! — ordena ela.

— Tudo bem. Vou pensar — respondo.

Alana sabe que não está chegando a lugar nenhum, então o assunto termina. Mas, quando desligamos, cumpro minha palavra. Paro mesmo para pensar. Em tudo.

Penso muito em tudo.

CAPÍTULO VINTE E TRÊS

BandSnapper: LostGirl! Vou tirar umas fotos hoje à noite para o jornal da cidade, então não tenho muito tempo para conversar, mas... MUITO BEM por finalmente ter compartilhado uma música com alguém!!! A Srta. Musicista gostou? Me conte! Bjs.

LostGirl: Obrigada, BandSnapper. ☺
Ela amou. E parabéns por ter conseguido o trabalho de fotografia! Não tem pressa para responder. Tenho planos para o fim de semana também. Até mais! Bjs.

♫

Chego no Latest Music Bar às 19h53. Meio em cima da hora, eu sei, mas levei o dia inteiro para decidir se vinha mesmo ou não. Quase desisto umas cinco vezes, mas minha curiosidade acabou vencendo. O lugar não fica longe, então seria meio chato eu não aparecer para ouvir pelo menos uma ou duas músicas. Além do mais, Alana me pediu para vir e quero vê-la tocar, o que, por fim, é o que me faz descer a escadaria sinuosa até o porão do café.

A pequena sala iluminada por velas está cheia. Tem um pequeno palco nos fundos, coberto com o emaranhado de cabos de microfone e suportes para instrumentos. Está vazio. Espero não ter perdido a apresentação dela. Abro caminho até o fundo do lugar, esperando que meu vestido preto de botões funcione como um uniforme da invisibilidade. Se bem que ninguém me reconheceria em um lugar desses.

De repente, todos ficam em silêncio e minha atenção se volta para o palco. Alana aparece, extraordinária, usando um bolero preto justo, uma saia florida ousada e sandálias de salto alto azul-claras maravilhosas. Ela não pode me ver, mas eu a vejo com certeza. Brilhando, reluzindo, confiante e pronta para se apresentar.

— Boa noite a todos! Como vocês estão?

Os vídeos do YouTube não fazem jus a ela. Na vida real, toda sua aura brilhante e ardente é visceral, tangível, atraindo a atenção de todo mundo para ela.

— Vou começar com uma das antigas. Cantem comigo se souberem a letra.

Ela pendura o violão no ombro e começa a dedilhar. Aquilo é tão natural para ela quanto piscar ou respirar. Os acordes começam a soar e a voz perfeitamente afinada dela entra na música.

Watch another door swing open
Calling like an invitation
And yet I don't walk through it
Waiting for too long, I find I'm
Scared to write the words down wrong
Why do I always do it to myself?

Essa deve ser popular entre o público, porque todos parecem conhecer. A performance de Alana é repleta de humor, e ela interpreta a cada palavra enquanto seus olhos dançam e estimulam o público. Quando chega ao refrão, sua voz paira sobre o lugar.

> *These are the songs you've never heard*
> *All these unspoken words are*
> *From my heart*
> *From my heart to yours*

É impossível não sorrir. A letra diz: *essas são as músicas que você nunca ouviu.* Uau. Acho que não sou a única que esconde minhas letras, melodias e emoções das pessoas que inspiraram minhas músicas.

> *These are the songs I've never played*
> *These are the sum of wasted days apart*
> *From my heart to yours*

Você já ouviu uma música e sentiu que alguém entrou em seu cérebro e pegou tudo aquilo que você nunca conseguiu expressar? Porque, neste exato momento, ela poderia estar cantando meus pensamentos mais íntimos. Droga, Alana Howard e sua incrível, destemida e relacionável capacidade de compor músicas.

> *But oh oh*
> *I'm ready now*
> *oh oh*
>
> *So ready now*
> *I think you deserve*
> *Songs you've never heard*

Estou tão atônita que os últimos versos me pegam de surpresa. Só sei que a música terminou pelo furor de aplausos empolgados que vem da multidão.

Estou aplaudindo e vibrando e não importa se alguém me vir. Foi tão bom que quero fazer parte disso. Mesmo que só possa aplaudir.

Alana sorri.

— Muito obrigada, pessoal. Sempre me divirto tocando essa música.

Ela tira o violão do pescoço. Ah, acabou? Fico decepcionada. Queria ouvir mais. Acho que todos precisam ter a oportunidade de se apresentar em uma noite de microfone aberto, mas três minutos não foram o suficiente. Quero gritar e pedir bis.

Mas então Alana atravessa o palco e se senta ao piano. Sua postura parece mudar, e o clima da sala muda junto.

— Então, hã, isso é algo totalmente novo. Compus esta música ontem, portanto, por favor, sejam gentis comigo — diz ela.

Ela está diferente. Cautelosa. Eu ousaria dizer... nervosa?

A multidão ri. Alguém solta um grito de incentivo e meu coração dispara com a expectativa. Acho que sei sobre o quê, ou melhor, sobre quem vai ser a música.

Não sei ao certo se aguento. Parece pessoal demais. Como se eu estivesse prestes a ler o diário secreto de Alana sem permissão. Só que ela está, por vontade própria, dando essa permissão a todas as pessoas presentes.

— Esta música é sobre alguém que eu conhecia — declara ela em tom calmo e sincero. — Alguém que tentei ajudar, mas... — A voz dela fica embargada e sinto minha respiração acelerando também. — ... mas não consegui.

Enquanto toca alguns acordes, ela apresenta a música:

— Esta se chama "Didn't I?"

You turn away
I'm talking to your back again
And my words have turned to dust, floating out the window

And each time you go
Cuts my heart a little more

Think I've died a thousand times
Trying to keep this love alive

Os acordes são simples, mas de alguma forma, sob a voz forte e sincera de Alana, eles invocam toda uma orquestra.

Now I got nothing
Nothing but a question
All I do is ask myself...

Seus olhos estão fechados, ela quase não olha para as teclas do piano, muito menos para o público. A emoção frágil e delicada da performance está fluindo direto do coração dela para o meu.

Didn't I try my hardest?
Didn't I do my best?
Didn't I hold you when you hurt?

Didn't I say I love you more
Than anyone else that's gone before?
Didn't I mean every word?

Sinto seu sofrimento. Sinto sua dor. Sinto cada pensamento frustrado que deve ter passado por sua cabeça durante todo o fim de semana. Toda sua mágoa é perfeitamente capturada em um refrão lindo demais.

But when the night comes down
And the light fades out
All that's left are the shadows and the doubt

A música continua a crescer e evoluir, a voz de Alana subindo na segunda estrofe e no refrão. A melodia muda, alternando entre dúvida e raiva, até que ela está cantando em um estado de pura paixão, sem nada a refreando.

> *Didn't I give everything?*
> *Didn't I keep on promising?*
> *Didn't we walk side by side?*
>
> *When did your hand stop holding mine?*
> *Have you been slipping away all this time?*
> *But at least inside my heart I know I tried*

Ela faz uma pausa, piscando para afastar as lágrimas. Com uma última respiração vulnerável, ela termina o verso em um sussurro suave:

> *... Didn't I?*

Ela está totalmente perdida em seu momento, e o restante de nós nem existe. O tempo está suspenso. A sala está em silêncio. Perplexa. Cativada.

Antes de me dar conta do que estou fazendo, saio das sombras e vou para a frente do palco. Estou aplaudindo, vibrando e abrindo caminho.

Quando Alana finalmente se vira para o público, ela me vê. Piscando os olhos de surpresa, suas lágrimas se transformam em risadas.

O pequeno bar é preenchido por aplausos ensurdecedores que devem estar ecoando por toda a Brighton. Estou aplaudindo mais alto do que todos e não estou nem aí se alguém me reconhecer. Porque não resta uma ponta de dúvida em minha mente: Alana Howard é a maior compositora que já conheci.

E eu preciso compor com ela.

CAPÍTULO VINTE E QUATRO

De alguma forma, tudo desapareceu. Os músicos, os funcionários do bar e o público sumiram, levando meu constrangimento com eles. A única pessoa que vejo agora é Alana. Antes mesmo de ela guardar o violão, corro para a lateral do palco, encurralando-a com uma tagarelice animada que não tem nada a ver comigo.

— Minha nossa, minha nossa, foi tão, tão incrível! Foi uma das melhores músicas que já ouvi. Sua voz é incrível, Alana. Você é tão talentosa que chega a ser inacreditável!

Jogo meus braços ao redor dela e dou um enorme abraço apertado, como se ela fosse uma de minhas amigas mais antigas e mais queridas. Qual é o meu problema? Não sou de abraçar ninguém! Aquela música linda me transformou em uma fã alucinada.

Por sorte, Alana não faz eu me sentir estranha. Ela ri e também me abraça.

— Não acredito que você veio mesmo! Estava te procurando, mas não consegui encontrar você.

— Eu estava escondida no fundo, como uma vampira.

— É lógico que estava. — diz ela, me apertando. — Você gostou mesmo da música?

Não vou mentir, esse abraço já está ficando esquisito. Mas talvez eu só esteja me preocupando demais.

— Eu amei muito — digo. — Amei as duas, mas "Didn't I" foi tão... linda. Foi perfeita.

Parece impossível colocar em palavras o quanto a música dela significou para mim, mas preciso tentar. Há um dicionário inteiro de adjetivos brilhantes em minha cabeça e estou desesperada para citar todos, só que uma luz ofuscante de repente interrompe meus pensamentos. Pisco, confusa, e me afasto de Alana conforme o bar volta a entrar em foco.

— Espera, podem continuar se abraçando mais um pouco? Não sei se consegui a foto. E vocês estão tão fofas.

Ei. Espere aí. Conheço essa voz.

Conheço esses olhos azuis sinceros, esses cabelos loiros despenteados e o sorrisinho torto. Conheço até a camiseta desbotada do Johnny Flynn.

— O que você está fazendo aqui? — grito, mal conseguindo esconder o pânico.

Matty Chester abaixa a câmera e solta um suspiro intimidado.

— Oi, Meg. É bom ver você também.

É ele. Minha pessoa preferida. Aqui. Na vida real. Tudo que quero fazer é correr e abraçá-lo, como fiz com Alana. Mas nem o poder de uma canção mágica é capaz de me mudar *tanto assim*. Caio muito facilmente na versão caricaturesca e odiosa de mim mesma.

— Quantas vezes tenho que falar para você não tirar foto de mim? — indago. — Já é ruim o suficiente você me perseguir na escola com essa máquina idiota, agora está me perturbando quando saio à noite também?

Alana está alternando o olhar entre nós completamente confusa, sem saber se é uma brincadeira. Ela abre um sorriso inocente para Matty.

— Ah, vocês se conhecem? — pergunta. — Está tudo bem, pode tirar as fotos que quiser! Eu adoro sair em fotos. Aqui, tira uma de nós duas juntas!

Ela joga um braço em volta de meu pescoço, posando sem constrangimento algum.

Não estou nem um pouco preparada para lidar com isso. Meu coração está acelerado quando me livro do braço de Alana e tento tirá-la do palco. Mas ela se recusa a ceder.

— Ah, você me fotografou tocando? — questiona.

Matty levanta o visor da câmera.

— Aham, veja só essa. Vai ficar incrível no jornal.

— Nossa, ficou maravilhosa!

— Foi uma música maravilhosa. Tive sorte de pegar o momento exato.

NÃO! Isso não está acontecendo. É como dois mundos colidindo em uma explosão infernal. Ai, meu Deus. Se Alana deixar escapar uma palavra sobre minha música do gato, já era. Tenho que interromper a conversa deles de qualquer jeito.

— Certo, você já conseguiu sua foto — interrompo, entrando entre os dois. — Agora pode nos dar licença? Preciso falar com Alana.

Alana está boquiaberta, totalmente chocada. Ela sabe que às vezes posso ser uma grossa, mas nunca me testemunhou em meu pior estado. Não posso nem olhar para ela, ou vou desabar.

— Talvez eu queira falar com ela também — rebate Matty. — Então qualquer problema que você tenha comigo pode esperar um minuto.

Ele é tão assertivo. Eu poderia beijá-lo agora mesmo...

— Bem, me desculpe se cansei de você enfiando essa câmera idiota na minha cara — declaro. — Não te dei permissão para tirar foto minha, então pode ir apagan...

— Eeeeeeeei — interrompe Alana. — Ei, ei, ei. O que está acontecendo aqui? Calma, gente!

Matty vira a tela da câmera para mim e apaga, com um gesto exagerado, todas as fotos em que estou com Alana. Nós duas rindo, conversando, nos abraçando. Minhas entranhas se contorcem a cada arquivo apagado. Eram fotos muito boas.

— Pronto — diz ele. — Feliz agora? Acho que não basta me humilhar na escola, você tem que continuar sua vingança em público também. O que foi que eu te fiz, Meg?

Eu o magoei. Eu o magoei de verdade. A percepção desse fato me mata.

— Pare de ser tão dramático, Matty — retruco. — Que ridículo.

— Meg — Alana murmura, horrorizada, e coloca a mão em meu ombro. — O que está acontecendo aqui?

— Bem-vinda ao mundo maravilhoso de Meg McCarthy — sussurra Matty, revirando os olhos. Ele toca no braço de Alana. — Você foi incrível esta noite, Alana. Me passa seu e-mail que te mando todas as fotos.

Ele tira um cartão do bolso e entrega a ela. Cartão? Quando Matty mandou fazer esses cartões? Fico magoada por não saber cada detalhezinho de sua vida com nossas conversas no "Fome de música". Mas por que saberia? Não compartilho nada com ele, então não posso reclamar.

Matty olha feio para mim. Parece indignado por alguém vil e cruel como Meg McCarthy andar com uma garota tão talentosa e positiva como Alana Howard.

Qual é o meu problema? Por que sou desse jeito?

— MEG... — diz Alana, séria.

Eu me viro para ela, sentindo o mundo se movimentar em câmera lenta.

— Oi?

— Reunião de emergência de garotas. Agora.

Com isso, ela agarra meu braço e me arrasta para o banheiro feminino antes que eu me oponha.

♪

— Tá, aquilo foi uma revelação. Você nunca me contou que Meg, na verdade, é apelido de Megachata.

As cabines do banheiro são apertadas e nada glamorosas. Alana está bloqueando a porta, de braços cruzados, me julgando em silêncio. O violão dela está apoiado na parede, ocupando o pouco espaço que resta.

— O quê? — retruco, na defensiva. — Não foi tão ruim assim.

Nós duas sabemos, sem sombra de dúvida, que foi bem ruim. Foi pior que ruim. Fui minha pior versão. Fui terrível.

— Aquele garoto só estava tentando ser legal e tirar uma foto nossa. Por que você gritou que nem uma doida com ele?

Olho para os pés dela. As sandálias são realmente esplêndidas. Talvez, se eu ficar aqui contando as tiras brilhantes, essa conversa morra até eu terminar.

— Ele te fez alguma coisa? O que aconteceu?

— Nada — digo, concentrando-me na contagem. — É que ele... — Pense em uma boa desculpa, Meg. Qualquer desculpa válida serve. — É que ele... é muito irritante. Ele estuda na minha escola e... ele me tira do sério.

Boa, Meg. Muito boa.

— Isso tem a ver comigo? Está tentando me sabotar ou algo assim? Não quer que minha foto saia no jornal?

— O quê?! Não, não é nada disso. Não seja boba.

— Você pareceu bem determinada a me afastar da câmera e fez ele apagar aquelas fotos lindas — rebate Alana.

Não posso acreditar que ela está entendendo a situação desse jeito. Isso está ficando cada vez mais complicado.

— Já aconteceu isso comigo, sabe... — continua ela. — Garotas tentando me derrubar por se sentirem ameaçadas por minha música. Não tenho tempo para joguinhos idiotas. Se não quiser ser minha amiga, é só falar.

— Você está sendo totalmente paranoica — respondo, exasperada. — Alana, eu amo sua música. Não te contei, mas ouvi suas músicas no YouTube, e ouvir ao vivo foi ainda melhor. Eu nunca ia querer te sabotar. Está maluca?

— Então o que foi tudo aquilo? — indaga. — A forma como agiu com o fotógrafo. Não entendo, você foi tão, tão cru...

— Estou apaixonada por ele — interrompo, revelando meu segredo.

— O quê? — grita ela.

Minhas mãos estão tremendo.

— Merda. Eu falei em voz alta?

— É, foi isso mesmo que você fez.

As paredes do pequeno banheiro estão se fechando e me esmagando.

— Você está apaixonada por ele? Esse é o garoto que mencionou?

Resmungo. Só queria poder retirar o que disse, mas é tarde demais. As palavras estão à mostra para todos verem.

— Nossa! Ele não é como eu esperava — declara ela.

— Por quê? O que há de errado com ele? — pergunto, na defensiva.

Alana levanta as mãos.

— Nada! Ele é fofo. Só não imaginei que fosse o seu tipo, com todas aquelas suas fotos descoladas no Instagram e tal. Achei que você só gostasse de caras descolados, tipo modelos.

— Aparência não é tudo, Alana.

— Eu sei — responde ela. — Acredite, eu sei!

— Ele é legal comigo — digo, pensando se devo ou não explicar melhor. Devo? Não devo? Ah, que se dane. Já cheguei até aqui. — Eu mando todas as minhas músicas para ele, e ele sempre ouve tudo.

Alana arregala os olhos como um lêmure desnorteado.

— Então ele sabe que você compõe? — indaga.

— Não, bem, sim. Quero dizer... Ele não sabe que sou eu.

Ela fica pasma e faz uma pausa.

— Hã?

— Eu falo com ele com o nome de usuário LostGirl — murmuro. — Mas ele não faz ideia de que sou eu. Não sei por que sou tão horrível com ele na vida real. Começamos com o pé esquerdo, e a coisa meio que foi virando uma bola de neve. Agora estou tão afundada na mentira que não encontro uma saída... sou uma péssima pessoa.

Alana abre a boca. Depois fecha. Então abre. E fecha. Até que finalmente fala:

— Que confusão.

— Não comece — digo, alertando-a. — Por favor, não me dê um sermão. Eu já sei. É um desastre.

— Por que você não pode simplesmente dizer a verdade? Você é Meg McCarthy. Qual seria o problema?

Tudo. Minha família louca, os haters detestáveis, o fato de todo mundo achar que sabe tudo ao meu respeito, até que tipo de garoto eu gostaria de namorar. Por onde posso começar?

— É complicado — digo em um tom patético. — Ele sabe coisas sobre mim que eu nunca poderia compartilhar com mais ninguém... — Dou um passo na direção de Alana e suplico: — Você não pode contar para ele quem eu sou. Por favor, por favor, não conte!

Dessa vez sou eu que estou invadindo o espaço pessoal dela. Alana recua.

— Tá, tá. Não vou dizer nada.

Suspiro de alívio.

— Mas *você* precisa contar — diz ela.

— Ei, podemos parar de falar disso agora? Não vim aqui para discutir minha trágica vida amorosa. Vim aqui te ver. Finalmente te ouvir tocar.

Certo, talvez eu esteja mudando de assunto de propósito, mas é a verdade. Pela primeira vez, vejo uma ponta de timidez em Alana.

— Você gostou mesmo? — indaga ela.

— Eu gostei *mesmo*. Gostei tanto que quero tentar compor uma música de verdade com você. Tipo, juntas. Se você ainda estiver a fim.

— Sério? Sério?! SÉRIO??? — No terceiro "sério", ela atingiu o registro de apito que só cachorros conseguem ouvir. — *Quandoquando quandoquandoquando*?

Dou de ombros.

— Quando você quiser. Podemos ir para a minha casa. Tenho um pequeno estúdio no quarto.

— Você está falando sério? — pergunta.

Sorrio.

— Sim. Estou falando sério.

Parece que Alana vai entrar em combustão espontânea de tanta alegria.

— Pode me mandar suas músicas? Hoje à noite? — pede ela. — Sei que não sou tão bonitinha quanto o menino da câmera, mas estou ansiosa para ouvir tudo.

— Só se você também me mandar as suas — respondo. — Quero ouvir todas elas.

Parece que uma dose dupla de empolgação acabou de ser posta no liquidificador e ele foi ligado na velocidade máxima. Espero que saia algo mais convidativo do que os repugnantes sucos verdes do meu pai.

— Está livre depois do trabalho amanhã? — questiona ela.

Mais perguntas. Fluxos intermináveis de perguntas. Mas dessa vez não me importo em respondê-las.

— Vou ver se a casa vai estar vazia.

— Tá. Me avise assim que chegar em casa.

— Pode deixar. Vou te mandar minhas coisas e você me manda as suas.

— Combinado! Tenho um monte.

Dentro deste banheiro apertado, eu me transformei em outra pessoa — uma pessoa aberta. Quero compartilhar tudo o que compus. E, mais do que qualquer coisa, quero ser amiga dessa garota maravilhosa, expansiva, espaçosa e extremamente talentosa. É provável que me arrependa da falação e das confissões no instante em que chegar em casa. Mas, agora, só ouço as mil melodias que estão esperando para serem compostas; todas as notas que vamos transformar em nossas, uma a uma, juntas.

— Podemos voltar lá para fora? — pergunta Alana, apontando com a cabeça para a porta. — Me sinto mal por estar perdendo a próxima apresentação.

Concordo, e ela pega o violão para sair.

— Por sinal, você vai me contar toda essa história do garoto da câmera com detalhes amanhã. Nos intervalos das músicas.

Não consigo responder. Ela já saiu e está cantando junto com o cover acústico de Dua Lipa que está sendo apresentado no palco.

CAPÍTULO
VINTE E CINCO

INSPIRAÇÃO É ALGO MARAVILHOSO. Fazia tanto tempo que eu não ouvia música ao vivo em um espaço tão intimista... O pessoal da cidade tocando canções com paixão, humor e criatividade, sem nenhum outro motivo além do amor que sentem por elas. Quase me deu vontade de desafiar o terror ofuscante e subir no palco também.

Talvez isso não seja tão impossível quanto eu pensava há algumas horas. Não com Alana ao meu lado. Minha nossa. Nós vamos compor uma música juntas. Amanhã! Só agora percebo como isso é intimidante, mas dessa vez não estou fugindo e gritando, estou apenas aproveitando a oportunidade.

Minha mãe está tão desesperada para eu fazer novas amizades que concordou em tirar todo mundo de casa à tarde. (Até Sua Caspareza Real.)

Está tarde, mas ligo meu notebook e escolho minhas músicas preferidas para mandar para Alana — uma playlist que conta a história da minha vida. Não hesito ao clicar em enviar. Ela certamente está fazendo a mesma coisa, porque sua pasta de músicas chega quase ao mesmo tempo.

> **A** Elas são meio improvisadas. Em geral gravo no celular ou no computador, usando um microfone meio porcaria...

> Tudo bem. As minhas também estão inacabadas. Mal posso esperar para ouvir suas ideias! **M**

> Mal posso esperar para ouvir SUAS ideias! Vou escutar o máximo possível antes de ir para a cama. ESTOU TÃO EMPOLGADA!!!!! **A**

> Siiiiiim! O que você fez comigo? EU NUNCA COMPARTILHO NADA COM NINGUÉM! **M**

> Eu não sou ninguém! Sou sua futura parceira no crime da composição. **A**

> ☺ ☺ ☺ **M**

Termino de baixar as músicas e arrasto a pasta toda para o iTunes. As gravações têm ruídos e são um pouco distorcidas, mas servem para me mostrar como funciona a mente de Alana. Alterno entre violão acústico alegre, acordes de piano melancólicos, sussurros comoventes e alguns vocais com barulho de trânsito ao fundo.

Em certas canções, ouço também a voz de um garoto. É grave e rouca e me pega de surpresa. As vozes fluem juntas sem esforço e dá para ver que existe uma ótima química entre os dois. Deve ser Dylan. Passo rapidamente por essas faixas, sentindo que estou me intrometendo em algo muito pessoal.

As músicas estão cruas, mas há um potencial infinito nelas. Nos últimos tempos, Caspar tem se preocupado tanto com produção que esqueceu o que é mais importante. A alma da música. A letra e a melodia. Tudo bem passar horas e horas para conseguir o som de bumbo ideal, ou a compressão vocal perfeita, mas isso deveria vir depois. O difícil de encontrar é a magia, a ideia, a semente.

Alana tem um jardim repleto de sementes. Posso ouvir tantas formas de cultivá-las. Cordas, e percussão, e harmonias, e sintetizadores. Mil direções e possibilidades diferentes.

Chego à última música, "Invisible Monsters". Amo o título, e a qualidade está muito melhor do que a das outras. Deve ter sido gravada quando ela ganhou aquele tempo de estúdio de graça no início do ano. Todas as nuances emocionais da voz dela transparecem, e isso prova como Alana pode ser boa quando um produtor profissional é envolvido.

I know
Poisonous words, they can echo
They cling to your doubts and then they grow
Like oceans they never end
And I could believe it, but wait
I don't want to drown in their hate
And if they destroy I'll create
I won't let them stop me again

Clico em replay e deixo as palavras se assentarem. Por baixo de todas as piadas, risadas e confiança de Alana, ela tem as mesmas inseguranças que eu. A única diferença é que não deixa que elas a impeçam de apresentar suas músicas para o mundo.

Invisible monsters at my door
Don't wanna believe in them anymore
Invisible monsters in my mind
They've stolen too much of my precious time

I'm gonna leave them
Gonna leave them behind
My invisible monsters

Também tenho muitos monstros invisíveis, como diz o título da canção. Sem saber, Alana está me dizendo exatamente o que preciso ouvir. Músicas são mesmo engraçadas. Às vezes, elas entram em nossa vida no momento perfeito. Justo quando mais precisamos ouvi-las.

Começo a digitar uma mensagem extremamente exagerada e empolgada para Alana, mas então vejo uma notificação do Discord. Matty já chegou em casa e está on-line. Não quero ler, mas não tenho como ignorá-lo. Então, com relutância, abro a aba.

BandSnapper: Oi, LostGirl! Vou responder rapidinho antes de eu ir dormir. Primeiro...

BandSnapper: Minhas top 5 músicas com números no título:
1. "Seven Nation Army", The White Stripes
2. "6/10", dodie
3. "One More Night", Michael Kiwanuka
4. "good 4 u", Olivia Rodrigo
5. "Three Little Birds", Bob Marley & the Wailers

BandSnapper: Sua próxima categoria é top 5 músicas sobre pessoas cruéis. Sei que é um assunto negativo, mas estou me sentindo desolado esta noite. Acabei me encontrando de novo com a terrível Meg McCarthy. Ela estava em uma noite de microfone aberto que eu estava fotografando. Juro, ela é como um cheiro ruim que nunca vai embora. Desde o início do verão, ela está EM TODO LUGAR. Parece que não consigo evitá-la.

BandSnapper: Eu só tirei uma foto dela com uma amiga — uma foto ótima, por sinal — e ela enlouqueceu. Foi tão constrangedor. Havia vários musicistas legais por perto e ela me humilhou na frente de todo mundo. E o pior de tudo, a amiga dela, Alana, era incrível. Provavelmente uma das melhores artistas que já ouvi ao vivo, e agora ela acha que sou um esquisitão com uma câmera na mão. Eu não estava tentando ser grosso nem nada. Só queria ajudar a promovê-la com uma foto bonita. Seria melhor se eu nem tivesse me dado o trabalho.

BandSnapper: Eu não entendo por que Meg me odeia tanto. Tentei ser legal com ela. Também tentei fazer o oposto e nem chegar perto dela. Nada funciona. Ela me detesta não importa o que eu faça, e já estou ficando cansado disso. Sei que a família dela é rica e famosa, que eles têm uma vida perfeita, mas isso não é motivo para tratar todo mundo como se fosse lama em seus sapatos de marca.

BandSnapper: Aposto que está com inveja por sua amiga estar chamando atenção, e não ela. O que Meg faz para ser famosa? NADA. Faz biquinho para a câmera do celular. Dá para ver que só o irmão dela tem talento na família. Ela só faz cara feia e insulta as pessoas. É ridículo! Queria que ela saísse logo da cidade, se mudasse para Londres e vivesse como qualquer outra modelo superficial do Instagram.

> Droga, LG. Desculpa pelo desabafo. É que ela me irrita muito, muito mesmo.

> **BandSnapper:** Mudando de assunto. Alana Howard. Uau. UAU mesmo. Você precisa escutar as músicas dela agora mesmo. São inspiradoras. Sério, você vai me agradecer.

> **BandSnapper:** Depois me conta o que está acontecendo com você e sua nova amiga. O que ela achou da música sobre Maximoo?
> Desculpe mais uma vez pela enxurrada de negatividade. Bjs, BandSnapper

Leio a mensagem duas, três, quatro vezes. Primeiro passo os olhos o mais depressa possível, esperando que, ao ler rápido, eu sofra menos. Depois leio um parágrafo de cada vez, permitindo-me sentir a dor completamente.

Terrível. Superficial. Ridícula.

Cada palavra é uma punhalada em meu coração.

Sem talento. Feia. Inútil. Grosseira. Vadia.

Não respondo.

Não posso responder. O que vou dizer? É culpa minha, afinal. Eu comecei tudo isso.

Sentindo-me vazia e desanimada, vou para a cama. Minha felicidade recém-descoberta foi ofuscada por uma sombra que eu mesma criei.

Tento me concentrar em Alana e em como vou precisar que ela me ajude se algum dia eu for consertar toda essa bagunça conhecida como minha vida "perfeita".

Tento não repassar as palavras de Matty várias vezes na cabeça.

CAPÍTULO
VINTE E SEIS

Top 5 coisas sobre as quais falo com Alana no trabalho:

1. Músicas
2. As músicas dela
3. As minhas músicas
4. As músicas que vamos compor juntas
5. A situação de Matty (e as músicas trágicas que escrevi sobre isso)

No fim do turno, Alana e eu caminhamos juntas para minha casa. A voz dela é um rio sem fim, jorrando ao meu lado.

— Então você compôs "Second First Impression" sobre Matty? Com certeza foi a música que mais se destacou, na minha opinião. Dá para sentir tanta emoção vindo de você, é maravilhosa. Não acredito que ninguém da sua família ouviu. Como você pode esconder esse tipo de talento de... ai, meu deus. É aqui que você mora?!

Ela para no meio do caminho e olha para a casa de tijolinhos vermelhos de três andares em estilo vitoriano.

— É, bem-vinda à Casa dos McCarthy — digo, tentando encontrar minhas chaves. — Ou Casa dos McMalucos, como prefiro chamar.

— É uma mansão! — grita Alana. — Vocês têm um canteiro inteiro de flores e um muro de proteção e... — Ela inclina o pescoço para cima — ... têm uns 37 cômodos. Nossa, Meg, qual o tamanho desse lugar?

— São só seis quartos — digo, abrindo a porta e dando de ombros.

— Ah, tá. *Só seis*. Porque obviamente seu gato precisa de um quarto com closet só para ele.

— Não é tão luxuoso. É onde sempre moramos — explico com certo desconforto. — Não somos, tipo, ricos, nem nada. Bem, não como algumas pessoas.

— Sei... Mas também não pobres como algumas pessoas...

Alana se demora na entrada, observando os novos arredores: as obras de arte caras nas paredes, a estante de livros cheia de edições exclusivas de capa dura, o refinado piso de madeira e as luminárias assinadas por designers.

— Me lembre de nunca te convidar para ir à minha casa — diz ela. — Nossa entrada tem uma infiltração e móveis baratos de 15 anos atrás.

— Nós temos móveis baratos... Acho... No quarto de hóspedes.

— Lógico — responde Alana, suspirando.

Antes que eu possa impedi-la, ela está bisbilhotando tudo que está à vista. Ela se concentra em algumas fotos de infância emolduradas.

— Uau, fotos suas com o Caspar! Que ESTRANHO. Ei, Caspar tocou nisso? Estou tocando em coisas que ele tocou? Posso roubar um pouco do DNA dele?

Ai, minha nossa.

— Solte isso — digo, tirando com cuidado a foto de Caspar no Brit Awards da mão dela. — Vou pegar umas coisas e depois já podemos começar.

Verifico todos os cômodos do andar de baixo e então vou para a cozinha pegar petiscos. Minha mãe cumpriu sua palavra, não há sinal de ninguém em lugar nenhum. Ainda bem. Não é uma situação de que eu gostaria que minha família participasse.

Alana ainda está fazendo comentários sem parar. Ela está com os olhos arregalados e sua cabeça gira como a de uma coruja. Quando chegamos ao meu quarto, a loucura só se intensifica.

— Esse é o seu equipamento? — grita, boquiaberta com meu pequeno estúdio. — É tudo do bom e do melhor!

Então Alana começa a mexer em tudo. Sem permissão.

— Ah, não mexe no suporte do microfone — peço —, está na posição perfeita.

— Desculpe — diz ela, pegando meu caderno e o folheando.

Estou começando a achar que isso não foi uma boa ideia. Respire, Meg. Apenas respire.

— Sente-se — digo, tentando canalizar a Meg paciente e receptiva que sei que está em algum lugar aqui dentro.

Alana se senta em minha cama e eu abro o Logic.

— Então... Nós vamos compor uma música — lembro.

— Sim — grita Alana, empolgada. — Vamos!

— Ótimo. Por onde devemos começar?

Há uma pausa extremamente longa. Olho para Alana. Alana olha para mim. Eu olho para Alana um pouco mais. Ela olha para mim, sem expressão.

— Não faço a menor ideia.

Ferrou.

♬

O problema é o seguinte: quando componho sozinha, minhas ideias fluem tão naturalmente que quase nunca preciso pensar no que estou fazendo. É como se uma onda repentina de criatividade dominasse meu corpo e eu não tivesse escolha além de colocar tudo para fora por meio do piano, do violão ou de minha voz no microfone. Não preciso explicar por que estou fazendo aquelas escolhas. Apenas acontece. Sou um para-raios que conduz melodias e não tenho controle sobre a rapidez com que elas aparecem. Não penso para as músicas existirem. Elas simplesmente existem. Por meio de mim.

Compor com outra pessoa, no entanto, e ainda mais com alguém que conheço há apenas uma semana, é como esperar que alguém que aprendeu violoncelo clássico toque *trash metal* na guitarra. Meus poderes se desgastaram completamente, e quanto mais Alana fica me encarando, maior fica a amplitude de *absolutamente nada* dentro de meu cérebro.

— Tá, beleza — digo, rompendo o silêncio. Minha voz parece estridente e artificial, como se cada sílaba estivesse exposta para análise. — Como você costuma começar?

Alana está balançando as pernas com tanta força que acho que ela pode alçar voo para o outro lado do quarto.

— Encontrando uma melodia, eu acho. Ou... pela letra.

— Letra, ótimo! — digo, apegando-me desesperadamente a qualquer ponto de início que possamos encontrar. — Você está com aquelas ideias que anotamos no trabalho?

Alana pega um pedaço de papel rasgado e amassado na bolsa. Está cheio de títulos de músicas da conversa que tivemos mais cedo. Olho para as palavras em inglês, que significam "fascinante", "brutal", "mundo imperfeito", "100%", "a hora é agora", "esperando para falar".

— Parecia muito mais inspirador algumas horas atrás — admito, desolada.

Alana concorda, olhando à sua volta.

— Posso pegar seu violão emprestado? — pergunta. — Quando eu escrevia com Dylan, ele sempre começava com uma sequência de acordes.

— Lógico.

Passo a ela meu velho violão surrado, de repente constrangida pelo fato de que o tenho desde meu aniversário de 11 anos e ele está coberto de adesivos de arco-íris, fadas, Disney, unicórnio. Minha imagem perfeitamente construída está sofrendo um esvaziamento trágico e rápido quando me dou conta de que há indícios de meu status de fracassada por todo o quarto. Meu hipopótamo da sorte ao lado do notebook, um porta-retrato em formato de coração com uma foto minha com meu pai, meus chinelos de coala, meus troféus de competições de dança. Ainda tenho um panda sobre a cama, pelo amor de Deus! É como se eu não tivesse visto nada disso até outra pessoa entrar em minha caverna.

Mas agora tudo está entrando em foco, de um jeito muito consciente e desconfortável.

Alana pega o violão sem fazer nenhum comentário e começa a dedilhar uma melodia sem objetivo. É bonitinha, mas, para ser sincera, totalmente esquecível. Ela nota que não fiquei impressionada e começa a dedilhar acordes aleatórios.

— Não é uma ideia ainda. Só estou... me aquecendo.

— Certo, sem problema — digo, tentando encorajá-la.

O tempo passa dolorosamente devagar e ainda não temos nada além de acordes estranhos e dissonantes...

— Sem pressão, Alana, mas seria bom surgir uma ideia em algum momento...

De repente, seus acordes sem propósito são interrompidos.

— Não consigo pensar em nada — lamenta ela. — É como fazer xixi de porta aberta. Não consigo fazer com você me olhando.

— Que bela analogia!

— Bem, é verdade! Sinto que minha seiva criativa parou completamente de fluir!

Por que isso é tão estranho?!

— Chega de xixi e seiva! — resmungo. — Talvez isso não tenha sido uma boa ideia.

O simples fato de Alana estar em meu quarto é bizarro. Ela parece fora de contexto sentada em minha cama, segurando meu violão, dominando tudo com sua alanice. E esmagando minha meguice no processo. Ela não se encaixa aqui, nossa energia não está batendo. É como colocar Kanye West no palco com Kae Tempest.

Mas então Alana começa a dedilhar um ritmo persistente e, de repente, do nada, capto um fio da melodia. Baixinho, com cuidado, começo a cantarolar o que apareceu em minha cabeça. Tem alguma coisa aqui. Ideias estão se formando.

— O que você acabou de cantarolar? — pergunta Alana, me incentivando. — Vamos, cante de novo, estava bom...

— Não sei de onde vieram essas palavras, mas tive uma ideia. *Line 'em all up in a row... Line 'em all up in a row...*

— *Like dominoes, Like dominoes?* — sugere ela.

— isso! *Dominoes... it's the domino effect!*

Alana encontra a rima:

— *What did you expect?*

É um trecho de melodia, um fragmento de letra. Uma semente. Mas tudo se encaixa perfeitamente.

E, do nada, começamos.

♪

Não estou acostumada com o processo de coautoria. Todas as minhas escolhas estão sendo examinadas com uma lente de aumento, assim como as de Alana. A canção se torna um quebra-cabeça gigante e nós duas lutamos para encaixar as peças. Às vezes, uma acaba desviando totalmente do caminho, mas estamos trabalhando juntas; construindo com cuidado, lado a lado, analisando palavras e ritmos até criarmos nossa imagem musical.

— Acho que deveríamos deixar mais espaço aqui, deixar respirar um pouco.

— Tem certeza de que aqui não fica melhor assim?

— Deveríamos voltar para o pré-refrão de novo depois dessa estrofe?

Gravamos em meu notebook conforme vamos progredindo. Nossas vozes se harmonizam de uma forma que eu não esperava. É como se cantássemos juntas a vida toda. Perdi todas as minhas inibições e não me importo se os vizinhos me escutarem.

I've been moving forward
No point in looking back
I've been pushing on like a train on a track
It's getting everyone excited

But if you haven't bought a ticket
Then you're never gonna ride it

I've been growing gardens
Yeah I've been planting seeds
But nothing's gonna bloom
'Til I clip out all the weeds
And now you're telling me it's not fair
Well I guess you shoulda been there
You shoulda been there

Lining up my dominoes
I'm good to go, I'm good to go
Line 'em all up in a row...

É totalmente diferente de como costumo trabalhar, mas parece tão real, tão natural, tão inevitável... Alana me escuta como ninguém. Ela leva minhas opiniões em consideração. Ela traz ideias em que eu nunca teria pensado. Ideias brilhantes.

Look out for what's coming next
You'll be feeling the domino effect
Coz I've started it falling down
Falling down
One, two, three
Better keep your eye on me
What did you expect?
You'll be feeling the domino effect
Coz I've started it falling down, falling down
Falling down

Com a letra finalizada à nossa frente, cantamos a música inteira juntas. Estamos refletindo a energia e a empolgação uma da outra, viciadas em nossa própria criação. Nós fizemos isso! Algumas horas atrás, essa combinação específica de notas e palavras não existia e agora existe. É uma espécie de magia que eu nunca vou conseguir entender muito bem.

Estou me divertindo tanto que me esqueci do tempo, do espaço e de todo o resto. Somos só eu e Alana, cantando como se fôssemos a atração principal de um festival.

De repente, ouço um barulho. Peço que Alana fique em silêncio e meu coração acelera.

— Shh, acho que ouvi alguma coisa.

Ela para de tocar violão, assustada.

— O que foi? Foi seu gato? — pergunta ela.

Nego com a cabeça e prendo a respiração. Não. Deve ter sido um humano mesmo.

— Olá? — digo. — Mãe? Pai?

Vou até a porta na ponta dos pés, me xingando por não a ter fechado. Então solto um imenso grito de pânico quando dou de cara com um homem desconhecido.

CAPÍTULO VINTE E SETE

O HOMEM BARBUDO fica tão surtado com meu surto que surta e derruba a pilha de coisas que está segurando. Um emaranhado de cabos de extensão, conectores e adaptadores cai no chão como espaguete, assim como seu iPhone.

— Quem é você? — grito, minha voz saindo como um agudo de Mariah Carey.

— Desculpe, querida, estou com a equipe — diz ele, atrapalhando-se para pegar tudo do chão. — Estava procurando o banheiro.

Eu o encaro, atônita.

— Que equipe? — pergunto.

Há outros ruídos entrando em cena agora. Sons metálicos, batidas e conversa.

Ouço a voz de TJ bradando ordens:

— Cuidado com as pinturas no corredor! E vamos precisar de outra câmera aqui, para poder fazer tomadas de corpo inteiro. Aqueles sapatos são patrocinados, a marca quer que sejam vistos.

Ah, não. Isso não é nada bom.

Passo pelo intruso hipster e desço as escadas correndo. Estranhos estão agindo como se fossem donos da casa, estendendo cabos pelo chão e montando luzes em nossa sala.

Minha mãe surge no meio de toda a loucura, abrindo um sorriso enorme para mim.

— Oi, querida! Está se divertindo com sua amiga?

— O que está acontecendo? — pergunto, desviando quando um cara com uma espada passa por mim. — Mãe, você prometeu que ninguém ficaria em casa hoje à tarde.

— Eu sei, amor — responde ela, fazendo biquinho para se desculpar. — Tentei, mas TJ apareceu com uma oportunidade de entrevista incrível para o Cass. É para a BuzzPop TV! Eles acharam que seria legal mostrá-lo em casa. Você sabe, passar um clima intimista, familiar.

Aham. Porque nada é mais *intimista* do que uma equipe inteira de filmagem em sua sala.

Isso é muito injusto.

Pela porta semiaberta da sala, vejo Caspar sentado em uma banqueta com gel no cabelo, maquiagem no rosto e calça jeans de cintura baixa. Ele está de cara feia escutando TJ gritar as instruções.

— Lembre-se, fale só de música. Mencione o álbum. Você não precisa revelar nada, mas leve as pessoas para seu processo de composição.

Meu pai está ao lado de TJ, como um cachorrinho fiel. Ai, minha nossa. Ele está segurando um copo de água aromatizada com frutas com um canudinho, para poder matar a sede do meu irmão mimado nos intervalos. Acho que não consigo suportar nem mais um segundo disso, então dou a volta e subo as escadas batendo os pés, esperando que o barulho atrapalhe o teste de microfone.

— Meggy, o que está fazendo? — pergunta minha mãe.

Eu a ignoro, trombando com o cara irritante da câmera de novo. Estou tão brava que é difícil resistir ao ímpeto de empurrá-lo escadaria abaixo. Meu olhar furioso o faz sair do caminho.

— Acho que acabamos por aqui — aviso Alana, que parece perplexa. — O Duque de Cassbridge dominou a casa toda. Não vou conseguir cantar agora que sei que estão todos lá embaixo.

Começo a fechar nossa gravação. Alana fica cabisbaixa.

— Poxa. Eu estava entrando no clima.

— Eu também — respondo, abrindo um pequeno sorriso, apesar de estar decepcionada. — Vou te mandar o que temos até agora e podemos terminar outro dia, certo?

— Sim, me manda! Talvez a gente possa... — Ela hesita. *Por favor, não diga o que acho que você vai dizer.* — Talvez a gente possa mostrar para sua família quando estiver pronta. O que acha?

Eu deveria saber que isso estava para acontecer. Alana não é como eu. Ela não é do tipo que compõe uma música e a esconde. Ela vai querer mostrar para o mundo todo.

— Acho que minha família está um pouco ocupada agora.

— Tá. Mas você precisa me prometer que vamos fazer alguma coisa com o que estamos criando. Uma apresentação, um vídeo, *qualquer coisa*. É bom demais para não compartilhar.

— Tudo bem, eu prometo — digo. — Mas você pode cantar a música sem mim.

— DE JEITO NENHUM — responde Alana. — Precisa ter a voz de nós duas, ou não conta.

Cruzo os braços, na defensiva.

— Para você, é fácil falar. Você não tem que competir com um irmão gênio da música. Todos vão me julgar mil vezes mais e me comparar com ele.

— Você é tão talentosa quanto Caspar. Na verdade, acho que é melhor do que ele.

Lanço um olhar cético em sua direção, mas ela abre um sorriso encorajador. Uau, Alana acha isso mesmo. E não tem ideia do quanto essa opinião significa para mim.

De repente, ela arregala os olhos.

— Espera aí. Caspar. — O nome do meu irmão destravou uma parte separada de seu cérebro. — Você acabou de dizer que ele está lá embaixo?

— Hã, sim. Vai dar uma entrevista idiota.

Os olhos de Alana saltam como os de um sapo surpreso. Ai, minha nossa. Conheço essa expressão. Surto de fã enlouquecida em três... dois... um...

— Caspar McCarthy... ESTÁ LÁ EMBAIXO? Sei que estou passando vergonha e tenho a impressão de que você meio que odeia ele e tal, mas... posso conhecer seu irmão? *Porfavorporfavorporfavooor?*

Sempre vejo isso acontecer quando Caspar está envolvido. Garotas e garotos racionais, normais, de repente comportando-se como se tivessem a cabeça vazia, enlouquecidos e hiperativos no instante em que têm o mínimo indício de que Caspar está por perto. É o maior clichê que existe.

— Está falando sério? Não seja esse tipo de garota, Alana. Você não precisa disso.

— POR FAVOOOOR! — suplica ela, saindo da cama e literalmente se arrastando aos meus pés. — Só vou dar "oi" e ir embora. Não vou mencionar nada sobre estarmos compondo música. Mas, por favor, por favor, me deixe conhecer seu irmão, por favoooor! Sou fã dele desde sempre!

Contenho a vontade de dar um chute na cara dela.

— MEU DEUS! TÁ BEM. Mas não demora, porque ele já vai começar a gravar.

Alana sai do quarto tão rápido que dá para ver aquelas fumacinhas de desenho animado em seu rastro. Fala sério! O que aconteceu com eu ser melhor do que Caspar? Acho que só era verdade antes de ela se dar conta de que ele estava por aqui.

— Eu não o odeio, por sinal — admito, indo atrás dela. — Ele é meu irmão e eu o amo. É que ele é muito, extremamente, irritante.

— Ah, é normal sentir isso quando uma pessoa é muito próxima — responde Alana, sem dar muita importância. — Tenho certeza de que você vai dizer o mesmo sobre mim um dia.

— Vou dizer o mesmo sobre você agora mesmo. Você é muito, extremamente, irritante, Alana. E também, agora mesmo, está me dando muita vergonha alheia.

Alana ignora meus insultos. Ela só tem uma coisa na cabeça, e ele está posando com arrogância na sala de estar. Avistá-lo a faz ficar da cor da coleção de almofadas decorativas vermelhas de minha mãe.

— É ele mesmo! — Ela dá um gritinho em forma de sussurro maníaco. — Ai, meu Deeeeeus.

Bufo, irritada.

— Sim, sim, o fantástico filho escolhido. O Caspar da vida real, de carne e osso, cabelos penteados e tudo, blá-blá-blá. Vamos lá acabar logo com isso.

Eu a empurro na direção da porta. O câmera, o pessoal da iluminação, a moça da maquiagem, a apresentadora da BuzzPop TV que parece uma Barbie, TJ e meus pais olham ao mesmo tempo. Ninguém parece muito feliz em nos ver, mas continuo assim mesmo.

— Ei, desculpe interromper — digo, em um tom que não tem nada a ver com arrependimento. — Só queria te apresentar para minha nova amiga, Alana.

Pela primeira vez, talvez em toda vida, Alana fica sem palavras. Cutuco seu braço, então ela dá um aceno ridículo e trêmulo.

— O... oi.

No centro de seu agitado séquito está Caspar, profundamente irritado. Ele observa Alana dos pés à cabeça com um desdém que mal tenta esconder. É tão ridículo que me faz recuar. Por sorte, minha mãe se intromete, oferecendo uma distração para a péssima reação dele.

— Ah, olá, olá. Que prazer finalmente te conhecer.

Para meu constrangimento, ela agarra Alana e dá beijos de longe dos dois lados de seu rosto.

— Meggy nos contou tudo sobre você e sua música — diz minha mãe.

Engraçado. Ela não parece ter prestado atenção a qualquer uma das vezes em que mencionei partes de minha vida que não incluem Caspar. Que memória seletiva, mãe!

— Ei, vocês duas poderiam sair daqui? — grita Caspar. — Estamos meio ocupados.

Alana é pega desprevenida e gagueja:

— Des-des-desculpe, sei que não deveríamos ter interrompido. É que sou uma grande fã de sua música e queria dizer oi...

— É, dá para ver que você é uma *grande* fã. Mas, caso não tenha percebido, tem uma equipe de filmagem aqui esperando. E vocês estão atrapalhando todo mundo.

A apresentadora dá uma risadinha nervosa ao lado dele, enquanto o restante da equipe disfarça e fica olhando para o chão. Todos fingem não notar as bochechas vermelhas e o lábio trêmulo de Alana.

— Bem... espero que possamos conversar uma outra hora... — diz ela, com voz aguda.

Como ele ousa? Só pode ser brincadeira, né? Fico esperando Caspar abrir seu sorriso de câmera, aquele que reserva para fãs e sessões de fotos, mas o olhar depreciativo se recusa a deixar seu rosto. Ele observa Alana como se ela fosse um peixe podre com pernas.

Retiro o que disse sobre amá-lo. Eu o ODEIO. Tudo que existe em mim quer empurrá-lo daquela banqueta com violência, mas TJ interfere antes que eu perca completamente a cabeça.

— Espere um segundo, vou te dar uma coisa — diz ele.

TJ corre até Alana, lhe entrega um cartão e a acompanha para fora da sala. Ele explica o comportamento terrível de Caspar em voz baixa:

— Desculpa, Cass está sob muita pressão no momento. Por favor, aceite isso. É uma filiação anual para a sala VIP virtual de fãs de Caspar McCarthy. Dá acesso a notícias e gravações exclusivas, downloads gratuitos de álbuns e você também pode comprar produtos pela metade do preço.

Isso se chama "contenção de danos". Depois de anos trabalhando para o meu irmão, TJ já se tornou especialista. O fato de ele estar usando a mesma velha conversa com minha nova amiga fez um vômito subir para minha boca.

Agarro Alana pelo pulso e a puxo para fora da sala.

— Pode parar, TJ. Já estamos de saída. — Olho feio para Caspar antes de sair e digo: — Obrigada por fazer nossa família parecer totalmente sã e acolhedora, Cass. E, por sinal, você precisa passar mais corretivo nessas olheiras.

Eu o vejo arrancando um espelho da mão da maquiadora enquanto bato a porta da sala na cara de todos eles.

Alana está muda, em choque, analisando o cartão que tem nas mãos.

— Eu te disse que ele poderia ser horrível — digo, em tom de desculpa. — Não é bem a pessoa encantadora que você estava esperando, né?

— É, bem que dizem para nunca conhecermos nossos heróis. — Ela endireita os ombros e seca as lágrimas. — Que babaca! É isso que você tem que aturar todo dia?

— Pois é. Caspar é a pessoa mais insuportável que conheço. E o mundo todo pensa que ele é perfeito.

Alana balança o cartão em minha direção.

— Onde tem uma lata de lixo?

Tampo a boca com a mão, fingindo estar em choque.

— Você vai jogar fora sua filiação para o fã-clube oficial de Caspar McCarthy? O Caspar McCarthy?!

Ela rasga o cartão no meio com um sorriso. É um sorriso convidativo. Um sorriso de que faço parte também.

— Meg, quando a gente terminar a nossa música, Caspar é que vai suplicar para entrar para o *nosso* fã-clube.

CAPÍTULO VINTE E OITO

BandSnapper: Oi, LostGirl, você está on-line? Você anda muito quieta. Espero que não tenha te ofendido com o enorme desabafo sobre Meg aquele dia. É que ela consegue me tirar do sério. Você está bem?

LostGirl: Oi. Não, não tem problema. Sinto muito por ela ter sido tão horrível com você. 😊 Não quis te ignorar, é que eu ando mt ocupada!!

BandSnapper: Imagina, já superei aquele dia! O que você anda fazendo?

LostGirl: Algumas coisinhas.

BandSnapper: Coisinhas que têm a ver com música?

LostGirl: Talveeeeez... ☺

BandSnapper: Mal posso esperar para ouvir! Por sinal, você chegou a ouvir Alana Howard? Ela é INCRÍVEL.

LostGirl: Ainda não, vou dar uma olhada. Enquanto isso... Top 5 músicas sobre haters/pessoas cruéis:
1. "Mean", Taylor Swift
2. "Don't Kill My Vibe", Sigrid
3. "The Bully", Sody
4. "Praying", Kesha
5. "Shake it Off", Taylor Swift (precisei citar Taylor duas vezes, lógico!)

LostGirl: Sua categoria: top 5 músicas sobre amizade.

BandSnapper: Haha, boas respostas. E um tema intrigante... você e a Srta. Musicista estão ficando amigas?

LostGirl: Talveeeeez... ☺

BandSnapper: Espera aí, vocês estão compondo juntas???

BandSnapper: Não faça suspense, LostGirl! Vocês têm alguma música nova?

LostGirl: Ainda não. Além disso, você também está fazendo suspense. Preciso de mais detalhes sobre seu trabalho de fotografia.

BandSnapper: Não tenho muito mais para contar. Acho que vão usar uma das fotos em uma crítica. Mas, ah, uma foto de cada vez, até eu estar nos bastidores do Brighton Centre.

LostGirl: Não tenho dúvida de que você vai fazer isso acontecer. ☺

BandSnapper: Algum dia você pretende vir a Brighton, LostGirl? Você não deve morar tão longe assim. Quando posso te conhecer?

LostGirl: Lá vai você de novo...

BandSnapper: Poderíamos ir a um show juntos! Da próxima vez que Alana tocar, você deveria ir comigo.

LostGirl: Não sei... Vou pensar, tá?

BandSnapper: Ok, eu compreendo. Acho.

LostGirl: Desculpa.

BandSnapper: Não... eu é que peço desculpas por ser tão insistente. É que eu adoraria te conhecer.

LostGirl: Como eu disse... Vou pensar.

BandSnapper: Bem, já é um passo na direção certa, pelo menos!

LostGirl: Um dia vou te compensar por tudo isso. Prometo.

BandSnapper: Vou estar aqui esperando... ☺

LostGirl: Espero que sim. Bem... é melhor eu ir, tenho que trabalhar de manhã!

BandSnapper: É, eu também. Bons sonhos, LostGirl. Bjs.

LostGirl: Bons sonhos, melhor amigo. Bjs.

♫

A melhor coisa de trabalhar com Alana é que momentos entediantes na iogurteria de repente se tornam repletos de inspiração. No dia seguinte à nossa épica sessão de composição, Alana e eu estamos sofrendo do equivalente musical a uma onda de adrenalina, fazendo planos e trocando ideias nos intervalos de todas as tarefas mundanas da loja.

Enquanto conversamos sobre como fazer um novo arranjo para a seção intermediária de "Domino Effect", um grupo de estrangeiras empolgadas, estudantes de intercâmbio, entra na loja. Elas estão rindo e tirando fotos enquanto fazem os pedidos. Não falam inglês muito bem, mas dá para ver que são fluentes na língua das selfies.

Uma delas vira a lente da câmera para Alana enquanto paga.

— Amamos você. Vocês duas. Lindo vídeo cantando! *Trop bien*!

Hã? Olho de soslaio para Alana, que parece tão confusa quanto eu. Será que essas garotas ouviram a música dela? Ela é famosa em Bruxelas?!

— Desculpa, mas que vídeo? — pergunto.

— *Ouiiiiiii, la vidéo*! Linda dupla! *Merci pour la photo*, Meg e sua amiga. *Vous êtes adorable*!

A garota joga um beijo para nós e todas elas saem da loja agitadas e empolgadas.

— Meg, o que foi isso? — indaga Alana no segundo em que a porta se fecha.

— Não faço a menor ideia — respondo. — Será que elas se confundiram?

Alana dá de ombros.

— O que elas quiseram dizer com "linda dupla"? E por que estavam tirando foto de mim também?

Algo muito estranho está acontecendo. Sinto um ímpeto repentino de dar uma olhada em meu celular, só que ele está trancado na sala dos funcionários. Antes que eu tenha tempo de abrir a porta dos fundos, Laura sai voando dela.

— GAROTAS! — grita ela. — A conta de Twitter da Dodô Ioiô está bombando! Vejam só!

Ela coloca o celular sobre o balcão. Há um vídeo do YouTube na tela. Eu e Alana. Sentadas em meu quarto. Cantando nossa música.

Fico de queixo caído. O queixo de Alana cai mais ainda. Trocamos olhares horrorizados.

— Acreditam nisso? — diz Laura. — Vocês VIRALIZARAM!

Meu estômago embrulha, mas me obrigo a olhar para a tela com mais atenção...

MEG MCCARTHY & GAROTA MISTERIOSA CANTANDO MÚSICA ORIGINAL!!!

Imagens EXCLUSIVAS da irmã de Caspar McCarthy, Meg, e amiga desconhecida compondo e cantando juntas.

Os fãs de Caspar estão em uma espera infinita por seu segundo álbum. Será que Meg está pensando em seguir os passos dele e lançar suas próprias músicas antes?

Cuidado, Caspar! Essas garotas são ótimas!

São mais de dois minutos de gravação da Alana tocando violão e eu cantando ao lado dela. A imagem está um pouco escura. Pelo ângulo, a câmera estava bem perto da porta do meu quarto. O áudio, no entanto, está alto e nítido.

A seção de comentários está fechada, mas a contagem de visualizações é alta. O vídeo já foi visto 9.437 vezes, e só foi postado há cerca de uma hora. Quase dez mil pessoas ouviram minha voz, minhas melodias, minha letra. Quase dez mil pessoas sabem meu segredo. Acho que vou vomitar.

— Como isso aconteceu? — grita Alana, boquiaberta diante do vídeo que recomeça. — Não demos permissão para isso ser divulgado. E quem filmou?

A resposta surge de imediato em minha cabeça.

— Aquele cara — respondo, resmungando. — Ele estava bem em frente à porta do meu quarto com o celular, lembra? Sabia que ele parecia meio suspeito. Deve ter nos filmado escondido.

Olho para o nome de usuário da conta. É uma espécie de site de fofoca.

— Aposto que pagaram pelo vídeo. Que idiota — declaro.

Posso ver a inocência de Alana se dissolvendo diante de meus olhos.

— Mas isso é horrível! Por que alguém faria isso?

— Bem-vinda ao mundo do showbiz — respondo, apática.

Laura balança a cabeça, sem acreditar.

— Garotas, por que essa reação negativa? É uma ótima notícia! A música de vocês está sendo ouvida por milhares de pessoas. Vejam! — Ela atualiza a página. A contagem de visualizações agora pulou para mais de 13 mil. — Está aumentando! As pessoas estão compartilhando. Isso pode transformar vocês em estrelas!

Sinto meus batimentos cardíacos acelerarem na mesma rapidez que as visualizações. Só consigo sentir pânico. Pânico total.

— Nós nem terminamos de compor a música ainda... Não está nem perto de estar pronta para alguém ouvir.

— Eu achei ótima — comenta Laura. — Vocês duas são tão talentosas. Não acredito que se encontraram dessa forma. E na MINHA loja! Foi o destino! — Ela sorri para Alana. — Todos esses anos de esforço, Lan, e você finalmente conseguiu seu momento. Sei que seu nome não está no vídeo, mas as pessoas já estão descobrindo quem você é.

Se Laura pretendia demonstrar apoio com suas palavras, a intenção se perdeu pelo caminho. Alana ficou pálida.

— Não sei se estou preparada para isso. — Ela engole em seco. — Ai, minha nossa, Meg. O que as pessoas estão falando?

— Vou olhar — respondo, indo na direção da porta dos fundos. Também não sei se estou preparada para isso.

Quando pego meu celular no armário, está piscando com um fluxo interminável de notificações — tuítes, comentários no Instagram, e-mails. Está fora de controle. Levo o celular para a loja com as mãos trêmulas, com medo de ler sozinha.

— Vamos, diga — insiste Laura. — Quais são as opiniões? Alguém tuitou a respeito?

Alana está espremendo as mãos de tanta ansiedade. Esqueço que ela não está acostumada a milhares de olhos virtuais a observando. Julgando. Não que seja algo com que alguém realmente se acostume.

— Certo — digo, respirando fundo. — Vamos lá.

Mergulho no mar de tuítes. Há algumas boas centenas ou mais esperando para serem lidos, então começo do alto da página.

> UAU! @MegMcCarthy tem uma bela voz! Eu não fazia ideia! Ela é INCRÍVEL, assim como a amiga!

> EU PRECISO da versão completa, de estúdio, dessa música de @MegMcCarthy e da garota misteriosa. Quando sai o álbum?

Sou tomada por alívio conforme leio os comentários em voz alta. Alana e Laura ficam atentas a cada palavra, e seus olhos brilham de satisfação.

> Estou chocada DE UM JEITO MUITO POSITIVO. @MegMcCarthy é uma cantora como Caspar! Eu já sabia! Sua voz é tão diferente, e a garota cantando com vc, nossa!

— Eles gostam da gente — Alana ri. — Meg, ELES GOSTAM DA GENTE. Não acredito que isso está acontecendo.

Sinto o nó em meu estômago um pouco menos apertado.

— É, acho que sim.

Mas então cometo o velho erro de descer a tela um pouco mais.

Essa é a internet. Um palanque anônimo onde qualquer um pode dizer o que quiser, sem nenhuma consequência. Um lugar para as pessoas vomitarem todos os pensamentos negativos, intolerantes e críticos que surgem na cabeça, sem ver o sofrimento que causam. Uma arena perfeita para todas as pessoas cruéis, incluindo os haters. Nem sei por que estou surpresa. A sensação de nervoso e vontade de vomitar volta.

🐦 PQP! A **@MegMcCarthy** acha mesmo que sabe cantar? Hahaha! Não largue seu emprego, você nunca vai ser uma estrela como seu irmão!

🐦 AFF **@MegMcCarthy**, meus ouvidos estão doendo depois daquele vídeo. E quem é aquela zé-ninguém no violão? Vocês são ridículas e a música é UM LIXO.

🐦 ECA **@MegMcCarthy** quem é aquela BALEIA no vídeo? A música é bonitinha, mas vc precisa de alguém melhor no violão.

Todos esses tuítes machucam, mas o último é o pior de todos. Vou precisar de toda a minha força de vontade para não responder. Alana não fez nada de errado. Por que as pessoas são tão cruéis?

— O que mais estão dizendo? — pergunta Alana, espiando sobre meu ombro com entusiasmo.

Posso senti-la irradiando empolgação e não vou entristecê-la de jeito algum. De que adiantaria? É hora de trancar todos esses comentários horríveis em uma caixa e enterrá-los bem no fundo da mente. Cuido disso depois, quando estiver mais preparada.

— São tantos tuítes que não dá para acompanhar tudo — digo. — Talvez seja melhor olharmos mais tarde, no computador.

Guardo o celular no bolso de trás e forço um sorriso. A julgar pelo suspiro de exasperação de Laura, acho que não foi muito convincente.

— Vamos, Meg, se empolgue um pouco. Centenas de pessoas estão amando o que vocês duas fizeram. É incrível!

— Sim, é ótimo. Eu só... — Olho nos olhos de Alana, esperando que ela entenda minha apreensão. — Eu só queria que as pessoas ouvissem nossa música quando estivesse pronta. Nem sabemos ainda o que estamos fazendo, como vamos explicar para o mundo inteiro?

É isso que sempre acontece nesse tipo de situação. As pessoas ficam totalmente fascinadas. Todos estão esperando pelo momento mágico em que alguém passa do anonimato para o estrelato. Na vida real, esses momentos levam tempo e necessitam de planejamento e muito trabalho. Não estamos preparadas. Nem um pouco.

Alana toca meu braço, tentando me dar força.

— Ei, está tudo bem — garante. — Sei que não era assim que você queria anunciar seu grande segredo. Não precisamos dizer nada em público sobre isso, se você não quiser. Só estamos dando uma palinha para as pessoas.

— Uma palinha? — repito, fazendo um esforço para sorrir. — Até que eu gosto disso.

É estranho. Se isso estivesse acontecendo só comigo, um vídeo vazado de mim cantando sozinha em meu quarto, acho que estaria tendo palpitações e desabando no chão agora mesmo. Mas, com Alana ao meu lado, não me sinto tão hesitante quanto achei que me sentiria. Sinto que talvez possamos mesmo lidar com isso.

— Acho que mais fãs estão chegando — grita Laura, espiando pela janela.

Com certeza há um grupo barulhento na frente da loja, criando coragem para entrar.

— A notícia deve estar se espalhando — declara Laura. — Vamos pedir para elas entrarem. Eu fico no caixa e vocês ficam conversando com todo mundo.

Deve ser o dia de sorte de Laura: duas celebridades pelo preço de uma. É o dobro de propaganda e o dobro de vendas.

— Hum, Alana. Lá vamos nós... Está preparada? — pergunto.

Ela olha para as pessoas com nervosismo e abre um sorriso determinado.

— Só tem um jeito de descobrir. Vamos ver como é ser Meg McCarthy por um dia.

De alguma forma, Alana e eu encontramos um bom ritmo, nos revezando para responder às perguntas e conversar com os fãs. Quando nosso turno de trabalho termina, é um anticlímax simplesmente dizer adeus e ir cada uma para um lado. Temos a sensação de que deveríamos estar planejando a próxima música, nosso álbum, uma turnê mundial.

Entendeu o que eu disse? É muito fácil se fascinar.

CAPÍTULO VINTE E NOVE

Quando chego em casa, Caspar está bloqueando a escada, subindo e descendo sem parar, gritando com arrogância ao celular. Sinto pena de quem está do outro lado da linha.

— Não, me escuta você... Quero o nome de todos os membros daquela equipe de gravação, ou vou envolver meus advogados. Aquele vídeo foi vazado e vocês não tinham esse direito!

Pelo visto ele ficou sabendo da notícia. Assim como o restante do mundo. Dou uma olhada para cima, nervosa, e vejo Caspar se apoiando no corrimão. Ele está ocupado demais vociferando ordens para me notar. Não o vejo tão zangado há anos — nem durante as brigas com meus pais na adolescência. Até seu cabelo parece zangado, todo arrepiado, como se estivesse revoltado.

— Não, ninguém deu permissão para isso ser postado no YouTube...

Espere. Ele está me protegendo? Fico paralisada no corredor, escutando-o com o coração aquecido.

— Era para aquela equipe estar aqui para *me* gravar. E não minha irmã caçula e sua amiga amadora.

Ah... Meu coração aquecido voltou a ficar completamente frio.

— Meu empresário organizou tudo por meio de conexões que consegui com muito trabalho, e nada disso tem a ver com Meg. Sabe como uma música amadora pode pegar mal para minha marca?

É. Frio, congelado, como uma geleira.

Haters são uma coisa, mas escutar esse tipo de comentário do meu próprio irmão é bem diferente, e não estou no clima para isso. Largo a mochila no corredor e tento encontrar um espaço para mim na sala.

Minha mãe, meu pai e TJ estão reunidos no sofá, conversando sobre alguma coisa. Tente adivinhar que coisa é essa...

Minha mãe é a primeira a falar, dando um salto e correndo em minha direção com os braços abertos.

— Ah, Meggy. Não fazíamos ideia... Não mesmo! — Sou atingida por uma onda de Chanel Nº 5 quando ela vem para cima de mim. — Sua voz, sua composição! É tão maravilhoso! Como escondeu esse talento de nós?!

Meu pai ataca pelo outro lado, puxando eu e minha mãe para um abraço de urso.

— Estamos tão orgulhosos de você, meu amor. Você viu? O vídeo acabou de atingir a marca dos quarenta mil! Não acredito que você esteve compondo músicas como essa. Achei que só estava tocando de brincadeira no quarto. Por que não nos contou?

— Eu já sabia — diz TJ, juntando-se ao abraço em grupo. — Desde quando te vi pela primeira vez, quando você era pequena, eu sabia que tinha algo especial em você.

Eu me desvencilho do abraço para poder respirar.

— Ei, ei, esperem um pouco. Fico feliz por estarem animados, mas podem não me matar sufocada, por favor?

— Não dá para evitar! — grita minha mãe. — Foi um choque tão grande. Quero dizer, um choque excelente, incrível, mas ainda assim um choque. Quando te vi cantando naquele vídeo, não pude acreditar!

Ah, não. Acho que ela está chorando. Espere, o que estou dizendo? Minha mãe soluça de tanto chorar até assistindo a comerciais de ração para cachorro. É óbvio que está chorando.

— Por que não disse nada, querida? Você podia ter confiado em nós. Foi por causa do Caspar?

É... foi, sim.

— Não, de jeito nenhum, mãe. Não exatamente...

— Então isso é novidade? Sua nova amiga está te ensinando a compor? — pergunta meu pai.

Ele não consegue ficar parado, está visivelmente transbordando de orgulho.

— Bem... — respondo, mas minha voz some. Eu poderia mentir. Mas não consigo. A caixa foi aberta e não adianta mais fechá-la. — Ela está me incentivando, com certeza, mas eu componho há séculos. Só nunca mostrei para ninguém.

TJ fica me encarando de um jeito totalmente profissional.

— Certo, há quanto tempo? Quantas músicas? — pergunta ele.

Fico corada. Esse dia está uma loucura. Caramba, o que está acontecendo?

— Hã, muito tempo — gaguejo. — Alguns anos. E não sei quantas músicas. Por volta de trinta?

— Trinta?! — exclama minha mãe. — Sou uma péssima mãe! Minha filha compõe há trinta anos e eu nem sabia!

— MÃE! Quantos anos acha que eu tenho?

— Tive que descobrir por um tuíte, como se eu fosse *qualquer uma*...

Exagerada como sempre. Balanço a cabeça.

— Por isso eu não queria mostrar nada para vocês. Vocês sempre fazem todo esse alvoroço por qualquer coisa. Eu não queria que *ninguém* soubesse. E é tudo culpa daquele babaca.

O vídeo surge em minha mente mais uma vez. Caspar está certo; Alana e eu fizemos uma performance não muito profissional. Quero dizer, nem sabíamos que estávamos sendo filmadas. Tenho até medo de pensar em quantos novos tuítes maldosos surgiram desde a última vez em que olhei. Por outro lado, também tivemos muitos comentários positivos. Talvez eles estejam equilibrados.

TJ segura minhas mãos, me leva para o sofá e me obriga a sentar de modo que fiquemos olho no olho.

— Meg — diz ele, em um tom sereno e reconfortante. — Esqueça um pouco o vídeo. Esqueça seus pais e todas as outras pessoas e só me responda uma coisa...

Sinto que esse momento era inevitável.

— Pode falar.

— Música é uma coisa que você gosta de fazer?

Não sei por que hesito antes de responder. Não existe outra resposta possível.

— Sim, com certeza. É a única coisa pela qual sou realmente apaixonada.

— Certo. — TJ acena com a cabeça, apertando minhas mãos. — E isso é uma coisa que você gostaria de seguir como carreira? Igual ao Caspar?

Recolho as mãos, sentindo uma mistura de irritação e terror. Caspar, Caspar, Caspar. Sempre tem a ver com o maldito Caspar, mesmo quando, para variar, deveria ser sobre mim. O problema é que, assim que o nome dele é mencionado, qualquer confiança que eu estivesse começando a sentir encolhe como um suéter de lã lavado com água quente.

— Não sei! Não consigo responder a esse tipo de pergunta. Não sou o Cass. Ainda não sei o que eu quero fazer com tudo isso. Não pedi para aquele vídeo idiota ser postado!

— Meg! — repreende minha mãe — TJ só está tentando ajudar. Todos nós estamos!

Ela e meu pai estão ao nosso redor, desesperados para entrar na conversa.

— Desculpa — murmuro, me sentindo culpada. — Foi um dia estranho, tá bem?

TJ continua, inabalado:

— Beleza, beleza. Então você pode querer ou não seguir com isso. Está tudo bem, Meg. Se você quiser que aquele vídeo desapareça, é só dizer, e eu farei o possível para que ele desapareça. Mas, se não quiser isso, bem, posso ajudar também.

Olho para ele perplexa.

— Não entendi o que você quis dizer — digo.

— Faço parte de sua família há anos, Meg. Posso ser empresário do Cass, mas isso não significa que não posso te ajudar também.

Respiro fundo e tento me concentrar no que TJ está dizendo. Ele conhece muito bem esse mundo e, se alguém pode me dar um bom conselho nesse momento, essa pessoa é ele. Afinal, TJ é um mestre das relações públicas e do marketing.

— Obrigada — digo com sinceridade. — Não vou mentir, ajudaria muito agora ouvir um conselho.

TJ se recosta no sofá, cruzando uma longa perna sobre a outra, me avaliando como se fosse um chefe importante em uma entrevista de emprego.

— Bem, mocinha, se você quer meu conselho, sugiro que comece me contando a história toda. O que posso ouvir, como posso ouvir e, o mais importante, quando? E é bom a resposta ser *agora*.

Estou tentando não olhar diretamente para ninguém na sala.

— Hã, bem, tenho tudo gravado no notebook...

— Excelente — grita TJ, se levantando do sofá de um salto. — Vamos logo. Quero ouvir tudo.

— Também quero ouvir! — exclama minha mãe.

— E eu — diz meu pai, juntando-se ao coro. — Quero um lugar na primeira fileira!

Ai, meu Deus. Por que pais são tão constrangedores? Não. Para, Meg. Eles estão te dando apoio. Isso é o que você sempre quis. É difícil, mas eu me obrigo a não revirar os olhos com sarcasmo como sempre faço. Em vez disso, sorrio e dou um pequeno e esquisito aceno de cabeça.

— Certo. Vamos lá — digo.

Bem, para ser sincera, estou secretamente muito animada. Eles estão orgulhosos de mim. Ouviram só um pequeno e mal gravado trecho de música, mas estão tão orgulhosos que parecem prontos para sair voando pela janela e contar para toda a cidade que sou uma filha maravilhosa. Pela primeira vez, desde que me lembro, não sou invisível para eles. Tenho que admitir, a sensação é muito boa.

Enquanto subimos, Caspar está agachado no patamar das escadas como um sapo furioso. Ele olha para TJ.

— Me deixaram na espera — conta ele, irritado. — Não vou desligar até alguém ser demitido. Se eles não conseguem descobrir quem foi o cara, deveriam mandar todo mundo embora.

— Cass, deixa para lá — responde TJ, falando com o tom calmo que reserva apenas para os chiliques de meu irmão. — Você não vai chegar a lugar nenhum com eles, só vai piorar as coisas. Eu cuido disso e vamos conseguir alguma compensação. Não se preocupe.

— Preciso de mais que uma compensação — retruca Caspar. — Preciso de justiça. Isso foi profundamente humilhante.

Minha mãe morde o lábio. Dá para ver que ela quer consolar Caspar, mas desiste. Meu pai finge que nem vê a cena, cantarolando consigo mesmo na escada.

— Faça o que precisa fazer, cara — diz TJ, dando um tapinha no ombro de Caspar. — Se precisar de nós, estamos no quarto da Meg.

Caspar olha feio para cada um de nós.

— Hã, beleza. Mas por quê?

Minha mãe não consegue se conter e abre um sorriso.

— Vamos ouvir as músicas da Meggy! Ela tem um monte! Por que não vem ouvir também?

Quando penso em todas as pessoas de quem tentei manter segredo sobre minha vida de compositora, meu brilhante irmão está no topo da lista.

Caspar. O gênio musical.

Ele é uma sombra gigantesca que existe sobre mim desde o dia em que nasci, me aterrorizando a ficar em silêncio pela maior parte de meus 17 anos.

Ele é também minha maior inspiração; foi a pessoa que me ensinou a tocar violão. Meu herói musical. Quero que ele sinta orgulho de mim como minha mãe e meu pai estão sentindo neste momento. Quero que ele deixe de lado nossa rivalidade boba e me diga o que acha das músicas que finalmente tenho coragem para mostrar.

— Estou em uma ligação, mãe — retruca ele, estalando a língua para demonstrar reprovação.

Em seguida, se vira de costas para nós, batendo a mão livre no joelho como louco.

Minha mãe dá um sorriso que quer dizer "hum, o Cass de sempre" e segue TJ e meu pai até meu quarto. Paro para pegar meu gato e, enquanto faço isso, Caspar se vira para mim. Ele me fuzila com seu olhar mais sombrio, mais cruel, matando minha confiança no mesmo instante. Sem dizer uma única palavra, compreendo a mensagem em alto e bom som: *Só há espaço para um gênio musical nessa casa.* E NÃO É VOCÊ!

Por alguns instantes, desabo. Quase acredito nisso. Sentimentos ruins estão me sugando e sufocando.

Mas então penso em Alana, sua risada alta, seus belos acordes no violão e em como ela jogou o cartão do fã-clube de Caspar McCarthy no lixo sem hesitar.

Não estou mais sozinha. Eu não quero mais estar sozinha.

Acariciando Maximillian para me tranquilizar, abro meu sorriso mais confiante para Caspar.

— Divirta-se ao telefone. — Minha voz é suave e implicante ao mesmo tempo. — E agradeça à BuzzPop por ter nos ajudado tanto.

Sua expressão feia se transforma em fúria. Fecho a porta do quarto antes que ele possa responder.

CAPÍTULO TRINTA

Mostrar minhas músicas para os meus pais e para TJ é possivelmente mais excruciante do que a vez em que entrei na aula de química na primeira série do ensino médio com a saia do uniforme presa na calcinha.

Carrego minhas cinco melhores músicas sem saber para onde olhar e clico no play. Será que os observo enquanto ouvem? Aceno com a cabeça e cantarolo junto? As duas opções fazem eu me sentir ridícula, então prefiro fixar o olhar no notebook, acompanhando a barra de tempo, que se move lentamente pela tela. Essas músicas me são tão familiares que é impossível imaginá-las sendo ouvidas pela primeira vez.

Por fim, as últimas notas da última música vão terminando e eu ouso tirar os olhos da tela e encarar meu público de três pessoas.

— Nossa! — exclama TJ, suspirando. — Estou sem palavras. Você fez tudo isso sozinha? Aqui? No seu notebook?

— Aham...

— Você é uma caixinha de surpresas, Meg. Isso é incrível! Estou tão impressionado. Não consigo entender por que não me mostrou essas músicas antes. Não me surpreende que as pessoas estejam enlouquecendo por aquele vídeo. Com a produção certa, a música "Domino" poderia ser um sucesso.

Calma aí. Para alguém que está sem palavras, TJ tem muito a dizer.

— Suas músicas são maravilhosas, querida — comenta minha mãe. — Você deveria lançá-las. Podemos te ajudar a conseguir um estúdio de verdade, marcar entrevistas, organizar a publicidade...

— Mãe, calma. — Suspiro, me jogando de volta na cadeira. — Nem tudo tem que ser parte da maldita MarcaMcCarthy. *Nem sei se quero lançar essas músicas...*

Ela pisca, magoada.

— Ah, bem. Qual o seu objetivo com tudo isso, então?

Sei que ela só quer ajudar, mas por que tem que haver um *objetivo*? Por que não posso compor uma música só porque eu quero? Por nenhum outro motivo além da mera satisfação criativa que ela me proporciona?

— Só quero compor músicas, mãe. Talvez fazer uma apresentação. Ver no que dá.

TJ sorri para mim.

— Resposta correta, mocinha. Acho que é exatamente o que você deveria fazer. Começar de baixo.

— Sim, o som de vocês duas ficou fantástico — acrescenta meu pai, entusiasmado. — Vocês não precisam de estúdios caros. Já está tudo ótimo. Devem ter sido aquelas aulas de mixagem que te dei, hein, Meggy? Ouviu como esses vocais ficaram bons, TJ? Ela acertou a compressão perfeitamente. Essa é minha filha!

Meus pais e TJ se envolvem em discussões detalhadas sobre minhas músicas. A voz de minha mãe fica embargada quando ela menciona "Firework Display".

— Espero que você não tenha se sentido desse jeito por *nossa* causa — diz ela, com lágrimas nos olhos pela segunda vez. — Querida, eu ficaria muito mal se fosse por nossa causa. Sei que a carreira de Caspar deve ter sido terrivelmente perturbadora para você no decorrer dos anos... Não é que não vimos seu show de fogos de artifício... é que... — Ela faz uma pausa, lábios trêmulos. — É que nem sabíamos que você sabia riscar o fósforo...

Por mais frustrante que seja, não consigo ficar brava com ela.

— Está tudo bem, mãe. E obrigada. Por ter vindo até aqui ouvir.

Ela me abraça, e seu perfume preenche meu nariz.

— Nós sempre vamos ouvir, querida. E se não ouvirmos, por favor, nos sacuda até ouvirmos — diz ela.

— Tá bem — sussurro bem pertinho de seu ombro.

TJ se levanta; é o procedimento padrão quando a reunião com um cliente termina. Ele se vira para mim.

— Acho que deveríamos te dar espaço agora. E eu sugiro que você ligue para Alana e marque outro encontro. Você precisa explorar essa parceria, e depois, quando estiver pronta para levar isso adiante, sabe onde me encontrar.

A percepção de que TJ está falando sério vai se concretizando aos poucos. Se ele nos apoiar, pode ser o início de algo muito, muito empolgante. Pela primeira vez na vida, estou começando a vislumbrar como poderia ser meu futuro como algo além de ser a irmã caçula de Caspar McCarthy.

Só de pensar no meu maravilhoso irmão, ele se materializa na minha porta. Parece que o invoquei, como um demônio.

— Ah, oi, filho — diz meu pai. — Terminou a ligação? Estamos ouvindo as músicas da Meg e elas são absolutamente incríveis!

Caspar estreita os olhos, mal disfarçando sua fúria.

— Ah, ótimo — responde ele, desinteressado, jogando o cabelo para trás como uma espécie de provocação. — Bem, desculpe interromper, mas não estou chegando a lugar nenhum com a BuzzPop. TJ, seria bom se você agisse como meu empresário e me ajudasse a resolver isso.

Meu empresário. *O que pertence a Caspar, não a Meg.*

— O dever me chama — diz TJ, erguendo as mãos como alguém que se rende.

— Por sinal, pai — acrescenta Caspar, pendurado no batente da porta como se fosse dono da casa toda —, estava pensando em nossa música. O que acha de darmos mais uma olhada nela?

Sério? Ele vai se rebaixar tanto assim? Tenho certeza de que meus pais não vão cair nessa, ainda mais depois de se aliarem a mim menos de dois minutos atrás. Mas o rosto de ambos se ilumina quando caem como patinhos na tentativa dele de desviar a atenção.

— É mesmo? — pergunta meu pai. — Eu adoraria trabalhar nela de novo com você. Acho que tem tanto potencial.

— Ah, é aquela que você me mostrou na outra semana? — questiona minha mãe. — Gostei daquela. Pode ser uma candidata para o álbum.

— É, vamos ver se conseguimos dar um jeito nela — diz Caspar, fingindo interesse. — Você está livre mais tarde?

— Lógico! Tenho que mandar alguns e-mails, depois sou todo seu.

Minha mãe e meu pai não querem ser cruéis. Eles pelo menos dão um tapinha em meu ombro e fazem sinal de positivo quando voltam a orbitar o Planeta Caspar.

Coitado do meu pai. Caspar nunca vai usar aquela música para nada. Ele só não consegue suportar ver um único pingo de atenção ser direcionado a outra pessoa. Mesmo assim, por mais que devesse magoar, estou surpreendentemente dessensibilizada à dor. Estou empolgada demais. Não, estou mais do que empolgada. Eu me sinto livre. Essa é a palavra: *Livre*.

Antes de fazer qualquer outra coisa, mando uma mensagem para Alana, tentando resumir a imensa montanha-russa de emoções da última hora.

> Alana, adivinha só? Mostrei nossa música para os meus pais e para o empresário do meu irmão... MDS! Não acredito que eles finalmente sabem de tudo! Todos ficaram muito impressionados, e acho que TJ pode ajudar se a gente quiser. TEMOS que compor de novo o mais rápido possível. Essa semana, o que acha? Bjs. M

Ela responde quase no mesmo segundo, mas é o oposto de qualquer coisa esperada da radiante e positiva Alana. Estou completamente despreparada para a mensagem que queima em minhas mãos.

> **A** — Oi, Meg. Não dá. Acho que não quero compor músicas nunca mais.

Como assim?

♪

— Ah... Oi, Meg.

A voz de Alana parece desinteressada e distante. Não combina com ela. Eu não sabia se ela atenderia a ligação, e agora não faço ideia do que dizer. Resolvo cortar o papo furado e ir direto ao ponto.

— O que foi aquela mensagem? Não entendi. Achei que você ficaria animada.

Por um momento, só ouço a respiração trêmula de Alana na linha. Então, por fim, ouço um soluço choroso.

— Não tem o que entender. Não quero mais fazer isso. Queria que ninguém tivesse visto aquele vídeo idiota. Não sirvo para isso. Só estava me iludindo.

— Ei! — grito. — O que está acontecendo? De onde saiu isso?

— Aposto que todo mundo riu de mim esse tempo todo. Por que ninguém nunca me deu um toque e me falou para desistir?

— Não seja louca! Ninguém está rindo de você; as pessoas te amam. Do que você está falando?

— Não adianta, já tomei minha decisão.

Queria poder atravessar o telefone e tirá-la desse estado.

— Por quê? Do que você está falando?

— Eu li os comentários, Meg — responde ela, começando a chorar para valer.

— Alana, não...

— Isso está acabando comigo. É terrível.

Ai, meu Deus. Twitter. Pego meu notebook e passo os olhos pelas críticas, que não param de chegar. Certas palavras se destacam em um rio de mensagens, como se tivessem sido sublinhadas em vermelho. *Ridícula. Feia. Gorda.* Não são as únicas palavras. Há comentários gentis também; lindos elogios e mensagens de esperança e apoio. Infelizmente, as palavras positivas são totalmente sufocadas pela lama tóxica dos negativos.

— Você não pode dar atenção àquela porcaria. — Suspiro. — Sempre tem alguém que não vai gostar do que estamos fazendo. Não quer dizer que vale a pena ouvir essas opiniões.

— Mas há um monte de comentários ruins — choraminga Alana. — São vários. E eles estão *certos*. Sou gorda e feia em comparação aos artistas de verdade. O que eu esperava? Começar a me apresentar em bares e agir como se realmente pudesse chegar a algum lugar...? — As palavras dela são rápidas e frenéticas, apressadas, uma atropelando a outra. — Talvez eu não deva nem compor. Talvez nossa música seja um grande lixo...

Eu a interrompo bruscamente:

— Não. Chega. Você atingiu o estágio cinco da Espiral da Desgraça e precisa de uma intervenção.

Ela chega a rir um pouco, apesar das lágrimas.

— Estágio cinco da Espiral da Desgraça?

— Me mande seu endereço — peço. — Acho melhor conversarmos sobre isso pessoalmente.

♪

Os cinco estágios da Espiral da Desgraça:

Estágio 1: Choque

Você está trabalhando duro em um projeto, seja qual for, e está muito orgulhosa, mas leu um comentário horrível. A ideia de que alguém não ama seu projeto tanto quanto você é como um choque de mil volts no sistema. E, sejamos realistas, um choque tão forte pode machucar.

Estágio 2: Raiva

Raiva é quase sempre a emoção seguinte. Como esse estranho, que nem te conhece, ousa criticar uma coisa que você ama tanto? Ele não sabe da história toda. Não sabe o quanto você se esforçou, quantas horas exaustivas gastou, nem quanta paixão você investiu para criar essa coisa incrível, maravilhosa. Em resumo, esse estranho é um grande idiota que não tem ideia do que está falando.

Estágio 3: Dúvida

Mas... e se eles tiverem razão? E se o que você fez não chega nem perto de ser tão bom quanto você pensa? Talvez algumas partes precisem mesmo ser aprimoradas...

Estágio 4: Dúvida paralisante

Na verdade, pensando bem, sua criação é um grande lixo, não é? Olhe para o que os outros fazem. Como você pôde pensar que o que fez chegava aos pés do que os outros fazem? Sua criação é HORRÍVEL.

Estágio 5: Desgraça total e inevitável

Sua vida toda é uma mentira. Tudo o que você faz é inútil. Você nunca vai encontrar sucesso ou felicidade e precisa ir morar numa caverna onde nunca mais vai incomodar ninguém com a coisa pavorosa que você fez. Nada mais faz sentido.

É. Essa é mais ou menos a essência de uma Espiral da Desgraça. Eu sei bem. Já passei muito por isso.

CAPÍTULO TRINTA E UM

Sou recebida na casa de Alana por uma mulher grande e acolhedora de cabelos castanhos esvoaçantes. Noto a semelhança entre as duas na mesma hora.

— Ah, você deve ser a Meg — diz ela, me conduzindo para dentro. — Ouvi falar muito de você.

A casa inteira de Alana provavelmente caberia na minha sala de jantar e está abarrotada de coisas. Sapatos estão caindo de uma sapateira lotada. Um aparador torto está quase explodindo com umas pilhas de revistas e enfeites, e as paredes, revestidas com papel de parede com textura e cor de magnólia, estão cobertas com uma série de fotos de família em molduras descombinadas. Se houvesse uma antítese à estética ideal de decoração de minha mãe, seria esta. Ela ficaria com coceira se entrasse aqui.

A sra. Howard está espremendo as mãos sem perceber.

— Alana está no quarto, se quiser subir. Estou muito contente por você ter vindo. Ela está um pouco sobrecarregada com toda essa coisa do YouTube.

— Também estou me sentindo um pouco assim — respondo, com sinceridade. — Mas vai ficar tudo bem, de verdade. Vou lá falar com ela.

Ela abre um sorriso fácil, como o que estou acostumada a ver em Alana.

— Obrigada, Meg. Alana ficou tão animada ao conhecer outra garota que gosta de música. Ela nunca teve com que compartilhar isso direito. Bem, não alguém que fizesse bem a ela.

É obvio que ela está se referindo a Dylan. Quanto mais ouço falar desse cara, menos gosto dele.

— Alana tem *tanto* talento, sabe? — continua. — Toda a família tem muito orgulho dela, e Alana merece um descanso. Quero que ela desfrute desse momento, não que fique magoada.

— Não se preocupe — digo com um sorrisinho. — Vamos dar um jeito. Eu prometo.

Quase me convenci que de tenho todas as respostas, mas a verdade é que eu não faço a menor ideia. Sou massacrada por comentários de haters na internet o tempo todo e escondi a coisa que mais amo fazer durante anos por ter muito medo do que as pessoas vão pensar. Mas, de um jeito estranho, ver isso acontecer com outra pessoa me deu um forte sentimento de determinação.

Quando bato na porta de Alana, estou pronta para começar a revidar.

♫

— Toc, toc.

Alana está sentada na cama, segurando o celular. Ela levanta os olhos com desânimo quando abro a porta.

— Oi... — diz ela.

O quarto de Alana é uma expressão épica de sua personalidade e amor pela música. Paredes verdes estão cobertas com pôsteres de shows, ingressos em uma imensa colagem. O violão dela está apoiado em um sofá felpudo e luzinhas contornam o teto, lançando um brilho aconchegante sobre os lençóis coloridos. Um *set list* autografado e emoldurado sobre a escrivaninha chama minha atenção.

— De quem é? — pergunto.

Por favor, não diga Caspar, penso automaticamente.

— Aurora — responde Alana. *Ufa!* — Ela tocou no Concorde 2 há alguns anos. Eu e minha mãe ficamos bem na frente.

Estou impressionada.

— Legal! Sua mãe parece maravilhosa, por sinal. Acabei de conhecê-la.

Alana suspira, ainda agarrando o telefone, olhos grudados na tela.

— Sim, ela é, mas não entende o que está acontecendo. Ela não viu tudo *isso*.

Vejo Alana dar uma olhada no Twitter. Centenas de palavras cruéis passam depressa, como um borrão.

— Pare de olhar — peço. — Ou vai permitir que tenham poder sobre você.

— Você não se importa? — choraminga ela. — Estão falando coisas sobre você também, Meg. Estão detonando nossa música. — Alana para de rolar a tela do celular e se concentra em um grupo de tuítes em particular. — *Essa música é uma porcaria. Uma baboseira malfeita.* Ah, e esse é o pior. *Não achei que poderia odiar mais música acústica, então ouvi essa merda.*

Tá, ouvir críticas tão duras em voz alta machuca. É óbvio que sim. Mas já atingi meu limite. Recuso-me a continuar permitindo que esses estranhos me acorrentem. Não vou esconder minha voz só porque algumas pessoas por aí não gostam dela.

— Me dê isso — digo, arrancando o aparelho dela. — Por que deveríamos nos preocupar com o que esses idiotas pensam? O que eles estão fazendo de tão incrível?

Clico no nome de usuário do primeiro comentário maldoso e dou uma olhada em seu perfil no Twitter. Está cheio de desenhos animados, memes de jogos e queixas infinitas sobre todas as músicas que o ofendem.

— Essa pessoa deve ter uns dez anos — digo, rindo. — Mal sabe escrever. Olha, ele reclama de todas as músicas que estão nas paradas. Deve ser alguém entediado e sem amigos.

Alana espia sobre meu ombro, avaliando as evidências.

— Humm. É, ele parece meio novo.

— Você realmente se importa com o que um pirralhinho desses pensa sobre nós? O que o qualifica para julgar se nossa música é boa ou não?

As defesas de Alana estão caindo. Ela se aproxima mais de mim. Resolvo continuar investigando e abro o perfil de outro comentário de ódio. É uma mulher de meia-idade de Michigan que tem um blogue inteiramente dedicado a criticar novos lançamentos.

— Todos esses posts são dela? — pergunta Alana. — Nossa, ela é cruel! Por que alguém passaria tanto tempo escrevendo isso?

Continuo xeretando o blogue e encontro uma página de apresentação que inclui uma foto dela com um violão. *Mãe sem papas na língua, que fala tudo na lata. Também compositora aspirante, esperando finalmente lançar um álbum um dia...*

— Ok, agora faz sentido — afirmo, balançando a cabeça. — Esperando *finalmente* lançar um álbum *um dia*... Ela é só uma musicista triste e frustrada. Com certeza é uma questão de ressentimento.

— Me deixa ver. — Alana pega o telefone de volta. — Não entendo. Por que ela não grava as próprias músicas, então? Seria muito mais construtivo do que ficar criticando pessoas que ela nem conhece.

Não consigo me conter e solto uma gargalhada, tanto de exasperação quanto com uma sensação estranha de alívio. Porque por mais que eu esteja fazendo isso por Alana, estou enfrentando meus próprios medos no processo. Mal posso acreditar que tive medo dessas pessoas negativas e amargas por tanto tempo.

— É muito mais fácil destruir do que criar — respondo. — Por isso todo mundo é um crítico.

— Deveríamos ficar de olho nessa mulher — diz Alana, num impulso. — Esperar ela lançar uma música e depois tuitar dizendo que é horrível. Deixar ela provar do próprio veneno.

— Aí é que está. Essa mulher nunca vai lançar uma música. Pessoas assim nunca conseguem. Elas têm muito medo de fracassar. Sabem que vão encontrar pessoas maldosas como elas na internet, então preferem nem tentar. — Aponto para o fluxo interminável de veneno no telefone de Alana. — *Isso* é a única coisa pela qual a Mãe de Michigan vai ser conhecida. *Esse* é o legado dela.

— Uau — responde Alana, baixinho. — Que triste.

— Exatamente. Então, por que deveríamos deixar esses fracassados nos impedirem de fazer algo de que sentimos orgulho?

Por um tempo, Alana continua rolando a tela em silêncio, perdida em contemplação. Espero seu típico sorriso enorme voltar a iluminar seu rosto. Mas alguma coisa ainda não está certa.

— Não é só sobre a música — diz, por fim. — As pessoas estão falando coisas muito cruéis sobre *mim*, como pessoa. Sobre meu peso.

Ah, não. Eu estava esperando que ela não tivesse visto aqueles tipos de comentários, mas é óbvio que viu. Não era muito difícil deixá-los passar.

— *Morsa. Senhorita porquinha. Gordona.* Ah, e muita falsa preocupação com minha saúde, dizendo que alguém deveria me alertar sobre meu tamanho de mamute. — Uma risada sem nenhum humor escapa de seus lábios. — Como se eu nunca tivesse percebido que sou gorda. Só tenho que conviver com isso todos os dias da minha vida.

— Não leia essas coisas. Nem pense em deixar isso acabar com sua confiança, está bem?

Ela joga o celular sobre a cama e solta um lamento.

— Meg, você não entende. Você é praticamente uma supermodelo. Não precisa se preocupar com ângulos ruins que te deixam com papada, nem com roupas que ficam péssimas.

— Talvez não seja exatamente a mesma coisa... mas sabe quantos filtros eu uso e quantas vezes troco de roupas até conseguir uma foto boa? A resposta é: muitos. E alguém sempre acaba me criticando do mesmo jeito.

Estamos lado a lado na cama, tentando compreender uma à outra; tentando nos ver pela perspectiva oposta.

— Mas você não é *gorda*. — Alana suspira. — Você não faz ideia de como é essa vida. É demais para mim esse monte de estranhos analisando todos os meus movimentos no vídeo, rindo de mim. — Ela se movimenta sobre a cama, murchado diante de meus olhos. — Todo mundo me aconselha a perder peso, mas já tentei várias dietas e nenhuma deu certo. Eu gosto muito de comida. E meu metabolismo é *terrível*.

— Então não mude — digo. — Você não precisa mudar.

— E eu acho que não quero mudar. Para ser sincera, isso nunca me incomodou até todos começarem a achar um problema.

— Quero te mostrar uma coisa.

Entrego meu celular para Alana.

Desconfiada, ela pega o aparelho e olha para os prints que salvei antes. Tuítes e comentários entusiasmados e elogiosos, todos loucos por nós e por nossa música.

— Essas são as pessoas que temos que ter em mente. Elas estão se conectando com a gente e estão do nosso lado. Elas querem ouvir mais coisas nossas. Veja...

Eu a cutuco com o cotovelo, de brincadeira.

Alana lê em voz alta.

— *Ai, minha nossa, quem é aquela cantando com Meg McCarthy? Que voz incrível! É tão inspirador ver alguém representando as garotas gordas. Me faz querer sair por aí também!*

Quando as palavras se assentam, a ansiedade dela se transforma lentamente em um brilho entusiasmado. Cruzo os braços com um sorriso triunfante.

— Está vendo? Você não pode desistir quando pessoas como ela estão te observando. Imagine se essa garota tivesse te visto tocar ao vivo. Sério, ninguém pensa no seu corpo quando você está no palco. Você arrasa!

— É? Eu sou bem boa, não sou?

E, do nada, a Alana original está de volta. A Alana confiante que ocupa com alegria seu espaço no mundo, seja na loja ou em um palco, diante de uma pessoa ou de cem.

— Você sabe que é. — Eu rio. — Você se joga em suas músicas como se fosse invencível.

— Sim, bem, é inevitável. Eu me perco no momento.

— Então é isso que nós duas temos que fazer agora. Esquecer a crueldade e curtir nosso momento.

Daí tenho uma ideia. Meu nome de usuário. É perfeito. Sei que não vou poder voltar atrás se disser isso. Sei que poderia desencadear uma reação que me faria ser descoberta. Sei que é arriscado, perigoso e estúpido, mas também sei que não me importo mais.

— Pode ser uma ideia maluca — digo —, mas o que acha de Lost Girls como o nome de nossa dupla? Significa "garotas perdidas".

As palavras brilham e logo se acalmam, como se estivessem esperando que as encontrássemos.

— Eu amei — diz Alana, radiante. — Meg e Alana, as Lost Girls. — Ela deixa a frase pairar no ar, testando-a. — Combina com a gente, não acha?

Duas garotas, perdidas na música, perdidas juntas. Perdidas, mas não perdendo.

Pulo da cama e pego o violão azul de Alana. Ela observa, perplexa.

— Hum, o que você está fazendo?

— Estou dando início a nossa segunda sessão de composição. Você tem papel e caneta? — pergunto.

— Lógico que sim — responde ela, um pouco confusa. — Mas não tenho equipamentos de gravação bons como você.

— Não importa, podemos gravar no celular por enquanto.

— Mas sobre o que vai ser a letra?

— Sobre essa conversa! — exclamo. — Vamos pegar tudo que sempre quisemos dizer para essas pessoas horríveis, para os gordofóbicos e para as pessoas que nos colocam para baixo e botar em uma música. Transformar isso em uma coisa positiva.

Já estou tendo ideias enquanto afino o violão. Alana sorri e começa a cantarolar — sua energia criativa exala magia entre nós duas. Nossos olhares se encontram e, nesse momento, sei que posso enfrentar tudo isso. Sei que nós duas podemos. Porque não estamos mais lutando contra nossos monstros invisíveis sozinhas. Estamos lutando juntas.

Então seguimos em frente e compomos uma música incrível.

CAPÍTULO TRINTA E DOIS

BandSnapper: Oi, LostGirl. Esperava que você estivesse on-line hoje... Está com a Srta. Musicista? :) Andei pensando em minha categoria, top 5 músicas sobre amizade. Vamos lá.
1. "Me and my Friends", James Vincent McMorrow
2. "Real Friends", Camila Cabello
3. "All my Friends", Dermot Kennedy
4. "All my Friends are Falling in Love", The Vaccines
5. "None of my Friends", Liz Lawrence

BandSnapper: Seu tema é duetos.

BandSnapper: Tem um motivo para eu estar com duetos na cabeça. Você viu o vídeo que viralizou hoje? Estou completamente chocado, para ser sincero.

BandSnapper: Meg McCarthy, minha terrível colega de turma, webcelebridade e mimada, que está sempre gritando comigo sem motivo, é CANTORA. E não é só isso, ela está fazendo música com ALANA HOWARD, aquela cantora incrível de quem te falei, a que fez o show. Tem um vídeo delas cantando juntas uma música que, aparentemente, compuseram juntas.

BandSnapper: Digo "aparentemente" porque é tão contagiante que tenho quase certeza de que Alana é a mente brilhante por trás. Porém, tenho que admitir, as vozes das duas combinam muito. Eu não fazia ideia de que Meg mexia com música. Isso me deixa ainda mais triste por ela nunca ter me dado a menor bola. Aposto que temos mais em comum do que ela imagina.

BandSnapper: Você deveria dar uma olhada. Você e a Srta. Musicista podem se inspirar. Sério, parece algo que você poderia ter escrito, LostGirl.

BandSnapper: Humm... Depois nos falamos. Bjs.

♪

Top 5 problemas que eu não tinha na semana passada:

1. O vídeo já passou das duzentas mil visualizações. (Positivo.) Pelo menos 150 mil das pessoas que o visualizaram não disseram nada horrível. (Positivo.) Quanto às outras cinquenta mil... Nem vamos falar disso.

2. Caspar voltou à fase de bater portas. O fato de eu ter uma mínima relevância parece significar que seu enorme ego não cabe mais em nossa casa. Ele está com um mau humor do tamanho de um estádio e quer que todos nós saibamos disso.

3. Agora há na internet centenas de fotos de mim e Alana usando aquele uniforme rosa horrível e aquele boné com um bico de pássaro aprovado por Satã. Bico-chique certamente não é a estética com que eu pretendia lançar nossa dupla.

4. Ter que pensar em minha nova, e um tanto quanto estupefata, amiga. Alana está o tempo todo fazendo perguntas impossíveis de responder: *O que vai acontecer agora? Quantas visualizações vamos ter? Quando vamos gravar a música? Caspar me odeia? Por quanto tempo vamos ter que trabalhar na iogurteria? Por que Adele não responde meu tuíte?*

5. Por que Matty começou a última mensagem com *Humm*? O que significa esse *Humm*?! Não gosto disso. Não gosto nada disso.

Respira, Meg. Respira. Não vou pensar nisso. Não vou pensar em nada disso. Vou viver no presente.
Namastê.

♪

Alana voltou do trabalho comigo para podermos nos fechar no quarto e gravar nossa música nova. Estou de fones, e a música está tão alta que não ouço TJ bater na porta. Quando me viro, ele está lá parado como uma estátua de cera assustadora.

— Nossa, TJ! Você poderia avisar antes de aparecer do nada! — grito.

Alana está quase caindo da cama de tanto rir.

— Ele bateu na porta, Meg! Achei que você tinha escutado quando ele entrou — diz.

— Não, eu estava ouvindo o baixo — respondo, tirando os fones. — Estamos tentando encontrar o som certo.

TJ sorri e se aproxima de mim para ver meu projeto no Logic.

— É uma música nova?

— É, compusemos ontem à noite — responde Alana. É impossível não notar o tom de orgulho na voz dela. — E saiu com facilidade. Acho que estamos em um fluxo criativo.

— Bem, então seria bom vocês colocarem para eu ouvir — exige TJ, me expulsando de minha cadeira. — Certo, estou pronto. Vamos lá.

Mudo a saída de som para os alto-falantes e respiro fundo.

— Tá. Ela se chama "And What?" — conto.

— "And What?" Já amei.

Seria fácil compor uma balada sobre pessoas cruéis e haters nos colocando como vítimas, mas preferimos pegar toda a dor e canalizá-la para algo enérgico e inflamado. Para algo *engraçado*, porque todo mundo sabe que, no segundo em que se ri do valentão, ele perde todo o poder.

O rosto de TJ não deixa transparecer nada, mas o vejo batendo o pé depois dos primeiros compassos. É um bom sinal.

Well you've been scoring me out of ten
And you've given me a big fat zero
You're playing judge and jury again
From the comfort of your keyboard
When you're bored
But I got to say

At least I did something
At least I tried
At least I opened up the door and stepped outside
At least I'm not bitter
At least I'm not stuck

I'm out there
Doing my thing
Coz I don't give a...

Nossas vozes exalam diversão e confiança, revezando-se em um padrão de chamada e resposta. Então, quando chega o refrão, nos juntamos em harmonia, entoando nosso grito de guerra incrivelmente contagiante, modéstia à parte.

Ok, so you don't like my face
No you don't like my style
Oh you don't like my song
And what? And what?
I'm not making this for you
I don't care if you approve
You hate every little thing that I do...

And what? And what?
What you gonna do about it?
And what? And what?
What you gonna say about it?
And what? And what? What you gonna think about it?
And what?
If you think you're getting through
You're not

Quando a faixa termina, ela volta ao início. Estico o braço para pausar, mas TJ intercepta minha mão no ar.

— Espera, posso ouvir de novo?

Na segunda vez, começo a relaxar. Nós fizemos isso, e sozinhas. Pegamos uma experiência horrível, perturbadora, e a transformamos em algo incrível. Tenho que admitir, a sensação é muito boa.

TJ gira a cadeira e fica de frente para nós.

— Isso... — ele diz, apontando o dedo para o meu computador. — Isso é uma confirmação! Estou *muito* impressionado com o padrão da música de vocês, garotas. Vocês precisam de um pouco de ajuda na produção, e eu tenho algumas sugestões para o arranjo, mas acredito que essas músicas podem ser grandes sucessos.

Alana me encara com olhos arregalados, perguntando telepaticamente se ela ouviu direito o que ele disse. Nem sei muito bem se *eu* ouvi direito. É bem importante, vindo de alguém como TJ.

— Meg, Alana... Você duas têm talento. As visualizações no YouTube dizem tudo, e essa nova música prova que não foi um acaso. Vocês têm alguma coisa aqui. Sei que ainda é muito incipiente, mas é isso que me deixa tão empolgado.

O TJ Brincalhão sai de cena e o TJ Profissional assume. Meu coração começa a palpitar de expectativa e posso sentir a energia nervosa de Alana ao meu lado.

É ridículo que isso esteja acontecendo aqui em meu quarto idiota.

— Então, resumindo — continua TJ em tom equilibrado e controlado. — Quero ser empresário de vocês.

Alana respira fundo... ou sou eu que estou respirando? Já nem sei mais. Não parece que tudo isso é real. Será que peguei no sono no meio da sessão de composição? Estou delirando? TJ quer ser nosso empresário? Não pode ser possível. TJ é o motivo pelo qual Caspar é um grande ídolo do pop e... e TJ é o motivo pelo qual um monte de cantores são grandes celebridades. E ele está falando conosco como se pudéssemos ser seu próximo projeto... e... e... COMO ASSIM?!

CAPÍTULO TRINTA E TRÊS

Oferecer uma oportunidade dessas deve ser comum para Todd Elliot Jackson (também conhecido como TJ), mas para mim e para Alana é uma bomba capaz de mudar o mundo. Antes de nos recuperarmos do impacto, ele casualmente lança outra bomba.

— O que vocês acham de tocar algumas músicas em meu evento de apresentação de novos talentos em Londres?

Bum. Explosão nuclear. Bem na nossa cara.

— L-Londres? — gaguejo.

Ele verifica o calendário no celular.

— Aham. Sexta-feira que vem.

— Sexta que vem? — berra Alana.

— É, por que não? — responde TJ, com toda a naturalidade. — É minha noite de networking no estúdio. Vários amigos vão assistir, e alguns deles vale a pena impressionar, se é que me entendem. Principalmente logo após um vídeo ter viralizado!

Um cartão se materializa do nada enquanto ele analisa nossa reação de choque.

— Pegue meu cartão, Alana — diz ele. — A Meg me conhece há séculos, mas é importante você também estar feliz com o que eu faço. Você pode conhecer minhas qualificações no meu site e, se quiser mais explicações, fique à vontade para me ligar.

Alana fica olhando para o cartão, sem acreditar, como se tivesse recebido um bilhete dourado das mãos do próprio Willy Wonka.

— Sou empresário de vários outros artistas, assim como Caspar, e também faço trabalhos promocionais isolados para artistas que querem ir além do mercado nacional. Fiz uma grande campanha para Jessa--May Jones no início do ano.

— Jessa-May Jones? — pergunta Alana, ofegante. — A que canta a música "Love On Fire"? Essa música está sempre tocando na rádio.

— Foram seiscentas mil cópias vendidas. — TJ ergue as mãos, fingindo humildade. — Foi o single dela que mais vendeu até hoje e porta de entrada para o público dos Estados Unidos.

É fácil esquecer que TJ tem uma enorme empresa de sucesso, que opera além do mundo de meu irmão. Ele conquistou grandes feitos em todo tipo de área não relacionada a Caspar e conhece muitas pessoas interessantes. *Interessantes* do tipo que podem lançar a carreira de alguém na música.

— O que exatamente você está propondo aqui? — pergunto. — Está querendo conseguir um contrato com uma gravadora, ou algo do tipo?

— Bem, esse seria o maior objetivo. Mas primeiro eu gostaria de criar um burburinho com as empresas certas, tentar fazer acordos com patrocinadores, conseguir espaço para vocês fazerem shows de abertura, arranjar um agente. Vocês sabem, começar a colocar o nome de vocês no mundo.

Certo, é mais sério do que eu pensava.

— Mas, TJ, só compusemos duas músicas juntas! — exclamo, sentindo no estômago aquela conhecida pontada de pânico ao pensar em cantar em público. — E ainda nem sabemos o que é nosso som. Eu nunca nem me apresentei!

Enquanto dou desculpas, olho para Alana. Esse é o sonho dela desde criança, então quem sou eu para recusar? Dá para ver que ela sente minha confusão interna quando se vira para TJ.

— Tudo isso parece incrível — começa ela —, mas não vamos conseguir montar um *set list* até semana que vem. É impossível.

— Certo, garotas, sei que parece rápido. E *é* rápido. Mas o vídeo está em alta agora. Está sendo compartilhado em todas as redes sociais, e o mistério em torno do que estão vocês estão fazendo agora está deixando todo mundo interessado. Podemos ganhar muito em cima disso. Pode ser a maior chance da carreira das duas!

— Mas e se essas empresas só estiverem interessadas porque o vídeo viralizou e não porque gostam de nossa música? — pergunto.

— Não podem se interessar pelos dois motivos? — responde TJ, andando de um lado para o outro no quarto. — As gravadoras querem pessoas que possam repercutir — diz, gesticulando loucamente. — Vocês provaram que podem fazer isso e chamaram a atenção delas. Foi o que abriu as portas para a entrevista de emprego, por assim dizer. Apresentar seu talento a elas poderia levar as coisas ao próximo nível. Mas, se não agirmos agora, pode ser tarde demais.

As palavras dele ficam zumbindo em minha cabeça como moscas. Seria fácil matá-las, mas parte de mim sabe que ele está certo. A indústria da música é volúvel. Ela muda rápido. Se esperarmos demais, o momento perfeito pode não ser mais tão perfeito assim. Já vi isso acontecer inúmeras vezes com os artistas com que TJ trabalha. Momentos errados podem romper acordos, perder manchetes e ser a diferença entre o sucesso e o fracasso, e é por isso que TJ está tão desesperado para Caspar terminar o segundo álbum antes que seu tempo ideal se esgote.

— Não podemos fazer um vídeo e colocar no YouTube? — pergunta Alana. — Sabe, viralizar de novo? Assim que tivermos algum tempo para entender nosso som.

— Nunca dá para prever qual vai ser a repercussão desses vídeos — responde TJ, negando com a cabeça. — O momento em que você começa a tentar viralizar é o momento em que perde a autenticidade.

— Mas poderíamos fazer uma coisa autêntica — insiste Alana. — Eu e Meg nos apresentando para a câmera, tocando nossa música quando estiver, sabe... bem ensaiada.

— Entendo o que você está dizendo, entendo mesmo. Mas é por isso que seria inteligente envolver um selo musical logo no início. Eles podem ajudar a lançar vocês do jeito certo, com um orçamento decente. E não precisa ser logo agora, vocês podem passar um ano ou mais desenvolvendo seu som. Com a orientação certa.

O problema de TJ é que é inútil discutir com ele. Ele sempre consegue as coisas do jeito que quer. Mesmo eu tendo uma centena de razões lógicas que indiquem que seria completamente absurdo tocar em seu evento de apresentação na sexta-feira, já sei que vamos tocar em seu evento de apresentação na sexta-feira.

Ai, meu Deus.

Eu me viro para Alana.

— O que você acha? — pergunto.

— Eu... eu não sei. É isso mesmo que queremos fazer?

— Olhem só, olhem só — começa TJ —, é só tocar algumas músicas e conhecer umas pessoas. Vocês não precisam decidir agora. Reflitam. Conversem a respeito. Pensem.

Depois entreguem a vida para a indústria musical. Para sempre. Por todo o universo. Por meio de contratos. Obviamente nada disso é dito.

— Está bem. Vamos pensar — digo.

— É, obrigada, TJ — acrescenta Alana. — Significa muito você acreditar em nós.

— Eu acredito em vocês. Acho que as duas são capazes de grandes realizações. — Ele abre um sorriso atrevido, totalmente afável e pueril. — Por sinal, tenho mais um pedido antes de deixar as adoráveis moças voltarem ao trabalho.

— E o que seria? — pergunto, erguendo uma sobrancelha.

— Recebi uma faixa instrumental de um grande produtor. Gostariam de trabalhar nela?

Espere. Ele está nos pedindo para compor letra e melodia? Como compositores de verdade?

— É bem básica, nada além de algumas notas de piano — explica —, mas tenho certeza de que vocês podem fazer alguma coisa criativa com ela.

— Como isso funcionaria? — pergunto, cautelosa. — Quero dizer... nós sempre compusemos do zero.

— Bem, tudo que vocês ganharem vai ser dividido por três — responde TJ. — Mas é um preço pequeno a pagar por ter seu trabalho vinculado a um grande nome.

Não consigo dizer uma palavra, pois ele continua falado enquanto se dirige para a porta.

— Vou te mandar por e-mail, Meg. Ouçam quando puderem. Vou deixar vocês terminarem essa música primeiro.

— Espere, é uma daquelas que Caspar recusou? — pergunto. O pensamento me ocorre de repente, como um golpe nas canelas com um taco de hóquei molhado.

TJ para na porta.

— Não, não, ele não recusou. Ele só decidiu não usar.

Engraçado, me parece muito uma recusa.

— Ele vai ficar louco se souber que estamos fazendo isso — afirmo. — Na verdade, ele vai ficar louco por você estar conversando com a gente e ponto.

— E daí? — responde TJ em tom malicioso. — Talvez aquele garoto esteja precisando de um cutucão. Nada como uma dose saudável de rivalidade entre irmãos, né?

Alana está cada vez mais desconfortável. Depois daquele encontro terrível com meu querido irmão, ela deve estar se dando conta de que entrou em um campo minado dos McCarthy.

TJ dá uma piscadinha.

— Deixem que eu cuido dele — garante. — Concentrem-se no que importa, beleza? Tenham uma ótima sessão. Conversamos mais amanhã.

O mago da música desaparece feito fumaça, nos deixando com várias interrogações na cabeça e o estômago embrulhado de nervosismo.

CAPÍTULO TRINTA E QUATRO

Alana e eu trabalhamos na música "Domino Effect" a noite toda, aperfeiçoando os vocais e sincronizando ao máximo as harmonias. Foi desafiador, apaixonante e, admito, uma ótima forma de nos distrairmos da intensidade da oferta de TJ.

Agora que estou sozinha, no entanto, minha cabeça está girando, tentando compreender tudo o que aconteceu na última semana. A Meg de sete dias atrás preferiria sair correndo pelada no meio de um supermercado a cantar uma única melodia na frente de alguém. A Meg de sete dias atrás era uma fracassada sem amigos. A Meg de sete dias atrás certamente não tinha um empresário, um vídeo viral e a possibilidade de performar em seu radar mental. Estou exausta só de tentar processar tudo isso.

Meus pensamentos confusos são interrompidos pela notificação de um novo e-mail. TJ mandou a faixa instrumental. Encaminho o arquivo para Alana e depois escuto.

Uma batida eletrônica vibrante sai pelos alto-falantes — baixo profundo e intenso e notas leves e delicadas. Está nítido que isso foi feito por um profissional. Ouço a melodia instantaneamente e desejo que Alana ainda estivesse aqui para que pudéssemos começar logo a compor sobre essa faixa.

A faixa só tocou por um minuto, mal tive tempo para começar a cantarolar minhas ideias, quando chega o furacão. Eu não deveria me surpreender, uma vez que eu mesma já havia previsto que isso aconteceria.

Caspar abre a porta do meu quarto e seu péssimo humor empesteia meu quarto como um pum fedido de cachorro.

— O que você acha que está fazendo? — pergunta ele. — Você não ouviu? Perguntei *o que você acha que está fazendo*?

Eu o encaro, sem medo.

— Estou ouvindo uma faixa instrumental. Você tem algum problema com isso?

— Essa música é MINHA! — berra ele. — Onde conseguiu isso?

Obrigada, TJ. Você se comunicou perfeitamente com seu cliente.

— TJ me mandou.

Parece inútil mentir. Além disso, não estou fazendo nada errado. Mas, pela reação de Caspar, até parece que fiz uma fogueira com sua coleção de violões.

— Por que TJ está te mandando coisas? — grita ele. — Tenho ideias para essa música; ele não tinha o direito!

Antes que eu possa impedi-lo, ele já está tirando meu notebook de mim.

— O que mais ele te mandou? — pergunta. — Não acredito nisso. Vocês andam se encontrando pelas minhas costas, não é?

Eu avanço furiosamente na direção dele, tentando pegar meu notebook de volta.

— Não! Ele só está interessado no que estou fazendo com Alana.

— Ah, aquele videozinho bobo — zomba Caspar, recusando-se a soltar o computador. — Pois saiba de uma coisa, Meg. As pessoas só ligam pra você por minha causa. Porque você é MINHA irmã. Ninguém mais vai dar importância até o fim da semana.

— Ah, é? Bem, TJ acha que muita gente vai dar importância, na verdade.

Opa. Não foi a coisa certa a dizer.

— Então vocês *estão* conversando sem mim! Malditos traidores.

Isso é ridículo. Agora cada um puxa o notebook para um lado, como se estivéssemos em um cabo de guerra. De repente, não se trata mais tanto de um mero aparelho eletrônico.

— Por que somos traidores? Não estamos escondendo nada de você. Isso aconteceu algumas horas atrás! — digo.

Caspar finalmente solta o notebook, fazendo-me voar para trás. Chego muito perto de derrubá-lo.

— Você não suporta não ser o centro de tudo, não é? — Ele bufa. — Você sempre tem que tirar tudo o que eu tenho. Bem, agora chega, Meg. Acabou. Você fisgar meu empresário é o limite.

Solto uma risada chocada, sem achar graça nenhuma.

— Você está brincando, né? — rebato. — Eu te apoiei a vida toda. Troquei de escola, participei de centenas de eventos. Posei em fotos de família para revistas, fiquei invisível para todos nessa casa, e você ainda está dando um jeito de colocar a culpa em mim? Cass, você está delirando.

Por um instante, ele fica boquiaberto, aturdido, em silêncio, tentando se forçar a dizer alguma retaliação que não vem. Então Caspar estreita os olhos e me encara com aquele olhar cruel que conheço tão bem.

— Minha carreira proporcionou uma vida incrível para todo mundo nessa casa — diz ele, com um tom grave e ameaçador. — Inclusive para você, então não me venha com essa historinha triste. Você conseguiu muita atenção por ser minha irmã. Ah, mas agora você magicamente se tornou essa pobre e negligenciada compositora? Dá um tempo.

— Pois saiba de uma coisa, Caspar — digo, jogando suas próprias palavras sarcásticas para cima dele. — Você não é o único dessa família que sabe compor. Eu faço isso há anos. Além disso, não pedi por essa situação toda. Foi seu funcionário idiota que vazou o vídeo.

Estamos cara a cara, com uma enorme hostilidade entre nós. Anos de ressentimento oculto faiscando das brasas.

— Então, por que TJ está te mandando faixas instrumentais? — pergunta ele. — Você acha que virou compositora profissional agora, depois de uma musiquinha? Isso está além da sua capacidade, Meg. Acha mesmo que dá conta de ser famosa? Ter sua vida analisada por milhões de pessoas?

A animosidade dele me deixa sem ar e me faz hesitar. Mas, diferente da Meg de sete dias atrás, não demoro muito para me recuperar.

— Sei lá, Cass. O que eu *sei* é que estou cansada de ficar parada quieta. Prefiro arriscar e falhar a continuar não fazendo nada.

Como sempre, Caspar distorce minhas palavras para se colocar no centro.

— Nem ouse me atacar e atacar meu álbum. Você não sabe nada sobre esse mercado. Uma conversinha qualquer com TJ não te transforma em uma especialista na indústria musical de uma hora para a outra. Tudo depende do meu próximo passo, Meg. Nosso estilo de vida, nossas finanças, nossa reputação. *Tudo*.

— Então componha alguma música — grito, com a frustração fervilhando em minhas veias. — Vá para o estúdio e trabalhe em uma música em vez de ficar surtando com o que estou fazendo.

Com isso, Caspar se joga de novo sobre mim, tentando pegar meu notebook outra vez.

— Você é uma escrota, sabia? Está tentando arruinar minha vida.

Jogo meu peso todo sobre ele.

— Minha nossa, Cass! Cai fora, você vai quebrar isso.

— Ótimo! É isso que você ganha por roubar minha música.

— Mas a música não é sua, né? É preciso ter... ah, não sei... uma *ideia* para isso ser considerado uma música.

Caspar me empurra e me machuca. Voltamos no tempo, para quando éramos crianças brigando pelo controle remoto. Grito de dor, segurando o ombro.

— Eu tenho ideias, tá bom? — grita Caspar. — Tenho muitas ideias. Ideias ótimas. Elas só não estão prontas ainda.

— Ah, sim, é óbvio que tem. Nada é melhor para a inspiração do que uma ressaca permanente.

O rosto dele está ficando cada vez mais vermelho.

— Estou trabalhando muito nesse disco e você sabe disso — protesta ele. — E daí se quero aliviar um pouco da pressão? Isso se chama ter vida, Meg, uma coisa que você desconhece.

Colocando o notebook de volta no lugar, em minha escrivaninha, aponto para ele com um floreio exagerado.

— É isso que se chama trabalhar de verdade, Caspar. Uma coisa que *você* desconhece. Por isso TJ pediu para eu e Alana trabalharmos na faixa que você está ignorando o ano todo.

Caspar solta um urro potente e me dá um mata-leão. Grito e mordo o braço dele.

Regredimos totalmente. Tenho dez anos de idade e ele tem 13. Sempre um pouquinho mais forte e maior do que eu. Sempre um pouquinho invencível.

De repente, a voz do meu pai atravessa o quarto:

— O que está acontecendo aqui? Parem com isso, agora mesmo! Pelo amor de Deus! Quantos anos vocês têm?

Recuo quando meu pai me pega pelo colarinho e nos separa.

— O que é esse absurdo? — pergunta ele.

— Caspar está tentando quebrar meu notebook — choramingo.

— Ela está tentando roubar o TJ!

Pelo jeito, não sou digna de ser citada pelo nome.

Meu pai começa a piscar rápido, como sempre faz quando está tentando entender alguma coisa.

— Desculpa, o quê? — questiona.

Caspar examina de modo dramático a marca de mordida que deixei no braço dele.

— TJ está mandando minhas faixas instrumentais para Meg e eles estão se encontrando pelas minhas costas — diz Caspar.

— Não, não estamos! — protesto. — Foi *uma* conversa, pai. Caspar está exagerando.

— Sério? — pergunta meu pai. Mas não naquele tom *Estou-muito--decepcionado-com-você-Meggy*. Pelo contrário. — Uau, isso é ótimo! Que notícia fantástica.

Não vou mentir. Eu dou uma risada. Bem baixinha. Por dentro. E talvez um pouco por fora também.

Caspar custa a acreditar.

— Mas o que... Não! Não é uma notícia fantástica. Ela está roubando meu empresário, pai. — Ele me dirige um olhar fatal. — MEU. EMPRESÁRIO!

Meu pai dá um tapinha no ombro de Caspar, sem captar as vibrações de maldição apocalíptica que emanam do corpo todo de seu filho.

— Poxa, Cass. Você não está feliz por Meg? Isso pode ser maravilhoso, irmãos compartilhando o mesmo empresário, um apoiando o outro nos altos e baixos da indústria musical.

Meu pai se vira para mim, olhos brilhando com o orgulho da família McCarthy.

— O que TJ disse, meu amor? — pergunta ele. — Ele quer representar você e sua amiga?

— Isso é BOBAGEM! — grita Caspar, passando por nós a caminho da porta. — Por que você sempre tem que ficar do lado dela para tudo?

Coitado do meu pai. Ele parece completamente perplexo com toda essa situação.

— Ei, qual é o problema aqui? — pergunta. — TJ é empresário de muita gente, Cass. Não vai afetar o trabalho dele com você.

— É óbvio que vai — diz Caspar por entre dentes cerrados. — E é por esse motivo que isso não vai acontecer de jeito nenhum. — Ele sai furioso para o corredor, gritando pela casa toda. — TJ! TJ! Onde ele foi parar? TJ, preciso falar com você AGORA.

Meu pai sai atrás de Caspar, tentando acalmá-lo.

— Calma, Cass! Vamos sentar e conversar sobre isso como adultos.

— TJ, EU VOU TE MATAR QUANDO TE ENCONTRAR!

Bato a porta do meu quarto, deixando os dois para fora. Não há mais nada a ser dito hoje, não imposta o que meu pai pense. O que faço é carregar a faixa instrumental — a inofensiva faixa de três minutos que causou fúria, violência e ameaças de morte.

Ideias para melodias fluem naturalmente como minha respiração.

Gravo todas elas com um sorriso rebelde no rosto e não me sinto nem um pouco culpada por isso.

CAPÍTULO
TRINTA E CINCO

— Minha nossa, meninas, vocês vão ser famosas! E pensem só, eu posso dizer para todo mundo que vocês se conheceram na *minha* loja. Talvez eu possa vender minha história para as revistas...

Estamos andando em círculos, tentando decidir o que fazer, e Laura não está ajudando com a falação obcecada a respeito do convite que recebemos para o evento. Somadas ao chilique de Caspar ontem, as coisas estão um pouco... demais.

Alana suspira.

— Certo, Lau Lau, não exagere — diz ela. — Nem sabemos ainda se vamos aceitar.

— O quê? Vocês precisam aceitar! Sério, oportunidades assim não caem do céu. Vejam o quanto TJ fez por Caspar todos esses anos. Poderiam ser vocês duas!

Alguma coisa estranha está acontecendo aqui. Estou concordando com Laura. Estou considerando seriamente aceitar. Cantar. Na frente de pessoas. É como se o épico ataque de fúria de Caspar tivesse me virado na direção oposta.

— Talvez devêssemos aceitar, Alana — digo, surpreendendo-a e a mim mesma. — Bem, já temos duas músicas ótimas. E também podemos trabalhar naquela faixa instrumental juntas...

Alana desaba sobre o balcão.

— Sei lá. Talvez.

Não é exatamente a reação que eu desejava. Ou esperava.

— Espere um minuto — digo. — Sou eu que tenho medo de palco, não você. Não deveria ser eu surtando e você me convencendo a aceitar?

Ela fica mexendo no cabelo preso em um rabo de cavalo, sem olhar nos meus olhos.

— Mas... e se eu não for boa o bastante para tocar em um evento assim? — questiona.

— O quê? Você se apresenta o tempo todo! Eu que vou estar morrendo de medo. Nunca fiz isso na vida. Você é a profissional aqui.

— Talvez em Brighton, nas noites de microfone aberto, onde todo mundo é legal com você. Não nesse mundo assustador lá fora — diz ela, apontando na direção da porta para um efeito dramático.

Justo nesse instante, o primeiro cliente do dia entra.

Levanto os olhos e vejo linhas brancas horizontais sobre tecido preto, com a frase NO MUSIC ON A DEAD PLANET. Conheço aquela camiseta. Meu coração para de bater; congela de verdade, virando uma pedra em meu peito.

— Você tem razão! — diz o cliente. — O mundo lá fora é assustador. Acabei de ouvir um artista de rua assassinar minha música preferida do Hozier e o bagel que seria meu café da manhã foi roubado por uma gaivota.

Matty Chester está parado no meio da loja. Da loja em que eu trabalho. Da loja em que tenho que usar um boné de dodô. É tarde demais. Ele já me viu. Merda.

Ele vai direto até Alana, ignorando-me completamente.

— A história do bagel é brincadeira, por sinal — completa ele. — Mas a do artista de rua não é. Mantenho meu desprezo sarcástico quando se trata de covers terríveis. Mudando de assunto, você fica olhando e apontando para todos os seus clientes ou só eu mesmo?

Alana ri de nervoso, olhando mil e uma vezes para mim com movimentos rápidos de olho nos breves milissegundos em que acha que Matty não está olhando.

— Ah, hum... — diz Alana, dando uma risadinha. — Me desculpa por isso. É... hã... — Ela olha em minha direção, como se nos comunicássemos no olhar. — É Matty, certo? Amigo da Meg?

Ah, por favor. Alana, não use essas palavras.

— Acho que se pode dizer que sim. — concorda Matty, apontando para mim com a cabeça, abrindo o sorriso mais frio do mundo. — Oi, Meg.

Fico feliz por ter a maior parte do meu corpo coberta pelo balcão, porque estou tremendo.

— Oi, Matty. — Minha voz é contida, seca. Basicamente o oposto de como estou dizendo as palavras em minha cabeça. *Oiiiiiii, Mattyyyyyy, amor da minha vida.*

Laura aparece atrás de nós, intrigada pela interação que está se desenvolvendo. Alana tosse, nitidamente nervosa pelo clima estranho que se criou de repente, com mais camadas do que um pavê de Natal.

— Bem, hã, gostaria de pedir alguma coisa?

Matty ajeita os óculos sobre o nariz. Ele sempre faz isso quando está constrangido. Eu poderia observá-lo ajeitando os óculos o dia todo e nunca me cansaria.

— Desculpa, estou a caminho do trabalho e acho melhor não correr o risco de me sujar todo de iogurte. — Ele ri, meio sem jeito. — Só quis passar aqui para dar parabéns pelo vídeo. Eu vi a música rodando pela internet e fiquei muito impressionado.

Por um segundo, esqueço que o fato de que trabalho na Dodô Ioiô já se espalhou pelo Twitter. Também esqueço que Matty conhece Alana da noite de microfone aberto. Parece que ele me conhece, Meg McCarthy, tão intimamente quanto conhece LostGirl, e está passando casualmente para me ver porque é algo que faz o tempo todo.

Só que é óbvio que ele não está aqui para me ver.

— Ah, obrigada — diz Alana, sorrindo. — Ainda é estranho saber que tanta gente está assistindo. Nem terminamos a música direito, né, Meg?

Ela está me oferecendo uma oportunidade de entrar na conversa. Aproveito tão mal que talvez fosse melhor ela nem ter se dado o trabalho.

— É, ainda estamos trabalhando nela — completo.

Matty me analisa com atenção, sem saber ao certo o quanto pode se aproximar da fera selvagem.

— Bem, a música é incrível. Vocês precisam começar a divulgar mais. — Ele ajeita os óculos mais uma vez. Sim, continuo fascinada. — Fiquei muito surpreso ao ver que você também canta, Meg. Todos esses anos na escola e você nunca mencionou nada sobre música...

Há um tom de acusação em seu comentário. É impossível não preencher as lacunas. Todos esses anos na escola *em que você me tratou como merda* e nunca mencionou *que na verdade tínhamos uma coisa em comum. Sua ridícula.*

Dou de ombros, na defensiva. É tudo o que posso fazer. Aff. O que há de errado comigo? A pior parte é que eu teria dito alguma coisa muito mais cruel se minha chefe não estivesse respirando em meu pescoço.

— Meg também compõe — comenta Alana, apontando para mim, sorrindo em minha direção. Quase segurando uma placa de neon apontando diretamente para mim. — Ela é *muito* talentosa. Eu nunca teria essa oportunidade sem ela.

Matty esboça um pequeno sorriso para mim, mas fico olhando para o chão.

— Sim, certamente os contatos de Meg devem dar um grande impulso para vocês. Bem, espero que continuem. Achei incrível.

Ai, um insulto indireto.

As bochechas de Alana estão vermelhas. Não sei dizer se ela está constrangida por estar recebendo tanta atenção do meu crush ou se está gostando dos elogios.

— Obrigada. Estamos trabalhando em outras músicas no momento. Vamos ver o que acontece.

— Se quiserem fotos — acrescenta Matty —, vou ficar mais do que feliz em ajudar. Fotos promocionais, de shows ao vivo, o que precisarem. É só dizer. — Ele vira para mim com um olhar incisivo. — Só se eu tiver *permissão*, é lógico.

Antes de eu conseguir pensar em uma resposta sarcástica, Laura se intromete:

— Falando em shows, as meninas vão tocar em um evento em Londres. Não é o máximo?

Sinto um nó no estômago. Essa informação é confidencial. *Muito* confidencial.

Laura não percebe o silêncio tenso e continua tagarelando com Matty:

— O empresário de Caspar está organizando. Dá para ver que ele enxerga potencial nelas. E você acredita que elas se conheceram na minha loja? Eu que juntei as duas! Talvez eu devesse ganhar alguma coisa por ter descoberto a dupla.

Enquanto ela continua falando sozinha, Matty encara Alana, boquiaberto.

— Uau, isso é importante. É *importantíssimo*.

— Talvez a gente não toque — responde Alana, com um gesto de desdém. — É só um pequeno evento de apresentação para algumas pessoas selecionadas. Duvido que dê em alguma coisa.

— Não foi essa impressão que deram — intervém Laura. — Vocês disseram que haveria gravadoras e pessoas importantes lá!

Cala a boca, Lau Lau, cala a boca!

— Dissemos que *poderia* haver — mente Alana. — Não vamos nos empolgar demais. É só uma apresentação.

Obrigadaobrigadaobrigada, Alana! Ela sabe que quero despistar Matty de todas as formas possíveis. Se ele começar a investigar demais sobre as Lost Girls, vai descobrir o segredo da LostGirl. Essa história está saindo do controle e não há nada que eu possa fazer.

— Vocês deveriam fazer a apresentação — declara Matty. — Não há nada a perder, e dá para ver que vocês despertam o melhor uma da outra.

Ele arrisca mais um sorriso, e dessa vez eu sorrio também. Um sorriso pequeno, minúsculo, com a duração de uma piscadinha.

Talvez perder o controle não seja o fim do mundo. Afinal, essa semana me mostrou que soltar as rédeas pode levar a coisas boas. Só preciso me desapegar de mais um segredo...

— Preciso ir — diz Matty, dando um pequeno passo para trás. — Espero que não se importe com meu entusiasmo de fã.

Ele está falando com Alana. Fui completamente ignorada.

— De jeito nenhum. Nós agradecemos — responde ela.

Nós. Ela é uma santa. Está realmente se esforçando.

Quando Matty chega à porta, ele para.

— Mais uma coisa antes de eu ir. Top cinco melhores músicas dos Beatles. Valendo.

É nosso jogo. Meu e de Matty. De *BandSnapper* e *LostGirl*. Ouvir ele mencionar isso no mundo real faz todo o meu universo se inclinar, de modo que fico totalmente desorientada. Espero Alana começar a rir, confusa, mas ela começa a recitar sua lista rapidamente, como se tivesse esperado a vida toda por essa pergunta.

— Essa é fácil... "Blackbird", "Come Together", "Eleanor Rigby", "I've Just Seen a Face" e "Get Back".

Matty sorri como se tivesse recebido cinco discos autografados pelo fantasma de John Lennon.

— Boas escolhas. Ótimas, na verdade.

Quando ele sai da loja, sinto meu coração desmoronar. Uma parte de nosso mundo sagrado, particular e oculto acabou de deixar de ser diamante e se transformou em poeira.

— Nossa, que garoto fofo — comenta Laura, radiante. — Alana, ele pareceu gostar *muito* de você!

— Ai, meu Deus, não — balbucia Alana. — Ele não faz meu tipo. Nem um pouco.

— Bem, e o último cara deu supercerto, não é? Você deveria dar uma chance a um garoto fofo como aquele.

Sei que é ridículo, mas começo a sentir lágrimas despontarem. Deveria ter sido eu listando minhas músicas dos Beatles preferidas. Deveria ter sido eu conversando, sorrindo e recebendo elogios. Laura deveria estar *me* incentivando a dar uma chance àquele garoto amável.

— Meg... — diz Alana, baixinho.

Eu não a culpo por nada disso. Ela estava tentando ser uma boa amiga. Só posso culpar a mim mesma por ser tão covarde.

Sem talento. Feia. Inútil. Grosseira. Vadia. A onda de negatividade que estou tentando convencer Alana de que precisamos ignorar invade minha mente. Águas turvas e sufocantes tomam conta de meu cérebro.

— Estou avistando mais clientes — avisa Laura, se debruçando sobre o balcão para ver melhor as adolescentes se reunindo em frente à loja.

— Vamos lá, abram um belo sorriso para as fãs, meninas.

Salva pela selfie. Piscando para conter as lágrimas e respirando fundo, coloco minha máscara de artista corajosa.

A popularidade de nosso vídeo está aumentando. Há tantas pessoas entrando na loja que não temos oportunidade de mencionar novamente nossa participação no evento, nem Matty Chester, pelo restante do turno.

CAPÍTULO TRINTA E SEIS

Top 5 formas de dizer "não quero falar sobre isso":

1. "Hum", "aham" ou algum outro ruído.
2. "Vamos ver o que acontece."
3. "Ah, nossa, eu te contei que briguei com meu irmão ontem à noite?"
4. "O que acha de continuarmos a música nova agora?"
5. "não quero falar sobre isso!"

Nenhuma dessas táticas funciona quando se trata da capacidade de persuasão de Alana. Nem mesmo a opção franca e direta.

— Mas por que você não pode contar para ele? — pergunta ela pela milésima vez quando entramos em meu quarto. — Qual a pior coisa que pode acontecer? Você se revelou para todas as outras pessoas da sua vida. Por que não para Matty?

— Vamos apenas tentar fazer essa música, tá bom? — Suspiro. — Nesse momento, a música é mais importante do que minha desastrosa vida amorosa.

Alana cruza os braços e pergunta:

— Do que você tem tanto medo?

Jogo a cabeça para trás.

— Ele me odeia, beleza? — digo. — Matty Chester me detesta mais do que tudo. E ele tem todo o direito, depois da forma como eu o tratei.

— Ele não te odeia. Ele fala com você todo dia.

— Ele fala com LostGirl — corrijo. — E na metade do tempo ele está reclamando da Meg para ela. O que ele vai achar quando descobrir que somos a mesma pessoa? Vai ser o fim.

— Você não sabe. Dê uma chance a ele. Tenho certeza de que Matty vai entender. Ele vai descobrir mais cedo ou mais tarde mesmo. Ainda mais quando souber o nome da nossa banda.

— É, bem. Que seja mais tarde do que cedo.

Faz-se um silêncio persistente. Chegamos a um impasse.

— Sua música sobre ele é linda — diz Alana, depois de um tempo. — Não tem como ele não te perdoar quando ouvir.

Eu me remexo na cadeira, me sentindo desconfortável. "Second First Impression" é a única música que não tive coragem de mandar para BandSnapper. Pensar nele ouvindo a canção me faz suar frio.

— Acho que deveríamos tocar ela no evento de apresentação — declara Alana.

Giro a cadeira.

— O quê?

— É linda. Eu poderia incluir algumas harmonias nela.

— Então... nós vamos fazer a apresentação?

Alana me encara e abre um sorriso tímido.

— Sinto que Matty tem razão, temos que tentar. Poderíamos tocar "And What", "Domino Effect" e "Second First Impression". O que acha?

— Sei lá, você tem muitas músicas incríveis também. Que tal "Didn't I"?

— Ainda teríamos que trabalhar muito nela. Vamos, temos que tocar a sua música. É perfeita e mostra suas habilidades.

Ah, ótimo. Então Alana não quer cantar sua canção de amor emotiva e correr o risco de borrar o rímel, mas vai ficar feliz se eu fizer isso. A ideia de expor as partes mais frágeis de minha alma em uma sala repleta da realeza da indústria musical é profundamente aterrorizante. Mas, ao mesmo tempo, uma pequena, estranha e sádica parte de mim quer fazer isso.

— Certo — digo. — Então... vamos mesmo fazer isso.

Alana se ilumina com a empolgação.

— Vamos mesmo fazer isso — concorda.

Dizer as palavras em voz alta não faz tudo parecer menos surreal. Mas vai acontecer.

As Lost Girls estão aqui. E estamos prontas para sermos ouvidas.

♪

Pelo restante da tarde, trabalhamos em nossa primeira música com base instrumental pré-gravada. É todo um novo processo, tentar seguir os acordes e a estrutura da base pré-produzida, mas assim que chegamos na música, nossas melodias tomam novas direções, que não teríamos encontrado só com violão ou piano. Parece que estamos pegando o jeito dessa tal coautoria.

TJ bate na porta do meu quarto na metade de nossa sessão.

— Como estamos indo, meninas? Já têm alguma coisa que eu possa ouvir?

— Chegamos até a segunda estrofe — respondo.

Ele espia sobre meu ombro para ver o projeto no notebook.

— É um trabalho em andamento — acrescento.

— Ótimo! Vamos ouvir, então.

Lanço um olhar cético a ele.

— Então... não vamos falar sobre o Furacão Caspar primeiro?

TJ abana a mão com desinteresse.

— Está tudo bem, tudo sob controle — garante.

— É, aqueles gritos com você ontem à noite pareceram estar completamente sob controle — comento.

— Gritos? — indaga Alana. — Ai, caramba. Ele está mesmo zangado, né?

— Está tudo bem, não se preocupem com Cass. Deixem ele comigo — diz TJ, com um sorriso.

Não sei dizer se ele está encobrindo algum tipo de colapso interno ou se todos esses anos com Caspar simplesmente o deixaram impassível quando se trata de chiliques. Acho que quando esse tipo de coisa acontece toda semana, deixa de ser importante.

— Beleza, então vamos lá — digo, pegando o mouse. — É isso que temos até agora. A música se chama "Scripts".

— Ótimo título. Qual é o conceito?

É uma pergunta que curiosamente tenho dificuldade para responder. Quando ouvi a base instrumental pela primeira vez, veio um turbilhão de ideias de letra em minha cabeça — ideias que também foram moldadas pelas experiências de Alana.

É o tipo de música que é muito pessoal para nós, mas ao mesmo tempo mantemos certa distância. É sobre saber que ninguém nunca vai ser perfeito, não importa o quanto deseje ser. É sobre dizer a coisa errada repetidas vezes, porque a realidade nunca é tão brilhante quanto nos filmes. É sobre pressão. É sobre Matty. É sobre Dylan. É sobre como fui idiota *mais uma vez* na loja hoje de manhã. É sobre toda essa experiência maluca de aprendizado pessoal. Não é sobre nada em particular e, ao mesmo tempo, é sobre tudo que é importante para nós.

— Basicamente — diz Alana, resolvendo tentar explicar o inexplicável —, a ideia da canção é desejar que existisse, tipo... um roteiro.

Ou... é. Dá para dizer apenas isso. Se quiser ser *literal*.

TJ bate palmas e esfrega as mãos furiosamente.

— Amei! Vamos, clique no play.

Aumento o som dos alto-falantes e coloco a faixa para tocar. A música ganha vida, seguida por nossas vozes, calmas e sussurradas.

Expectations burning in your chest
You're waiting for those perfect lines
But you get what you get
Leading ladies

Breathing down my neck
So well rehearsed and in control
But I'm a nervous wreck

Coz I've been breaking glasses
Like I've been breaking hearts
Trying to tell you how I'm feeling
Is like reading in the dark
And I know...

TJ está ouvindo com atenção, com os olhos fechados. É irritante como seu rosto permanece neutro enquanto a música toca.

Scripts make every word
Sound beautiful
But I've got nothing to follow
Nothing to follow
And I will say the wrong thing
Every time
But now I know
The cliché you wanna hear
Is nothing but hollow

Alana olha para mim e ergue uma sobrancelha, como se perguntasse *O que será que ele está pensando?*

Dou de ombros. *Não faço a menor ideia, mas espero que não seja ruim.*

Pois é, somos mesmo telepatas agora.

Depois de uma pausa dramática exagerada, TJ abre os olhos e se levanta.

— Por favor, digam que estão pensando sobre o evento de apresentação. — Ele une as mãos em prece. — Porque estou ansioso para vocês mostrarem isso para todo mundo. Essa música é fantástica.

— Na verdade, nós pensamos sobre a apresentação — respondo, olhando para Alana em busca de aprovação.

Ela assente avidamente, me estimulando a continuar. Respiro fundo e revelo a notícia:

— Nós aceitamos.

— ISSO! — exclama TJ, socando o ar. — Ótima notícia, meninas. Maravilha. Agora posso começar a mexer os pauzinhos.

— Mas não tenho certeza sobre essa música — intervém Alana, demonstrando certa ansiedade. — Não terminamos ainda e não temos tempo de fazer uma versão acústica.

— Não se preocupem, vocês podem cantar com o fundo musical. Temos que apresentar as músicas mais fortes e seria bobagem não tocar esta.

Fundo musical? Não consigo pensar em nada pior, e parece que um gato comeu a língua de Alana, então imagino que ela também não.

TJ continua insistindo, ignorando nossa hesitação:

— Meninas, não se preocupem. Podemos conversar sobre isso nos próximos dias, garantir que vocês duas fiquem satisfeitas. Enquanto isso, vou marcar uma sessão de fotos, depois podemos colocar umas prévias na internet para manter todos interessados.

É impossível permanecer imune ao futuro emocionante que TJ está nos oferecendo. Alguma coisa na completa e total confiança dele é como uma autorização para nos empolgarmos. Ele está fazendo coisas acontecerem. No mundo real. *Sessão de fotos. Prévias.* É o vocabulário de um empresário lançando uma nova atração. Uma nova atração que, por acaso, somos nós!

Esqueço temporariamente minhas regras sobre espaço pessoal e abraço Alana, que solta um grito.

— É isso que eu quero ver — afirma TJ, alegre. — Um pouco de empolgação! Agora, não me decepcionem. Comecem a ensaiar e terminem de compor esse sucesso.

— Com a *minha* faixa instrumental, você diz?

Não faço ideia de quanto tempo faz que Caspar está parado na porta do meu quarto, escutando tudo. TJ dá um salto ao avistá-lo.

— Ah, Cass! Você está bem, cara? Ouviu o que as meninas compuseram? Incrível, né?

Não foi a coisa certa a dizer. Foi incrivelmente errado, errado, errado.

— Como você ousa dar minhas faixas para outras pessoas? — grita Caspar, se aproximando de TJ. — Você não tem o direito de agir pelas minhas costas desse jeito. E vocês duas... — Ai, lá vamos nós. É nossa vez nos holofotes da desgraça. — vocês duas. Quem vocês pensam que são? Qual é, Meg. Você é melhor do que isso.

Em seguida, Caspar sai e bate a porta do meu quarto, fazendo meu calendário da Taylor Swift cair da parede e meu microfone começar com um chiado ensurdecedor. Ótimo.

Alana fica ofegante.

— Ah, não! Ah, não, ah, não. Acha que deveríamos parar de compor essa música? — pergunta ela.

— De jeito nenhum — ordena TJ. — Deixem que eu cuido de Caspar. Ele sempre acaba se acalmando.

Alana morde o lábio, sentindo-se culpada.

— É mesmo? Porque, não vou mentir, é um pouco perturbador saber que meu ex-ídolo me odeia.

Ela disse *ex-ídolo*. Que bom. Isso significa que está aprendendo.

TJ sorri, como se os últimos dois minutos não tivessem acontecido.

— Não se preocupe — diz ele — Não é pessoal. Nesse momento, Cass odeia todo mundo na mesma medida...

Ótima forma de tranquilizá-la, TJ.

— Ele me deixou com dor de cabeça — continua. — Vou descer para pegar um remédio. Não percam tempo se preocupando com ele. Arrasem aí.

É mais fácil falar do que fazer. Quero dizer... eu sei o quanto meu irmão pode ser cretino porque tive que respirar o mesmo ar que ele nos últimos 17 anos. Para Alana, por outro lado, tudo isso é novidade. Até poucos dias atrás, ele era uma voz na rádio, um rosto na TV, uma personalidade na imprensa. Era a versão em 2D de Caspar McCarthy, com a cruel terceira dimensão bem escondida.

A realidade pode ser decepcionante se comparada à história que a cerca.

— Ele não quer essa música de verdade, Lan — conto, tentando tranquilizá-la. — Ele só não quer que a gente fique com ela.

Toco a música de novo. Sei que nada nunca é perfeito e que sempre há espaço para melhorar, mas enquanto ouvimos nossas melodias e harmonias, percebo que existe uma magia no que criamos.

— Sem querer parecer arrogante, mas Caspar não teria feito nada tão contagiante assim — declaro.

Ela sorri para mim. De repente, percebo que não importa quantos surtos Caspar tenha. Não importa o que ele diga, nem de quantas formas tente nos prejudicar. Estamos amando o que estamos fazendo e não vamos parar.

— Você não está sendo arrogante — diz Alana. — Está falando a verdade.

CAPÍTULO
TRINTA E SETE

BandSnapper: LostGirl... Está aí? Não tenho te visto muito on-line ultimamente.

LostGirl: Estou aqui! Desculpa, estou tão ocupada. A semana passada foi uma loucura.

BandSnapper: Acho que sei o motivo...

LostGirl: Hã?

BandSnapper: LostGirl... Eu sei. Eu já entendi.

BandSnapper: ... LostGirl? Você ainda está aí?

LostGirl: Aqui vai meu top 5 duetos:
1. "exile", Taylor Swift e Bon Iver
2. "Somebody That I Used to Know", Gotye e Kimbra
3. "Shallow", Lady Gaga e Bradley Cooper
4. "Let's Go Home Together", Ella Henderson e Tom Grennan
5. "Under Pressure", Queen e David Bowie

BandSnapper: Não faça mais joguinhos. Por favor, seja sincera comigo. Eu te conheço na vida real, não conheço?

LostGirl: Não posso falar sobre isso, BandSnapper.

BandSnapper: Mas eu não consigo *não falar* sobre isso. Você é a Alana, não é?

LostGirl: Não sei do que você está falando.

BandSnapper: Vamos, LostGirl! Eu soube assim que vi aquele vídeo. Tinha todo o estilo da LostGirl. E hoje você confirmou minhas suspeitas quando entrei na loja. É você. Só pode ser você.

LostGirl: Não tenho ideia do que você está falando.

BandSnapper: Você não trabalha a quilômetros de distância em uma biblioteca. Você trabalha aqui em Brighton, e a Srta. Musicista é a Meg.
É por isso que você fica tão hesitante quando falo dela, porque ela é sua amiga. Ela vem sendo tão horrível comigo porque não quer que eu descubra tudo...

LostGirl: Agora você está inventando uma história que não faz sentido. Você ouviu todas as minhas músicas. Com certeza dá para saber pelas minhas músicas que não somos a mesma pessoa.

BandSnapper: Mas e o vídeo? É a sua cara. Você é Alana, só pode ser...

LostGirl: Você só está vendo o que quer ver.

BandSnapper: Sei que é estranho conversarmos na vida real depois de tantos anos trocando mensagens. Mas tivemos uma conexão hoje. Isso não vai mudar nada entre nós. Eu juro.

LostGirl: Não tivemos uma conexão, porque nem conversamos!!!

BandSnapper: Você finalmente está tendo a oportunidade que sempre mereceu. Estou muito orgulhoso de você e quero

> estar em todas as apresentações, te aplaudindo. Por favor, me dê uma chance, Alana. Você não precisa mais ficar se escondendo.

> **LostGirl:** Não sou a Alana! E com certeza não vou fazer um monte de apresentações. Não me conhece depois de todos esses anos? Se conhecesse, você perceberia que está completamente errado.

> **BandSnapper:** Conheço suas letras. Conheço suas melodias e sua paixão pela composição. É única, autêntica. Aquele vídeo é VOCÊ, LostGirl. Só pode ser.

> **BandSnapper:** LostGirl? Ainda está aí?

LostGirl está off-line.

♫

É fácil bloquear coisas se tentarmos com vontade.

Tenho a desculpa perfeita, porque a apresentação é em dois dias. Quarenta e oito horas, para ser mais precisa, o que não é muito tempo quando há músicas para ensaiar, trabalho na loja, fãs querendo tirar selfies, redes sociais para atualizar, um irmão que parece um furacão de fúria e um não-exatamente-namorado on-line exigindo conhecer sua verdadeira identidade.

Não vou mentir, tem sido uma semana estressante.

Apesar da enorme pressão, Alana e eu estamos ensaiando todas as tardes e nosso *set list* está perfeito. Demoramos um tempão para escolher a ordem das músicas. A princípio estávamos planejando tocar "Second First Impression", mas quando terminamos de escrever "Scripts", soubemos que não teria como deixá-la de fora. Além disso, TJ já estava decidido em relação a essa música e eu não pretendia perder tempo discutindo com ele.

No entanto, continuo discordando com o fundo musical. Se eu finalmente vou subir em um palco e enfrentar meus medos, não pretendo que seja em estilo karaokê. Vou fazer do meu jeito, com instrumentos de verdade.

Enquanto ensaiamos, TJ está totalmente focado nos negócios. Ele criou uma logo, escreveu nossas biografias e criou contas nas redes sociais para a nossa dupla. Ele também agendou uma sessão de fotos profissional para nós. Uma mudança agradável em relação às selfies solitárias de sempre.

Tudo é frenético e estimulante. Parece uma espécie de experiência extracorpórea. Se eu fosse parar para pensar demais nas coisas, ficaria paralisada como uma daquelas cabras miotônicas idiotas. O mesmo aconteceria se eu fosse pensar muito em Matty. Ou no fato de que ele acha que sou Alana. Ou no fato de que ele parece estar se apaixonando pela Lost Girl errada.

Tento não pensar em nada disso. Simplesmente abandono as conversas com BandSnapper e não menciono uma palavra sobre ele para Alana. Deixo a situação pausada e me concentro apenas no que está bem diante de mim. Canto tão alto durante os ensaios que o som abafa cada rastro dele.

Viu? Eu disse que era fácil bloquear as coisas quando se tenta com afinco.

♫

Às 16h27, pouco mais de 27 horas para subirmos no palco, percebo que deixei de me preocupar com quem vai me ouvir cantar. Não me importo se meu pai para na porta e fica assistindo. Não me importo se minha mãe se empolga e começa a cantar junto e tudo errado. Não me importo nem se Caspar me ouve.

Na verdade, espero que ouça. Porque está bom. Muito bom. E, como tudo na vida, quanto mais praticamos, melhor ficamos.

Nosso quinto ensaio de "Domino Effect" é interrompido por uma notificação de e-mail em meu celular. Meu coração pula, com muito medo de que possa ser Matty. Mas felizmente é só TJ mandando as fotos de nossa sessão. Aceno com o celular para Alana, que estava me perturbando a cada cinco minutos para saber das fotos.

— Chegaram! Vamos dar uma olhada? — pergunto.

— *Sim, por favor* — cantarola ela, dando um rodopio e jogando o violão sobre minha cama. — Mas vamos abrir no computador. Quero ver na tela grande!

TJ mandou uma pasta cheia de imagens. A primeira mostra nós duas nos jardins do Pavilhão Real, uma de costas para a outra. As cores são intensas e belas. Minha jaqueta preta se destaca em contraste com a vegetação e estou encarando a câmera melancolicamente, com olhos bem marcados. Fui transformada em uma estrela do pop e não poderia estar mais feliz com o resultado.

— O que ele fez?! — Alana solta um grito sufocado. — Eu fiquei *imensa*! — reclama ela.

Ops. Acabei de me lembrar. Não sou a única na foto. E enquanto a câmera foi generosa comigo, o mesmo não aconteceu com Alana. Ela está em um ângulo estranho, seus seios estão salientes e o braço grande ocupa quase todo o espaço entre nós. Sem querer parecer cruel, essa não é uma foto muito bonita.

— Ah...

Não sei o que dizer. Não sei o que fazer. Estou entre a cruz de não mentir e a espada de não querer magoá-la.

— Não se preocupe, deve ser o ângulo. Temos muitas outras fotos para escolher.

Passo para a próxima foto. Depois para a seguinte. E a seguinte. Não está ficando melhor. O vestido vermelho esvoaçante e sem mangas de Alana parecia fabuloso na vida real, mas de alguma forma se transformou em um pesadelo nessas fotos.

Os olhos dela se enchem de lágrimas.

— Pareço um tomate gigante.

— Não, não parece! É só... — Estou lutando para encontrar as palavras. — Vamos continuar olhando.

Continuo passando, esperando que as próximas fotos sejam melhores, mas elas só pioram. Assim como o clima. E minha capacidade de encontrar a coisa certa para dizer.

Depois de um tempo, mudamos de pose. Estamos deitadas na grama, violões ao lado. Meu rosto está inclinado para cima, olhando com serenidade para o céu, mas Alana está olhando para baixo.

Todo mundo sabe que NUNCA SE DEVE OLHAR PARA BAIXO NESSA POSIÇÃO! O que o fotógrafo estava pensando? Por que ele não disse nada?

— Esta está ainda pior — lamenta ela entre respirações entrecortadas. — Fiquei com uma papada e minha barriga está caída. Estou horrorosa.

— Você não está horrorosa! Só fomos postas na posição errada. — Minhas impotentes palavras de estímulo não estão ajudando a acalmá-la.

— É assim que eu fico no palco? — pergunta ela. — Por que ninguém nunca me avisou? As pessoas no Twitter estavam certas. Sou uma baleia horrenda!

— ALANA. Fala sério... você *sabe* que não é bem assim. Você tem várias fotos incríveis das suas apresentações. Isso aqui foi azar.

— Mas esse é a única sessão de fotos que importa! — Alana cai de joelhos de forma melodramática. — E eu estraguei tudo. Nem todos os filtros do mundo vão conseguir consertar isso. Eu estou horrível!

Paro de passar as fotos antes que volte ao início e nos obrigue a reviver essa experiência excruciante. Isso é terrível. Não gosto quando Alana fica desanimada. Ela só é ela mesma quando sua energia ocupa todo o espaço do cômodo. Ela nasceu para ser grande. É quem ela é, e é incrível.

— Podemos dar um jeito nisso — digo, assumindo o controle. — Não está tão ruim quanto você pensa...

— Para você, é fácil dizer! — rebate ela, com certa irritação em seu tom, uma pungência que nunca ouvi antes. — Você parece uma supermodelo em todas as fotos!

Abro a boca para revidar, mas não sai nada. Sinto que nada que eu diga vai ajudar. Olhamos uma nos olhos da outra e ela se acalma.

— Desculpa — diz, em voz baixa. — É que me sinto tão humilhada...

— E deveria mesmo — interrompe uma voz atrás de nós.

Nós nos viramos e lá está ele. Obviamente. Seu radar detector de problemas estava programado para nos encontrar assim que algo desse errado.

Caspar se mete entre a gente, inspecionando os resultados decepcionantes de nossa sessão de fotos com um sorriso depreciativo no rosto. Não o impedimos. Voltei a ser a irmãzinha patética e Alana se transformou mais uma vez na fã apavorada e intimidada.

Odeio que ele exerça esse poder sobre nós.

— Talvez seja hora de termos uma conversinha de verdade — diz ele, cruzando os braços. — Uma conversa honesta. Não os conselhos falsos de TJ e as bobagens que ele vai dizer para vocês. No meu quarto. Agora.

Sei por sua aura tóxica que segui-lo não é uma boa ideia. O que quer que ele tenha a dizer, tenho certeza de que não vou gostar. E mesmo assim nós duas o acompanhamos até o quarto dele, atraídas por sua luz destrutiva como duas mariposas em transe. Por que estamos fazendo isso?

Talvez porque saibamos que ele vai nos dizer a verdade dura e fria. Talvez seja porque ele tem sucesso. Talvez seja porque sempre o respeitei e, apesar de tudo, me importo com o que ele pensa.

Acho que alguns relacionamentos não podem ser bloqueados nem desligados.

CAPÍTULO TRINTA E OITO

O QUARTO DE CASPAR é enorme em comparação ao meu. Por ser o mais velho (e mais rico), ele sempre conseguiu ficar com o melhor de tudo. No início do verão, trouxe todos os equipamentos de seu estúdio para cá. Ele deve ter pelo menos uns dez violões, um piano vertical novinho, monitores de referência HS8 e um microfone que eu sei muito bem que custa mais do que o carro do meu pai. Isso deixa meu pequeno estúdio no chinelo.

— Sentem-se — ordena Caspar, tirando bolas de papel amassado da cama.

O que presumo serem letras de música descartadas estão espalhadas por todo lado. Resquícios de seus últimos esforços artísticos, sem dúvida. Ele tem todo esse equipamento incrível, mas nenhuma ideia que sirva para ser gravada. É irritante.

— O que exatamente você quer, Cass? — pergunto, sentando-me com relutância. — Porque se estiver procurando uma desculpa para ser horrível, não vamos querer ouvir.

Caspar bufa daquele jeito desdenhoso e zombador dele, puxando uma elegante cadeira de couro.

— Não estou tentando ser horrível. Estou tentando ajudar vocês. Estou nesse mercado há muito tempo. Sei do que estou falando, certo?

Olho para ele com cautela. Todas as células de meu corpo gritam para que eu não confie nele, mas também há uma vozinha em minha cabeça que sussurra: *ele está certo... você sabe que está*. Caspar teve seus altos e baixos. Esteve na poderosa onda do estrelato e atingiu alturas vertiginosas de sucesso. Ele também foi devidamente criticado por escândalos, más escolhas e erros. Passou por tudo isso e é um especialista extremamente qualificado no que podemos esperar do futuro.

— Vocês estão com um problema sério nas mãos — começa Caspar, esboçando um sorriso. — Ninguém mais vai ser sincero, mas vocês precisam saber.

Posso jurar que ele está gostando disso. Olho para Alana, que está inclinada para a frente, roendo a unha do polegar com ferocidade.

— Venha, Alana — digo, desejando ter confiado na minha intuição desde o início. — Vamos embora. Não precisamos ouvir isso.

— Não, deixe ele falar — responde ela. Um silêncio carregado toma conta do lugar. — Beleza. Então eu falo. As fotos estão horríveis, não estão?

Caspar confirma com a cabeça e uma expressão séria, como se fosse difícil para ele nos contar.

— Não posso mentir para vocês. Estão péssimas. Sinto muito, Alana, mas todo esse seu visual é bem problemático.

Tá, chega. Não acredito que cheguei a considerar receber conselhos de meu irmão peçonhento. Levanto, pronta para sair do quarto.

— Você é um babaca, Cass, sabia disso? Nem pense em dizer...

Antes que eu consiga terminar, Alana me puxa de volta.

— Meg, tudo bem. Eu aguento. Vamos ouvir o que ele tem a dizer.

— Mas ele está sendo um idiota! — rebato. — Foi só um ângulo ruim. Podemos resolver isso.

— Não é só uma sessão de fotos — intervém Caspar. — É a imagem de vocês como um todo. — Ele olha fixamente para mim, e apenas para mim, como se Alana não estivesse presente. — Fala sério, Meg. Você é melhor do que isso...

Se ele usar essa frase machista e condescendente mais uma vez, juro que vou fazer xixi em sua escova de dentes.

— ... Você é uma modelo do Instagram e tem uma sólida base de fãs. As pessoas esperam que você tenha um certo visual. E me entristece dizer isso, mas Alana simplesmente não se encaixa.

Entristece? Engraçado, porque ele não parece muito triste. Parece mais feliz do que nos últimos meses.

E eu estou mais furiosa do que nos últimos meses.

— Então, somos diferentes? E daí? — indago. — É isso que nos torna únicas. A coisa mais importante deveria ser a música, não toda essa porcaria rasa e superficial.

— Deveria ser — murmura Alana, ainda roendo as unhas. — Mas não é assim que o mundo funciona, é?

— Não, não é assim que o mundo funciona — repete Caspar. — Porque não importa o quanto as pessoas falem sobre *personalidade* e *beleza interior*... No fim das contas, elas só querem ver pessoas jovens, magras e atraentes na mídia. O público quer celebridades em quem possam se *espelhar*. E infelizmente cantoras acima do peso não entram nessa lista.

As palavras estão destruindo Alana. Eu a vejo afundar na almofada do sofá como se quisesse desaparecer. Tenho que fazer alguma coisa, dizer alguma coisa, qualquer coisa para melhorar a situação.

— Existem muitas cantoras gordas na música — declaro, e sei que é um fato que não pode ser contestado. — A Lizzo, por exemplo... Tem também Mary Lambert, Meghan Trainor, Heather Mae... Todas têm orgulho de seus corpos e são amadas pelas pessoas.

— Elas são exceções à regra — rebate Caspar, fazendo um gesto de desdém com a mão, como se estivesse desconsiderando meus exemplos. — E minha primeira dica para iniciar nesse mercado é *nunca* presumir que você será uma exceção. A maioria não é.

Lágrimas escorrem lentamente pelo rosto de Alana. Coloco a mão sobre o braço dela. Eu nunca deveria tê-la trazido aqui. Não consigo impedir que meu irmão babaca injete seu veneno destruidor de confiança em nosso mundo.

— Sei que é difícil aceitar, mas é melhor você pensar nisso antes de se jogar de cabeça — diz ele. — As pessoas são cruéis. E francas. Uma foto ruim pode provocar uma enxurrada de ódio. Tem certeza de que consegue lidar com isso? Consegue aguentar sua música ser criticada porque sua imagem não agrada? Já passei por isso e, acredite, é uma merda.

— Ai, meu Deus — choraminga Alana, cobrindo o rosto e se recusando a fazer contato visual. — Não posso fazer isso. Meg, você deveria tocar sozinha no evento de apresentação. Caspar está certo, só estou te prejudicando.

— Não seja ridícula — retruco.

Meus níveis de pânico estão aumentando. Isso está saindo do controle. Minha nova amiga talentosa, engraçada, bonita, não... bonita não, *linda*, está sendo destroçada na minha frente. Não posso deixar isso acontecer. Nem agora, nem nunca.

— Foi uma. Foto. Ruim. Tá? — digo para Alana. — Você não pode deixar isso ser o fim de nossa música! Olhe para todas as apresentações e vídeos para o YouTube que você fez. Você sobe no palco o tempo todo e é a pessoa mais confiante que eu conheço. Você é a única razão de eu estar fazendo isso, em vez de ficar escondida no meu quarto.

Por entre as lágrimas, ela tenta abrir um sorriso, mas é trêmulo e nada convincente.

— Estou dando um passo maior que as pernas — confessa. — Eu finjo que quero ser uma artista de verdade e levar minha música mais longe, mas nunca nem toquei fora da cidade. Sempre tive muito medo até de tentar.

A sinceridade dela me tira o fôlego.

De repente, me dou conta de como nossas vidas são diferentes. Durante anos, viajei pelo mundo e fui exposta ao estilo de vida de celebridade de Caspar. Shows, festivais, festas, reuniões com gravadoras, aparições em rádio e TV, entrevistas para revistas, consultores de estilo, fotógrafos... Nada disso me parece grande coisa. Mas para Alana é completamente diferente.

Tudo isso é grande coisa. Enorme. O vídeo viral, a sessão de fotos, as conversas de TJ sobre negócios, sem contar o fato de que Caspar McCarthy está perambulando pela casa e sendo completamente cruel com ela.

Achei que ela era a razão de eu estar fazendo isso. Achei que Alana era a confiante da dupla. Mas lentamente percebo que, de muitas formas, na verdade é o contrário.

— Sou uma fraude — sussurra ela com a voz embargada. — Tudo que eu já fiz foram gravações caseiras de má qualidade. Nada profissional. Achei que estar em uma dupla me daria coragem para avançar. Mas não tenho. Aquela foto só prova o que eu já sei. Não sou boa o suficiente para fazer isso para valer.

Caspar só observa enquanto Alana abre o coração, e mal consegue disfarçar a satisfação presunçosa com o rumo que essa situação está tomando. Ele acendeu o estopim sabendo muito bem que levaria a uma explosão. Eu o odeio tanto que quero quebrar seus violões, destruir seu estúdio e enterrá-lo sob os escombros.

De alguma forma, consegui controlar a raiva crescente dentro de mim e me concentrar em Alana. Eu me agacho na frente dela para ficarmos olhos nos olhos, bloqueando Caspar no processo.

— Você é mais do que boa o suficiente, Alana Howard. E me deu força para ver que sou boa o suficiente também. Não vou tocar nesse evento sem você.

Estou falando sério. Mais do que qualquer letra de música poderia expressar. Alana olha para mim com tristeza, fazendo que não com a cabeça.

— Você acabou de me conhecer — diz ela, limpando o rímel borrado. — Estou tão feliz por ter te inspirado a cantar. Sério. *Muito* feliz. Mas você deveria levar isso adiante sem mim. Você é a verdadeira estrela. Eu sou apenas a garota gorda sem rumo, que toca em algumas noites de microfone aberto.

— Não, você *não* é — grito.

A raiva está crescendo em mim. Estou furiosa com Alana por ter desistido com tanta facilidade. Estou furiosa com Caspar por encher a cabeça dela de dúvidas. Estou furiosa com toda a horrível e superficial indústria musical e com os haters por toda parte. Sobretudo, estou furiosa comigo mesma por baixar a guarda. Como posso ter sido tão idiota?

— Passamos por mais coisas juntas em uma semana do que alguns amigos passam durante uma vida inteira! — Estou gritando, mas não me importo. — E sei que estamos no meio de um turbilhão, mas acredito de verdade que nascemos para nos encontrar e nos deparar com essa oportunidade juntas. Não imagino tocar com mais ninguém.

Alan morde o lábio, ainda com os olhos marejados. Eu continuo:

— Se você não quiser mesmo ir em frente, eu compreendo. Você tocou sozinha a vida toda e agora eu apareci e mudei a rota dos trilhos. Então se você preferir voltar a se apresentar sozinha, prometo que não vou ficar zangada. Mas, por favor, Alana, só se essa for sua decisão. Não desista de seus sonhos por causa do meu *irmão idiota*.

Jogo as duas últimas palavras intensamente na direção de Caspar, desejando que fossem dardos e o rosto arrogante dele, um alvo.

— Tudo bem, pode ficar brava comigo — diz ele, se levantando. — Eu entendo. É fácil me transformar no vilão. É difícil encarar a verdade. Ainda assim, é melhor ouvirem de mim do que serem constrangidas em público. Estou fazendo um favor para vocês.

Se estivéssemos em uma queda de braço, meu braço estaria quase tocando a mesa nesse momento. Ele está ganhando e sabe disso. É a história da minha vida. Ele é maior do que eu, mais alto do que eu, e tão opressor que não sou capaz de proteger Alana dele.

— Sei que é bem difícil ouvir isso, mas você está acima do peso — afirma Caspar, seus olhos focados em Alana, com um tom debochado, como se estivesse explicando um conceito difícil para uma criança pequena. Como se, de alguma forma, ele se ferisse ao enfiar a faca no coração dela. — Você pode fingir que não é um problema. Mas acho que, lá no fundo, se for sincera consigo mesma, sabe que é uma situação complicada. Os comentários horríveis que você está recebendo na internet são só a ponta do iceberg. Sem querer fazer piada, mas as pessoas dizem que Meg e eu estamos gordos o tempo todo. E nós nem somos *gordos*!

Alana se encolhe. Não acredito que ele está dizendo isso.

— Vão te comer viva — continua ele. — Ninguém vai levar sua música a sério até você resolver esse problema. É difícil, mas é algo necessário. Tire um ano ou mais, perca um pouco de peso. Mas *se esforce* de verdade. Acho que as gravadoras não vão nem querer chegar perto de você enquanto não fizer isso. Essa é minha opinião sincera e profissional.

Se eu já estava furiosa antes, agora estou colérica. É exatamente o que Caspar quer, que a gente saia de cena por alguns anos, que a gente desista da nossa música antes mesmo de começar. Porque somos uma ameaça. Porque somos *boas*. Porque somos melhores que ele e todo mundo vai ficar sabendo.

— Mas é tão difícil emagrecer — responde Alana, aos prantos, tentando recuperar o fôlego em meio a soluços desesperadores. — Só de sentir cheiro de pizza eu já ganho peso. É o meu metabolismo.

— Isso me parece uma péssima desculpa — rebate Caspar. — Dá para ver que você não está tão determinada assim.

Com isso, finalmente perco o controle e uma fúria ofuscante toma conta de mim. Jogo todo meu peso sobre Caspar, empurrando-o com tanta força que ele cambaleia para trás, para onde está seu suporte com os violões. Ele vacila e se debate, tentando segurar na mesa para se equilibrar, mas é tarde demais. Caspar cai, em câmera lenta, sobre seu violão preferido, um violão acústico caro, e todos ouvimos o som de parar o coração da madeira se quebrando.

— Nossa, Meg! Qual é o seu problema? Olha o que você fez! — grita ele. — Eu só estava tentando te ajudar, sua ingrata!

— E como você estava ajudando? — respondo, berrando. — Minha melhor amiga está se matando de chorar por sua causa. Eu já a vi no palco e ela é linda. Você nem faz ideia.

— Não faço ideia? Então como sou eu que tenho singles de sucesso e ganhei prêmios enquanto você trabalha em uma sorveteria?

— Não é uma sorveteria. É UMA IOGURTERIA!

— Olha o que você fez com meu violão, Meg! Eu vou te matar. Você estragou ele. Assim como estragou tudo...

— Eu estraguei tudo? Toda a minha vida foi estragada por você, que agora está com inveja porque eu finalmente estou recebendo um pouco de atenção!

— Ai, pobrezinha da Meg. Foi essa a história triste que contou ao TJ quando agiu pelas minhas costas?

Caspar se levanta do chão. De repente, não estou mais me sentindo tão corajosa. Ele tem 1,83 metro, é ameaçador e está bem na minha frente.

— Você acha que ele se importa mesmo com vocês duas? — pergunta Caspar. — Ele só viu uma chance de ganhar dinheiro rápido. Quando vocês fracassarem, acham mesmo que ele vai continuar se importando?

— O TJ não é assim — respondo.

Fico insegura. De leve e só por um instante, mas fico. Caspar nota minha hesitação e esbraveja, de um jeito vingativo:

— Você sabe que esse é só o jeito que ele encontrou de me punir, né? Porque estou demorando muito com o álbum. Mas adivinha só? Não sou tão ingênuo a ponto de acreditar que todo mundo vai amar qualquer coisa que eu compuser em um passe de mágica. Então estou levando o tempo necessário, o que está custando muito dinheiro a ele. TJ é um homem movido a *dinheiro*, Meg. Depois que ele provar o argumento de que uma música pode ser lançada de uma hora para outra, ele vai largar vocês duas como se fossem algo nojento e voltar direto para mim. Afinal, ele é *meu* empresário.

Fico aturdida, em silêncio. Todas as lágrimas que costumo ter tanta experiência em conter estão vindo à tona. Sinto meu coração disparar devido à adrenalina e estou tremendo descontroladamente.

— Acredite em mim — afirma ele. — Eu conheço o TJ.

— Ah, você conhece o TJ, não é? — diz uma voz autoritária. — Pois eu discordo, a julgar pelo que acabei de ouvir.

É como se um balde de água fria tivesse sido jogado sobre o fogo. Pisco e o quarto volta a entrar em foco. Estávamos tão ocupados brigando que ninguém percebeu que ele estava na porta, assistindo a toda essa cena caótica.

TJ entra no quarto e avalia cada um de nós. Todd Elliott Jackson. Magnata da música. O homem que lançou a carreira do meu irmão. O homem que poderia lançar a minha. De terno, botas, bonito e mais zangado do que jamais o vi em toda a minha vida.

CAPÍTULO
TRINTA E NOVE

Sinto meu rosto queimando de vergonha e constrangimento. Há quanto tempo TJ está parado ali? E quanto dessa discussão descontrolada ele ouviu?

Caspar se afasta de mim, enfiando as mãos nos bolsos.

— D-de onde você saiu? — pergunta. — Achei que estava cuidando do trabalho administrativo.

— É, eu estava — responde TJ, encarando Caspar. — Mas é impossível me concentrar com a Terceira Guerra Mundial acontecendo aqui.

Ele senta ao lado de Alana com calma e fala com ela em um tom suave e reconfortante:

— Ei, ei, ei... Não fique chateada. Vamos, respire fundo. Vai ficar tudo bem. Vai dar tudo certo.

— Nada está bem — diz Alana, chorando. — Eu... eu não posso fazer isso. Caspar tem razão, não sou uma estrela. Vou decepcionar todo mundo. Vou te fazer perder dinheiro. Eu... eu...

Uau. Estágio 93 da Espiral da Desgraça. Nós dois perdemos completamente o controle, mas, apesar de TJ ter testemunhado a cena, já me sinto melhor em sua presença.

— Caspar estava dizendo coisas horríveis — acuso, sem pensar.

É como se eu tivesse dez anos e o estivesse dedurando aos meus pais: *Mãe, o Caspar está me chutando embaixo da mesa. Pai, Caspar quebrou seu disco dos Beastie Boys porque estava arremessando como se fosse um frisbee. TJ, Caspar está destruindo a autoestima da minha melhor amiga para acabar com nossa futura carreira na música.*

É, acho que vale a pena dedurar algumas coisas.

TJ se levanta e ajeita o terno. Dá para entender por que ele é um homem tão bem-sucedido. Quando TJ entra em uma conversa, todo mundo ouve. Não há escolha.

— Ouvi tudo o que Caspar estava dizendo e, tenho que admitir, Cass, estou muito decepcionado com seu comportamento.

Ui, o "sermão do decepcionado". Todo mundo sabe que é pior de se ouvir do que alguns gritos. E o pior ainda é que não é o meu pai falando isso, mas sim o empresário dele. Pesado.

— Dane-se — murmura Caspar, analisando o piso com atenção. Ele dá de ombros como se não se importasse, tentando nos afastar com sua energia defensiva. — Só estou falando a verdade. Alguém aqui precisa prepará-las para a realidade.

— Ah, vocês querem realidade? — retruca TJ. — Bem, tenho uma historinha para vocês. Meg, Caspar. Sentem-se.

Não é um pedido, é uma ordem. Sento ao lado de Alana e, após uma pausa teimosa, Caspar cede de má vontade e se joga na cadeira.

TJ fica em pé no centro do cômodo, esperando ter nossa total atenção. Então começa.

— Bem... no sul de Londres, onde eu cresci, não havia exatamente muita oportunidade para jovens interessados em música. Minha mãe era enfermeira em um pronto-socorro e meu pai trabalhava até tarde no metrô de Londres. Eles não tinham tempo para levar os filhos para aulas de piano e para a escola de teatro. Eu e meus irmãos simplesmente tínhamos que nos conformar e cuidar uns dos outros.

Uau. Achei que todos nós seríamos repreendidos. Não estava esperando isso.

— Não foi nada fácil manter o foco — continua TJ, andando de um lado para o outro, perdido em lembranças. — Se nossa juventude nos deu alguma coisa, foi a oportunidade infinita de tomar péssimas decisões. E foi o que meu irmão mais velho fez. Ele largou a escola e perdeu completamente o rumo. Acabou sendo preso por roubo. Nem preciso dizer que ninguém esperava muito de mim. — Ele solta um pigarro. — Mas quer saber? Eu fiz uma escolha.

Enquanto TJ fala, percebo que não sei nada sobre a vida dele. Seus olhos escuros pausam sobre cada um de nós.

— Quando fui para o ensino médio, decidi que seria responsável por minha própria história. Não seria como meu irmão, que desistiu antes mesmo de tentar. Eu daria orgulho aos meus pais. Teria uma carreira. Seria alguém na vida. Levei a escola a sério, tirei boas notas, boas o bastante para cursar administração. E, esse tempo todo, ouvi música para me manter focado: pop, rock, jazz, hip-hop, R&B, country... Eu ouvia artistas que nenhum outro garoto da região conhecia. Virou minha fuga, minha passagem para fora dali. Aqueles cantores estavam expressando coisas que eu não conseguia colocar em palavras, e eu sabia que tinha que fazer parte daquilo. Eu *tinha* que trabalhar na indústria musical.

— E como você conseguiu? — pergunto, surpresa. — Como abriu sua empresa?

— Assim que pude, eu me candidatei a estágios em todas as empresas do ramo da música de Londres. Publicações, gestão, gravadoras, engenharia de som... Não importava onde eu acabaria. E então parei na Connect Music Management.

Eu sabia vagamente sobre as raízes de TJ na Connect. Eles trabalham com muitos grandes nomes, e o fato de TJ ter trabalhado lá foi um ponto decisivo quando ele abordou Caspar e meus pais pela primeira vez. Essa não é uma empresa que brinca em serviço. Eles produzem estrelas.

— Comecei aos 18 anos. Éramos eu e dois outros garotos universitários. Dois garotos que, desculpem minha arrogância, não tinham metade da minha motivação ou paixão pelo trabalho. Com certeza eles queriam conhecer celebridades e frequentar festas... mas não tinham interesse no trabalho em si. Mesmo assim, eles estavam em todas as sessões e reuniões, enquanto eu ficava com o trabalho de arquivar documentos e ir buscar café.

— Isso não é justo! — exclama Alana, indignada.

TJ ergue a sobrancelha.

— Não mesmo. A vida raramente é, infelizmente. Mas quer saber? Eu aceitei — conta ele. — Mantive a cabeça baixa e fiz bem o meu trabalho, aguardando meu momento, até que consegui levar alguém para a empresa. E esse alguém foi Charlotte Madison.

Alana fica boquiaberta. Charlotte Madison é um grande nome. Ela já está no mercado há um bom tempo, mas até pessoas de nossa idade conhecem suas músicas.

— Ela tocava muito na minha região, em todos os bares e casas noturnas. Que voz! E uma presença de palco fascinante. Vi algo especial nela, aquele brilho mágico que identifiquei em todos os artistas que representei no decorrer dos anos. E quando a levei para a Connect, eles viram também.

— Você nunca me contou que foi empresário dela — interrompe Caspar. — Por que ela não está no seu currículo?

TJ faz que não com a cabeça.

— Porque nunca cheguei a representá-la. A Connect roubou meu contato e deixou outro funcionário responsável por ela. Johnny, Jimmy ou seja lá quem for.

— O quê?! — pergunto, sem conseguir me conter. — Por quê?

— Porque, aparentemente, ele era "mais compatível" — responde TJ, fazendo aspas com os dedos ao dizer as duas últimas palavras. — A Connect me disse que aquele funcionário tinha mais a ver com Charlotte... e que eu seria muito mais adequado para um rapper ou um artista de R&B.

Não entendo de primeira o que TJ está insinuando, mas Alana logo compreende.

— Ai, minha nossa, isso é extremamente racista! — declara ela.

TJ ergue a mão.

— Pois é. A Connect me colocou em uma caixa. Olharam para mim e para o meu histórico e decidiram que tipo de trabalho eu faria para eles. Porque caras como eu só davam certo com certos estilos de música. Caras como eu *nunca* passavam de certos degraus da escada, por mais que muitos de nós mereçamos. As coisas eram assim. Essa era a *realidade*.

Realidade. A palavra que Caspar usou contra nós ecoa de volta para ele. Meu irmão está imóvel, não deixando transparecer nada.

— Sabe o que eu pensei na época? — pergunta TJ, olhando especificamente para Alana. — Pensei comigo mesmo: por que outras pessoas deveriam ditar minha vida para mim? Por que são *eles* que decidem? — Ele se aproxima, agachando na frente dela. — Então, quando a empresa me pressionou, eu fiz o mesmo. Usei a Connect para ganhar experiência e cultivar contatos. Depois comecei a construir minha própria lista de artistas por fora, não só os que eles reservavam para o cara negro, mas artistas de todos os estilos e trajetórias. Até que, um dia, pude trabalhar por conta própria.

"Foi difícil, Alana. Tive que trabalhar o dobro pela metade do salário, em todas as etapas do percurso. Não sou ingênuo. Sei que essas coisas acontecem. Rótulos idiotas e superficiais que tentam nos limitar. Foi o que me custou clientes e patrocínios e só Deus sabe mais o que no instante em que entrava em uma reunião e não correspondia às expectativas do cliente. Mas eu tinha talento. Como vocês duas também têm."

Ele aponta para Alana e para mim com força e determinação, motivando-nos a compreender.

— E me recusei a parar de lutar pelo que queria. Sabem por quê? Não são eles que decidem. — As palavras pairam no ar, até que ele as repete. — *Não são eles que decidem.*

Com isso, TJ tira o celular do bolso do paletó e abre uma imagem. É uma das fotos da nossa sessão frustrada, mas está cortada e editada, mostrando apenas nosso rosto. Um filtro foi aplicado para iluminar nossa pele e nossos olhos. Nossa nova e elegante logo "Lost Girls" agora é o ponto central da foto.

— Dei um jeito no Photoshop — explica TJ. — Podemos fazer uma sessão de fotos melhor depois, mas acho que essa vai funcionar para o material de divulgação.

Alana pega o telefone dele e, perplexa, encara a foto.

— Uau, ficou... até que ficou boa.
— Mais do que boa — acrescento. — Você está linda.
— Mas... mas é falsa. Eu não sou tão bonita assim.
TJ dá de ombros.
— Não é falsa. É só uma boa apresentação. É usar as ferramentas certas para ser notada, e depois você pode deixar seu talento cuidar do resto.

Atrás dele, Caspar está calado. Um manto de humildade o cerca; algo que jamais pensei que veria. Meu irmão é orgulhoso, mimado e arrogante demais. Ele desobedece a meus pais. Quase nunca assume responsabilidade por seus erros e nunca se desculpa. Mas algo na história de TJ o fez baixar a bola. Porque, apesar de tudo, ele adora seu empresário. TJ é a única pessoa em seu mundo caótico que ele realmente respeita.

— Você está certo, Cass — diz TJ. — Dou muita importância ao dinheiro. Porque para uma pessoa que nunca teve nada, dinheiro significa segurança. Mas não é isso que me motiva. Se fosse, seria melhor eu ser contador ou banqueiro. Em vez disso, o que me motiva é a *paixão por música*.

Caspar se encolhe, mas TJ continua:

— Quando vejo artistas que amam o que fazem, me lembro de todas aquelas músicas incríveis que me colocaram nesse caminho. Essas pessoas me inspiraram a estar nessa jornada. É por isso que eu quero representar as Lost Girls. Não por causa de visualizações no YouTube, mas porque enxergo toda essa paixão bruta, desenfreada, ardendo dentro delas. Exatamente a mesma paixão que eu *enxergava* em você.

As palavras ferem profundamente.

— Essa nuvem de tempestade que você está carregando na cabeça está afetando todo mundo — diz TJ. — Incluindo pessoas que contam com você. É hora de você parar de se preocupar com o que sua irmã está fazendo e começar a focar em sua própria carreira, antes que descarrilhe de uma vez.

Caspar abre a boca para protestar. Mas, pela primeira vez, não pode atribuir suas imperfeições a ninguém além de si mesmo. Quando as palavras grudam em sua garganta, acontece algo que eu jamais esperaria.

Meu irmão começa a chorar.

— Todo mundo está me pressionando tanto para fazer esse álbum direito — desabafa ele. — Para ser um sucesso. Mas eu não consigo. Não tenho mais nada importante a dizer. Estou completamente perdido. Toda vez que pego meu violão, fico andando em círculos até voltar para o nada. É impossível não ficar pensando demais, porque sei o que todos vão falar de mim. Os críticos. Os fãs. Demorei tanto que eles estão esperando que eu faça uma obra-prima, e agora não vou passar de uma enorme decepção.

Estou aturdida. Em estado de choque. A autoconfiança dele desmoronou como um castelo de areia atingido por uma onda. Nunca o vi assim antes.

— Sei que você está ficando impaciente — confessa ele a TJ, tentando se recompor. — Sei que está procurando o próximo *Caspar McCarthy* em outras pessoas, porque estou ficando velho e irrelevante. Sei que me tornei um artista de um álbum só. E como Meg parece estar transbordando de ideias infinitas, você está em cima da nova estrela da família, me deixando de lado. E isso magoa, tá?

— Ninguém está te deixando de lado — intervenho. — Cass, está ouvindo o que está dizendo? Eu passei a vida toda te admirando. Não estou tentando te magoar.

— Vocês precisam ouvir essas coisas — diz ele em voz baixa. — Vocês precisam estar preparadas. Ninguém me disse nada quando eu tinha 16 anos e fui jogado na fogueira. Ninguém me disse o quanto machucaria ter tantos estranhos me atacando, me atormentando, me enviando ameaças de morte só por eu fazer minha música. Ninguém me disse que eu seria odiado por fazer a única coisa que amo. — Ele olha para TJ com tristeza. — Você nunca me avisou que seria tão difícil.

Parece que não há mais oxigênio no quarto e eu não consigo respirar direito. Mesmo depois de todas as coisas imperdoáveis que ele disse e fez, só quero abraçá-lo agora.

— Olha, sei que é difícil — começa TJ —, mas sempre fiz tudo o que estava ao meu alcance para te proteger. Nunca dei a entender que seria fácil e nunca te pressionei a fazer nada que você não quisesse.

— Mas eu era só um adolescente! Não fazia ideia de onde estava me metendo. E, depois que comecei, foi impossível fazer parar e... sei lá, talvez eu esteja esgotado... Talvez tenha chegado no meu limite.

— Tá bem, Cass. Eu entendo. Sinto muito por você estar se sentindo assim, eu não fazia ideia. Vamos dar um jeito, tá? Mas, agora, estamos falando de Meg e Alana. E não é justo você descontar seu estresse nelas.

Caspar não responde. Ele olha para TJ, lábio inferior trêmulo, e depois se vira para mim. Nunca vi tanto sofrimento em seus olhos. Tanta dúvida. Tantos vislumbres de mim mesma olhando diretamente para mim.

— Esqueçam o que eu disse — murmura ele, pegando uma jaqueta atrás da porta. — Faça o que precisa fazer, Meg. Não vou te impedir. E, Alana, me desculpa, beleza? Eu só estava tentando te alertar. Eu só... preciso sair daqui.

Quero ir atrás dele, mas sei que essa ferida precisa de tempo para se curar. Se ao menos Caspar tivesse sido sincero com todos em vez de deixar a preocupação se tornar raiva... Percebo que o estava transformando em um vilão em vez de enxergar o garoto perdido que havia por baixo.

Ouvimos a porta bater no andar de baixo quando meu irmão sai de casa.

TJ suspira.

— Meninas, esse ramo é difícil, não vou mentir. Mas precisam saber que acredito em vocês. E vocês precisam acreditar em si mesmas também. Não importa o que façam, haverá pessoas querendo criticar. Dá para ver que Caspar reprimiu as coisas por tempo demais. Mas sabem de uma coisa? Vocês têm o apoio uma da outra e vão tomar as próprias decisões e fazer as próprias escolhas. Então, Alana, Meg, estão prontas para agarrar esta oportunidade?

É engraçado. Assisti a tantos filmes sobre pessoas correndo atrás de seus sonhos. Elas sempre superam o obstáculo, conquistam a multidão, conseguem ficar com o amor da vida delas, e depois tudo é amarrado com um lindo laço de veludo... Tá-dá! O final hollywoodiano perfeito.

Na vida real, existe sempre mais de um obstáculo, uma rejeição ou uma crítica ruim. Na vida real é preciso lutar constantemente, mesmo depois que os créditos começam a subir. É preciso saber que às vezes você não vai ter a validação de outras pessoas, mesmo merecendo. E está tudo bem. Você não precisa da aprovação de ninguém para continuar fazendo o que ama. Não existe caminho certo ou errado. Não existe "felizes para sempre". Apenas momentos. Essa é a verdadeira realidade.

E este é o nosso momento.

Olho para Alana e percebo que o fogo em seus olhos está de volta. Sei que ela finalmente entendeu. Entendeu *de verdade*. Nós duas entendemos. Não vai ser fácil e não vamos ser perfeitas. Até dar esse primeiro passo é um enorme desafio. Ambas temos motivos para sentir medo, mas ainda é um passo que vale a pena dar. E estamos dando esse passo juntas.

— Podemos voltar a ensaiar, então? — pergunta ela, com um sorriso.

— Com certeza — respondo.

TJ assente. O fogo nos olhos de Alana apoderou-se de meu coração. Está se espalhando rapidamente e queimando quaisquer resquícios de dúvida. Estamos exatamente onde precisamos estar.

CAPÍTULO QUARENTA

BandSnapper: LostGirl? Você está aí?

BandSnapper: Por favor, fala comigo. Desculpa se te aborreci.

LostGirl está off-line.

♫

Top 5 momentos em que me dou conta de que vamos mesmo FAZER ISSO:
(E por "fazer isso" me refiro a tocar no evento!)

1. Comprar roupas para o palco

A desastrosa sessão de fotos foi uma prova de que somos incapazes de escolher nossas próprias roupas. Então TJ nos manda fazer compras no calçadão com sua consultora de moda preferida. Ela escolhe um vestido transpassado preto maravilhoso para

Alana, que fica ótimo com seu chapéu de aba larga, e eu encontro um terninho justo com mangas de renda que combina perfeitamente comigo. Ficamos incríveis.

Acho que TJ estava certo. Apresentação é tudo.

2. Viajar para Londres

Normalmente eu pagaria um pouco mais de 17 euros para pegar um trem lotado, sujo e superatrasado para Londres — e em geral algum idiota invade meu espaço pessoal ou, pior ainda, ouve uma música péssima em volume alto no celular bem no meu ouvido. Porque todo mundo sabe que os artistas passam semanas em estúdio só para ter suas criações reduzidas a MP3s de baixa qualidade, não é mesmo? Enfim, acabei divagando.

A viagem não poderia ser mais diferente, pois TJ alugou uma limusine para todos nós. Uma limusine de verdade, com cheiro de nova, bancos confortáveis e vidros fumê!

Laura fechou a loja e passou a tarde com minha mãe, se mimando e se arrumando. Meu pai até conseguiu tirar a calça roxa de pescador tailandês e vestir uma calça jeans, então acredito que seja sua forma de dizer que essa é uma ocasião especial.

Ninguém mencionou o McCarthy que faltava. Pela manhã, minha mãe perguntou a Caspar se ele iria, mas ele se recusou. Meu irmão não fala comigo desde seu gigantesco ataque de fúria, então não estou muito surpresa. Fazer o quê? Não sinto falta dele. O clima no carro é ótimo, com todos rindo e brincando enquanto cruzamos o rio Tâmisa. Depois de um tempo, paramos em frente a um armazém com uma placa que diz LONESTAR REPRESENTAÇÃO MUSICAL.

Lá vamos nós...

3. Entrar no estúdio de TJ

Estive aqui inúmeras vezes no decorrer dos anos, mas de repente o lugar parece maior, mais arrojado, mais iluminado e repleto de possibilidades.

TJ nos leva em uma visita pelo lugar para que Alana possa ver tudo, mostrando o espaço de reuniões com tijolos aparentes, o jukebox, mesas de pingue-pongue, bar com balcão cromado e discos de platina em exposição. Há salas com paredes de vidro de um lado, com portas que levam ao estúdio de gravação interno, e a espaçosa sala de ensaios ao vivo, onde vamos nos apresentar à noite.

O assistente de TJ deixou tudo lindo aqui. Um belo piano de cauda é a peça central da sala e, na frente do palco, há mesas iluminadas por velas, tornando o clima acolhedor. Refletores iluminam dois suportes para microfone onde vamos nos apresentar. Nossa! Conto o número de cadeiras. Sessenta no total. Mais uma vez, nossa! Sessenta pessoas vão estar sentadas aqui, olhando para nós.

Eu me sinto enjoada.

Eu me sinto empolgada.

Eu me sinto enjopolgada.

4. Passagem de som

— Hã, um, dois? — digo, hesitante, no microfone. Por que sempre tem que ser "um, dois"? Que previsível. — Som, som. — Ai, meu Deus. Isso é tão constrangedor.

O microfone parece enorme e ameaçador diante de meu rosto, enquanto as paredes do estúdio parecem se fechar sobre mim como se eu estivesse em uma espécie de videoclipe psicodélico de *Alice no País das Maravilhas*. Minha voz reverbera de um jeito estranho a meus próprios ouvidos. Minha garganta se contorce e se contrai até eu não ter nem mais certeza se me lembro de como cantar.

Do piano, Alana solta um confiante "um, dois" em seu microfone. Ela já fez isso muitas vezes antes e, apesar da situação envolver mais risco, dá para ver seu nervosismo desaparecendo e sua personalidade artística assumindo o controle. Ela pertence ao palco.

E isso significa que eu também pertenço... não é?

5. A presença de pessoas.

Muitas e muitas pessoas. Pessoas que eu não conheço. Pessoas que não fazem parte de minha família e têm cargos importantes na indústria musical. Pessoas bem-vestidas, do tipo londrino. Um número suficiente para encher o lugar. Pessoas com rostos, e ouvidos, e opiniões, e, e, e... Meu recém-descoberto medo de microfones foi superado pelo terror a pessoas!

Tenho certeza de que é um público muito gentil, inocente e bem-intencionado, formado por pessoas perfeitamente normais, gentis, inocentes e bem-intencionadas.

Mas e se não for?

E se todos nos odiarem?

E se odiarem música?

É óbvio que não odeiam música, Meg, sua idiota. Eles trabalham na indústria musical.

Mas e se estiverem vivendo uma mentira?!?!

Respiro fundo e lentamente para manter o pânico sob controle. Está mesmo acontecendo. Vamos cantar diante de toda essa gente.

Se eu parar um tempo para assimilar a realidade, não sei se vou conseguir ir até o fim, então me mantenho ativa, me movimentando em meio à multidão com Alana. Somos inundadas por apertos de mão e conversas sobre o mercado. *Atual. Novo. Desenvolvimento. Viral. Acordo 360. Divulgação. MarcaMcCarthy.* Estou começando a me sentir como um peixinho-dourado ingênuo nadando em um lago cheio de tubarões.

♫

Voltamos para o Estúdio 2, que é nosso camarim hoje. Alana está corada, agitada, empolgada devido à enorme pressão.
— Você está bem? — pergunto.
Depois de um segundo, ela assente.
— Aham. É só que... É muita coisa para assimilar.
Maior eufemismo do ano. Nas últimas duas semanas, passamos de completas desconhecidas a amigas de verdade. A gente foi de compor nossa primeira música juntas à possibilidade de assinar com uma gravadora. Talvez seja algum tipo de sonho acordado que temos quando estamos estressados; um do qual em breve despertaremos atrás do balcão da Dodô Ioiô, usando aquele boné com bico horrível.

Ah, espere aí. Isso *é* exatamente o que vou fazer amanhã. Isso é que é ter uma vida dupla.

— Parece bom demais para ser verdade — continua Alana. — Parece que somos duas bolas de neve ansiosas rolando montanha abaixo a semana toda, aumentando de tamanho, rolando mais rápido, totalmente fora de controle. — Ela ri, revirando os olhos ao pensar na analogia que fez. — Sei que estou exagerando, mas você entendeu o que eu quis dizer, né? Tipo... E se estivermos rolando para a direção errada?

— Não temos que tomar nenhuma decisão hoje — respondo. — Só precisamos tocar juntas.

— Certo. E vamos arrasar!

Alana levanta a mão com a palma virada para mim. Bato na mão dela com força. Ai.

— Com certeza! — concordo. — Seja o que for que aconteça hoje, quero que saiba que eu amo fazer música com você.

— Eu também. Então vamos continuar fazendo isso, não importa o que aconteça hoje à noite. Certo?

— Certo — prometo.

Aproveitamos para espiar pelas janelas à prova de som que ligam nosso "camarim" ao restante do espaço. As pessoas estão agitadas, fazendo fila no bar, rindo e conversando como se todos fossem muito amigos. Em pouco tempo não passarão de sombras atrás dos holofotes do palco.

É quando eu o vejo. Levemente escondido, bem no fundo da sala. Mas eu reconheceria aquele rosto em qualquer lugar.

Seu cabelo loiro cresceu desde o início do verão. Está bagunçado, caindo um pouco sobre o olho. Ele está com uma camiseta do Bowie e segura sua câmera Canon 5D. A que usou para tirar aquela foto linda de mim e Alana nos abraçando na noite de microfone aberto. A única foto boa que alguém já tirou de nós duas juntas. A foto que eu o obriguei a apagar.

Alana o vê também.

— Ai, meu Deus... É quem eu estou pensando?

Já estou a caminho da porta.

Porque Matty Chester está aqui. E eu preciso saber o porquê.

CAPÍTULO QUARENTA E UM

— TJ, o que o Matty está fazendo aqui? — Minha voz sai com um sussurro insistente e abafado.

— Hã? — pergunta ele, confuso.

TJ está no fundo da sala, olhando ao redor como se fosse uma autoridade real de uma mesa de jantar medieval.

— Você vai entrar em vinte minutos, né? Não deveria estar se arrumando?

Beleza, ele está distraído. Eu entendo. Essa é uma situação que distrai. Todos os contatos de TJ estão em uma mesma sala e ele tem que manter a reputação daquele que lhes apresenta os melhores novos talentos. Mas o amor da minha vida está no meio de toda essa gente e eu preciso de respostas, e tem que ser agora.

— Por que Matty está aqui? — repito, esperando que ele me ouça dessa vez.

TJ finalmente presta atenção.

— Ah, aquele jovem fotógrafo? Ele me mandou um e-mail com algumas fotos de Alana cantando e perguntou se poderia tirar mais algumas hoje à noite. As fotos ficaram ótimas! Melhores do que as do profissional que contratei. Além do mais, adorei a iniciativa de me procurar diretamente. É o tipo de coisa que eu teria feito na idade dele.

Matty mandou um e-mail para TJ? Mas como ele sabia que... Ah, é. Laura ficou falando sem parar sobre o evento quando ele foi à Dodô Ioiô.

— Eu não estaria aqui se algumas pessoas não tivessem me dado uma chance pelo caminho, então gosto de retribuir o favor quando posso. — Ele ergue uma sobrancelha. — Isso não é um problema, é?

O que eu poderia fazer? Gritar, fazer um escândalo? Pedir que os seguranças tirem Matty daqui e estragar a noite? Será que é possível querer matar alguém e beijá-lo ao mesmo tempo? Porque, no momento, é mais ou menos isso que estou sentindo em relação ao sorrateiro, lindo e capaz de me deixar uma pilha de ansiedade BandSnapper.

— Não. Só gostaria que tivesse me avisado — murmuro.

— Acho que você tem coisas mais importantes com que se preocupar do que um garoto qualquer. — TJ está tentando conter um sorriso sagaz. Droga. Como se não pudesse ficar mais humilhante. — Vamos, vá para os bastidores aquecer a voz. Vou apresentar vocês às sete e meia, e é melhor estarem prontas.

Fico agitada. Não posso cantar em um palco pela primeira vez com Matty me observando. Mas também não posso perder essa oportunidade nem decepcionar Alana. Não quero fazer isso. Mas preciso. Mas não posso. Mas *preciso*.

E agora tenho 18 minutos e 29 segundos até meu mundo inteiro cair, o que não é muito tempo, se parar para pensar.

— Não se preocupe, vocês vão impressionar — garante TJ, dando uma piscadinha. — Te vejo em breve.

Ele vira as costas para mim e não tenho outra escolha a não ser voltar correndo para o Estúdio 2, torcendo para que Matty não me veja. Fico imaginando se ele veio sozinho para Londres. Aposto que sim. Ele tem essa autoconfiança. E faria qualquer coisa para demonstrar seu apoio a LostGirl.

Então me lembro. Ele acha que LostGirl é Alana.

Que confusão. Que enorme confusão.

Dezessete minutos e trinta segundos.

— Alana? — chamo quando abro a porta. — Cadê você? Alerta vermelho. Repito, ALERTA VERMELHO!

Hum. Estranho. Ela não está aqui.

— Onde você está? — grito. — Preciso de você! TJ vai deixar Matty fotografar a apresentação. O que eu vou fazer? Não sei se vou conse...

Paro no meio da frase. Alana está no chão, encostada em uma caixa de som, joelhos dobrados, mãos na cabeça, encolhida como um enorme tatuzinho com maquiagem de palco.

— O que aconteceu? Alana, o que foi?

Ajoelho ao lado dela. Achei que estava com problemas, mas ela com certeza está com problemas maiores que os meus.

— E-ele está aqui — gagueja ela.

Estou totalmente confusa.

— Quem? Matty? — pergunto.

Não era eu quem deveria estar surtando e se escondendo embaixo da mesa de mixagem? Bem, Alana me disse que não gostava de Matty *dessa* forma. E espero mesmo que não, porque agora meu cérebro não consegue processar que faz parte de um triângulo amoroso socialmente esquisito, problemático e potencialmente destruidor de amizades.

Alana balança a cabeça.

— Matty? O quê? Não! ... Dylan.

Dylan. Por um instante, não reconheço o nome. Mas quando Alana esmaga minha mão com um aperto mortal de pânico, tenho um estalo.

— Aaaah! Seu ex-namorado Dylan? Espera. O quê? Onde?

— Ele está em uma mesa à direita do palco.

— Tem certeza? Você pode estar alucinando de nervosismo ou algo do tipo...

— Com certeza é ele. — Alana segura o celular na altura do meu rosto. — Está vendo? Ele me mandou uma mensagem.

Encaro a tela e leio o que ele mandou em voz alta.

— *Oi, Lana. Vi no Facebook do seu trabalho que você tem uma apresentação em Londres hoje à noite.*

Solto um longo suspiro, depois imito uma arma com os dedos e atiro em minha cabeça.

— Pelo amor de Deus, Laura! — solto. — Aquela mulher é um perigo.

Não tenho dúvida de que TJ terá uma conversa séria com ela a respeito desse excesso de divulgação, mas não temos tempo de falar sobre isso.

Continuo lendo a mensagem de Dylan:

— *Estou muito melhor. Saí do hospital há alguns dias e consegui colocar meu nome na lista de convidados, então pensei em fazer um gesto bacana e aparecer. Tenho que admitir, estou bem magoado por você estar tão distante. Esperava ter notícias suas... Mas acho que você andou ocupada com sua música. Lembrei de todas as vezes maravilhosas que tocamos juntos. Acho que ainda existe vida naquelas canções que escrevemos e que as pessoas adorariam ouvi-las. Bem, boa sorte. Estarei assistindo.*

As últimas palavras parecem mais uma ameaça do que um estímulo. Olho para Alana, tentando avaliar sua reação.

— Dylan não quer que eu conquiste isso sem ele — desabafa ela. — Ele está tentando voltar para minha vida, Meg. Não o quero nem perto de nossa música. Ele destrói todas as coisas de que se aproxima e eu não posso passar por aquele pesadelo de novo! — A voz dela está ficando mais alta e mais rápida, como aquelas fitas cassete antigas no modo acelerado.

— Ei, Alana. Calma.

— Não sei se vou conseguir cantar com ele lá fora. Ele vai tentar se meter entre a gente. Não posso fazer isso, Meg. Não posso. Não posso.

Ela está praticamente passando mal. A Espiral da Desgraça está muito acima da média. E só temos 13 minutos e 15 segundos até a hora de subir no palco.

— Levante-se — digo, tentando puxá-la do chão. — Vamos, não deixe ele te apavorar assim. E daí se ele está na plateia? Deixe que te veja. Deixe que veja como você chegou longe sem ele.

Estou mais do que ciente da ironia dessa situação. Eu estava prestes a ceder ao meu próprio surto por causa de um garoto. Mas isso é completamente diferente. Mais ou menos.

— Ele não vai se meter entre a gente — garanto, firme. — Ninguém jamais poderia fazer isso.

— Como você sabe? — pergunta Alana, massageando as têmporas, piscando centenas de vezes para conter as lágrimas. — E se ele tentar nos sabotar? Eu não duvidaria.

Balanço a cabeça.

— Ele não vai fazer isso. Não vou deixar. Nem pense em amarelar por causa de um cara idiota! — exclamo.

Ah... Alerta de hipocrisia total.

Alana ri e resmunga ao mesmo tempo.

— Não é loucura? — indaga ela. — O que nós estamos fazendo aqui?

Ela não precisa dizer mais nada, porque eu sinto o mesmo. Pressão de todos os lados, nos apertando tanto que mal conseguimos respirar, nos paralisando até ficarmos apavoradas demais para dar um único passo.

Já basta. É hora de começar a reagir.

— Sim — respondo. — É loucura. É uma loucura total. Uma loucura completa e inquestionável. Mas talvez todos os melhores momentos da vida sejam assim.

Uma chave vira dentro de minha cabeça e eu levanto, dominada pela necessidade de agir. Alana olha para mim com curiosidade, depois começa a revirar a bolsa até encontrar seu espelhinho. Ela limpa o rímel borrado, reaplica o batom vermelho de sempre e se levanta do chão.

— Você tem razão — declara. — E, sejamos realistas, sempre vai ter alguém tentando nos deter.

— Exatamente! Assim que superamos um obstáculo, aparece outro. Estou tão cansada disso tudo. Caspar, Dylan, Matty, as gravadoras, os haters na internet... — Fico andando de um lado para o outro, e lembranças do passado inundam minha mente. — E mesmo antes disso... as garotas malvadas da escola, meus professores, meus pais, meu irmão.

Mencionei Caspar duas vezes. Acho que ele me afeta duas vezes mais do que as outras pessoas.

Continuo:

— Sinto que desperdicei minha vida me preocupando com o que as pessoas pensam de mim. Com medo de fazer qualquer barulho até minha música ficar perfeita. Daí te conheci, a garota que não ligava para essas coisas e foi em frente, fez sua voz ser ouvida. Quando te vi cantando naquela noite de microfone aberto, foi como ver a liberdade. Liberdade total. Sabe como foi inspirador?

Todo o resto está enfraquecendo aos poucos — as pessoas da indústria musical esperando do lado de fora, os garotos que moram em nossos corações e a bomba-relógio prestes a explodir em questão de minutos. Neste exato momento, somos eu e ela. Duas garotas que nasceram para se encontrar. Duas garotas que só querem fazer música juntas.

— A única hora em que você duvidou de si mesma — continuo — foi quando você entrou em meu mundo insano. Até então, não tinha medo de nada. Você *me* fez não ter medo de nada. Quando estamos compondo, não penso em mais nada. Só na música.

— Eu também — responde Alana. — Nem consigo acreditar em tudo o que aconteceu desde que te conheci. Vamos lá para fora contar nossa história do jeito que queremos. Sem filtro.

— Isso! Precisamos nos livrar do que não presta e esquecer do que todas aquelas pessoas pensam de nós... e esquecer de Dylan.

Alana ergue o queixo, em desafio.

— *E* esquecer de Matty? — indaga.

Há um pequeno instante de hesitação. Por fim, eu assinto.

— É, dele também. Vamos tocar como se estivéssemos no quarto da nossa casa ou em uma noite de microfone aberto. Vamos tocar porque amamos o que compusemos, não por nenhuma outra razão.

— Nesse caso — diz Alana —, quero que a gente toque "Second First Impression" em vez de "Scripts".

Eu não contava com essa mudança de planos.

— O quê? Agora?

— Temos que tocar, Meg. Ela combina muito mais com a gente. É pessoal e emocionante. É sua obra-prima. Amo "Scripts", mas só podemos tocar três músicas. Se vamos mostrar a todos quem somos de verdade, precisamos fazer essa alteração.

— Mas... mas... — *Mas eu compus essa música para Matty, e ele está lá fora e vai saber, ele vai* SABER *quem eu sou e o que sinto, e nunca vou poder voltar atrás.* — Mas nós não ensaiamos direito. Pode dar errado.

— Estou aqui para te apoiar, Meg. Conheço a música tão bem quanto você. E, como você disse, é hora de nos livrarmos de tudo. Temos que tocar essa música. Você sabe que sim.

Ela tem toda a razão. Estou morrendo de medo, mas se eu for ser fiel a mim mesma, este é o momento. É agora ou nunca.

— Podemos não conseguir uma gravadora se fizermos isso — digo. — Já vou avisando.

Alana levanta a tampa do piano do estúdio e toca suavemente os acordes de abertura de "Second First Impression".

— Talvez a gente não queira uma gravadora... — diz ela.

É um argumento corajoso. Mas vendo-a no piano, vendo a música chegar a ela com tanta naturalidade, percebo que esta é uma garota que dá tudo de si quando toma uma decisão.

— Bem, não me importo de seguir como artista independente. Seria mais difícil, mas estaríamos no controle de tudo — respondo.

— Isso mesmo. Não importa o que acontecer, deveríamos respeitar nossos próprios termos. E não ficar com uma empresa que quer mudar tudo em nós.

Eu poderia responder tanta coisa. Que isso é um risco, mas um risco que vale a pena correr. Que não acredito que pensamos em cortar essa música. Que temos muito a explorar em nossa parceria de composição e que essa apresentação é só o primeiro passo de uma longa jornada.

Só que temos apenas dois minutos e 13 preciosos segundos antes de nossa apresentação, e já dá para ouvir TJ anunciando nossos nomes no alto-falante e nos chamando para subir no palco.

Nossos olhares se encontram. É hora do show.

CAPÍTULO
QUARENTA E DOIS

Tudo parece muito distante da realidade aqui no palco. A plateia se tornou um borrão escuro e aterrorizante logo atrás dos holofotes. Minha garganta se fechou como se eu estivesse tendo uma reação alérgica e minha mente apagou todas as piadinhas que eu havia preparado cuidadosamente para falar no palco.

Ouço a voz confiante de Alana atrás de mim, apresentando nossa primeira música. Ela começa a tocar a introdução e ai. meu. deus. Não consigo me lembrar do primeiro verso. o que é isso?! Toquei "Domino Effect" centenas de vezes e mesmo assim a letra foi sugada para um buraco negro! Começo a entrar em pânico. Sinto um frio na barriga como se estivesse na descida de uma montanha-russa. Nada.

Espere. O quê? Quem está cantando?

I've been moving forward
No point in looking back
I've been pushin' on
Like a train on a track

Alguém me socorreu e lembrou a letra...

It's getting everyone excited
But if you haven't bought a ticket...

Alana canta:

You're never gonna ride it...

Parece que estou tendo uma experiência extracorpórea, porque sou eu. Eu que estou fazendo isso. Estou realmente cantando.

Isso era o que eu mais temia. Cantar em público. Me expor. Expor meus sentimentos verdadeiros por meio da música. Mas de repente não tenho ideia do que me assustava tanto. Meus olhos se adaptam às luzes e começo a distinguir rostos cordiais e familiares na multidão.

Meu pai e minha mãe, bem na frente, explodindo de orgulho. Minha mãe está nos filmando com o celular, mas isso não me incomoda nem um pouco. Existe algo estranhamente reconfortante em vê-los aqui.

TJ está encostado na parede lateral, braços cruzados. Ele me encoraja com um aceno de cabeça que me diz *você consegue* e afasta o restante de meu nervosismo. Ele tem razão. A gente consegue. E quando a música termina, a sala irrompe em aplausos. Estou de volta em meu corpo. Encontrei minha voz.

— Muito obrigada a todos! Nossa próxima música se chama "And What?". Nós nos divertimos muito compondo, esperamos que vocês gostem.

Quando me viro para Alana, noto alguém que parece um pouco familiar. Ele está sozinho mais para o fundo da sala, um pouco afastado do restante da multidão, e olha para ela fixamente com tanta intensidade que fico surpresa por não o ter visto antes.

É Dylan. Eu o vi nos vídeos de Alana e com certeza é ele. É alto e pálido, tem olhos fundos, veste uma jaqueta de couro surrada e esconde sua beleza sob uma barba por fazer. Parece mais velho pessoalmente, mais magro também, e me passa a mesma sensação incômoda que tive quando comecei a assistir à série *Você* na Netflix.

Volto minha atenção de novo para Alana para ver se ela está bem. Obviamente, ela está agindo como profissional, apesar do olhar irritado de Dylan em sua direção.

It's easy when you can't see my face
To smack me with your rude opinion
Too terrified to stand in my place
Coz you can give it
But you cannot take it
So who cares what you got to say...

A energia de Alana é contagiante quando ela canta o refrão, dirigindo todas as palavras ao visitante que não foi convidado. Estou aqui cantando com ela. Esqueci que todas essas pessoas importantes estão nos observando. É como se ainda estivéssemos fazendo nossa passagem de som e a apresentação não tivesse começado. Só quando os últimos acordes desaparecem e a multidão começa a vibrar, lembro que há uma plateia aqui, compartilhando este momento conosco. A sensação é melhor do que a de um milhão de curtidas no Instagram. É real.

— Bem, como todos sabem, eu cresci sob os holofotes. Ou melhor, *ao lado* dos holofotes. — Eu dou uma risada e todos riem comigo. O som amigável e receptivo me estimula a continuar. — Mas acho que hoje é minha vez, e não há ninguém melhor para estar comigo no palco do que minha amiga e companheira das Lost Girls, Alana Howard.

Alana faz uma pequena saudação ao público. Ela está em seu hábitat natural. Sinto tanto orgulho dela. Sinto tanto orgulho de *nós duas*. Não acredito que alguém que conheço há tão pouco tempo tenha mudado minha vida de maneira tão significativa.

— Temos mais uma música para vocês — declaro.

A plateia vibra mais uma vez. Eles estão do nosso lado, posso sentir, mas está chegando o momento decisivo. Ficamos com o que é mais garantido e mantemos o *set list* original? Ou arriscamos e mergulhamos no desconhecido? Troco olhares com Alana no piano e lemos a mente uma da outra.

Vamos com tudo. É lógico que sim.

— Esta música é uma composição original de Meg McCarthy — anuncia Alana no microfone. — Vocês não devem saber, mas ela compõe há anos. Então vou deixá-la ocupar o centro do palco e compartilhar essa linda música.

A luz diminui um pouco e Alana toca as notas de introdução com suavidade.

De repente, estou nua. Sem violão atrás do qual me esconder. Sem os vocais de Alana com que me misturar. Só eu, a letra da música e todas as emoções que mantive bem trancadas por anos.

Passo os olhos pelas pessoas, pelo rosto surpreso de meus pais, por minha chefe empolgada demais, pela testa franzida de TJ, pelo fantasmagórico Dylan que permanece no fundo... até que finalmente o vejo.

Ele esteve ali a noite toda, mas eu o estava bloqueando. Matty Chester. O melhor amigo de LostGirl. O amor da minha vida. Está segurando a câmera, virando-a de lado e tirando fotos, sem saber que estou prestes a abrir meu coração para ele.

Perco minha deixa. Não posso fazer isso. Não posso revelar a mentira que estou vivendo.

Mas Alana não para. Ela continua tocando os acordes, repetidas vezes. Dá para sentir ela me estimulando em sua cabeça. Não estou sozinha. Ela está aqui. Duas garotas perdidas juntas.

Respiro fundo e liberto a verdade.

♪

Looks like I told too many lies
You've fallen for my disguise
If I knew how to tell the truth
You'd have seen it in my eyes
And the silence burns me
Too many words that I can't say
Wish you could see the better me
The girl behind the name
I'm the only one to blame

A sala ficou em silêncio. Todos desapareceram e só vejo Matty.

Will your heart wait
While my heart's breaking?
Is it too late
To make a second first impression?
Will your heart wait
While my heart's breaking?
Is it too late
To make a second first impression on you?

Ele retribui meu olhar. Hipnotizado. Confuso. Juntando as peças lentamente.

Nosso relacionamento inteiro está se desatando como um fio invisível entre nós; nossas listas, os anos de confidências on-line, todos os segredos que compartilhei sem ele jamais se dar conta de quem eu era.

Até agora.

I kill each spark before it lights
Why do I do it every time?
It's hurting me that I'm hurting you
My thoughts and actions don't align
And the moment's frozen
A movie that I can't rewind
Stupid, guilty conversations echo in my mind
Now I'm running out of time

Ele se aproxima do palco, mas a câmera o protege da emoção que transborda de mim. No entanto, não há nada que eu possa fazer para impedir meus sentimentos. Minha mente é um turbilhão de lembranças. Todas as vezes que gritei e reclamei com ele e o fiz se sentir mal.

Preciso que ele saiba que eu não queria ter feito isso. Preciso que cada palavra conte.

Will your heart wait
While my heart's breaking?
Is it too late
To make a second first impression on you?

Alana canta comigo em uma nota longa, persistente e dolorosa, subindo e subindo, fazendo a sala de refém. Ela consegue sentir minha dor e meu arrependimento.

The same old story
The one I always tell
Building these walls up
I sabotage myself
Trapped on the inside
Are feelings I don't show
Under my dark side
A love you'll never know

Minha voz falha um pouco no último verso e é quando vejo.
Matty deixa a câmera de lado e respira fundo.
Mil momentos explodem em minha cabeça de uma só vez. Sinto a emoção de cada um deles.

Top 5 palavras que estão passando pela cabeça de Matty agora:

1. Era
2. Você
3. O
4. Tempo
5. Todo

Fecho os olhos, bloqueando-o, bloqueando todo mundo. Uma lágrima escorre por meu rosto e só sinto a música, essa coisa linda que criei a partir de algo tão doloroso. Alana está por perto para me segurar se eu cair. Sua harmonia é meu paraquedas, dando-me a força de que preciso para terminar de cantar.

> *Will your heart wait*
> *While my heart's breaking?*
> *Is it too late to make*
> *A second first impression on you?*

O palco está mergulhado em escuridão. Estou cercada por silêncio. O tipo de silêncio em que é possível cair e nunca mais se levantar. Mal consigo recuperar o fôlego.

— Você está bem? — sussurra Alana para mim.

O som da voz dela me acalma e quase me faz esquecer da grandiosidade do que eu fiz.

— Estou. Obrigada, Alana.

Independentemente do que acontecer em seguida, não estou sozinha. Ela está aqui ao meu lado.

Então eu ouço. Palmas. Euforia. Aplausos entusiasmados. As luzes se acendem e vejo a plateia toda de pé.

Acabei de enfrentar meu maior medo diante de todas as pessoas que são importantes para mim, e elas amaram. Mas logo percebo que falta uma delas. Passo os olhos desesperadamente pela multidão de rostos felizes e solidários em busca daqueles cabelos loiros ou do brilho das lentes de uma câmera. Mas ele não está lá. Matty foi embora.

CAPÍTULO QUARENTA E TRÊS

Somos cercadas no instante em que deixamos o palco.
— Como posso entrar em contato com vocês?
Aperto de mão, aperto de mão.
— Vocês têm meu e-mail?
Tapinha nas costas.
— Me liguem na segunda-feira.
Cartão de visitas enfiado na minha cara.
— Isso pareceu um encontro entre Taylor, Sia e Larkin Poe.
Abraço.
Ei, isso foi invasão de espaço pessoal.
Ser engolida por uma nuvem tão grande de admiração é um grande estímulo para o ego, e eu estou adorando toda essa atenção até ver TJ vindo em minha direção, parecendo um cachorro que engoliu uma abelha. Com suas incríveis habilidades de interação, ele nos tira do meio da bagunça e, contrariado, sussurra entredentes:
— O que foi aquilo que vocês fizeram?
— É, bem... — balbucio — nós trocamos de música de última hora.
— Isso eu percebi... — Ele nos leva para mais longe da multidão. — Vocês acham que isso é uma brincadeira? Decidimos o *set list* e aquelas músicas foram escolhidas por um motivo.

— Mas "Second First Impression" é a melhor música de Meg — intervém Alana. — Não podíamos *não* tocar. E veja a reação das pessoas. Todo mundo amou.

TJ olha para ela com intensidade. Ele é muito mais alto que Alana, e a ousadia repentina dela murcha.

— Todos podem ter amado, mas isso não significa que vão querer assinar contrato com vocês.

Sou tomada por uma grande culpa. TJ trabalhou duro para trazer todas essas pessoas até aqui para nos ver, e nós estragamos os planos dele com uma balada.

Mas me arrependo de nossa decisão? Não. Nem um pouco.

— Sinto muito, TJ, mas não nos pareceu certo tocar "Scripts". Queríamos fazer uma coisa mais emotiva, na qual pudéssemos colocar nossos sentimentos.

— Meninas, vocês precisam entender, as pessoas não querem ouvir baladas como primeiros singles. Querem ouvir hits. Se tivesse uma base feita por um DJ, talvez pudesse funcionar, mas...

Isso é loucura. Toda essa gente veio nos ver porque nossa música acústica viralizou, e agora TJ está falando de DJs? Como as pessoas podem amar o que ouvem e depois querer mudar tudo? É como se seguir modismos fosse mais importante do que compor algo honesto. Não é de se admirar que fazer um álbum tenha deixado Caspar louco.

— Tudo bem, eu entendi — digo. — Eles só querem hits e nós estragamos tudo. Sinto muito se te fizemos perder tempo. Se mudou de ideia sobre ser nosso empresário, então...

— Ei, ei, ei — diz ele, cruzando os braços. — Pode parar. Eu nunca disse que não quero representar vocês. Sério, Meg, já me basta o dramático do Caspar. Não preciso que você perca a cabeça também.

— É justo.

Sorrio aliviada.

— E vocês são duas — completa ele. — Cada uma só tem direito a uma cota de cinquenta por cento de drama.

— Cinquenta por cento? — pergunta Alana. — Está brincando? Eu uso isso só decidindo o que vestir toda manhã.

TJ resmunga.

— Olha, sei que querem fazer as coisas do jeito de vocês. Mas, por favor, falem comigo da próxima vez. Não faz bem para os meus níveis de estresse ser pego de surpresa pelas proezas arriscadas de vocês. Estou aqui para ajudar, vocês sabem.

Ambas concordamos. Sei pelo brilho em seus olhos que ele está genuinamente empenhado no desafio de fazer as coisas darem certo para nós.

— Certo. Vou apresentar os próximos artistas. Comportem-se. — Ele dá uma piscadinha e abre um sorriso largo para nós. — Ah, e vocês são incríveis. Muito incríveis.

Sinto meu rosto corar.

— QUERIDA! MINHA QUERIDA MEGGY! E DOCE, LINDA ALANA. VENHAM AQUI, MENINAS FABULOSAS!

Ai, meu Deus. Mãe chegando. Mãe chegando. Ela passa pelo meio da multidão e abraça nós duas ao mesmo tempo, nos sufocando com seu perfume.

— Vocês estavam tão maravilhosas lá no palco. Fiquei emocionada durante toda a apresentação! E eu transmiti tudo ao vivo pelo Facebook. Vocês tiveram 215 visualizações! E isso só da minha lista de amigos, então imaginem quantas pessoas serão quando fizerem um lançamento oficial!

Já dá para ver as engrenagens promocionais rodando na cabeça dela. É um pouco assustador, mas ao mesmo tempo, de um jeito estranho, até que é fofo.

Meu pai e Laura estão logo atrás de minha mãe e, se não me engano, meu pai está com lágrimas nos olhos. Ele me abraça forte e dá um abraço de pai meio desajeitado em Alana.

— Isso foi muito... quer dizer, foi tão... — Ele tenta elaborar, procurando o elogio apropriado, mas lhe faltam palavras. Então, acena com a cabeça, orgulhoso. — É só que... bom trabalho, filha.

— Não estou conseguindo superar — grita Laura para Alana. — Como você está, minha Alana Dodô Ioiô? Sua voz! É incrível! E você, Meg! Estou completamente impressionada.

— Imagina, Lau Lau. — Alana ri. — Você me ouve cantar o tempo todo. Não foi surpresa nenhuma.

— Eu sei, mas é tão diferente com as luzes e os microfones e todo o resto. Você nem se abalou com Dylan. Nem acreditei quando o vi na plateia. Que atrevimento! Você sabia que ele estaria aqui?

— Não, eu não sabia — responde Alana. — Mas tudo bem. Acho que ele não conseguiu conter a curiosidade.

Dou risada do otimismo com que Alana sempre enxerga as coisas. Mensagem de texto passivo-agressiva e olhares intimidadores do ex-namorado são só... curiosidade. Sei bem. Mas eu não acredito nisso. Não confio nele e tenho um mau pressentimento em relação aos motivos dele para estar aqui hoje. Vendo pelo lado positivo, no entanto, a presença estranha e indesejada dele me mostrou o quanto Alana é profissional. Uma vez no palco, nada mais importava além da música.

Laura começa a se desculpar por ter espalhado detalhes de nossa apresentação na internet. Pobre Laura, ela parece ter um problema de autocontrole quando se trata de divulgar as coisas on-line. Nunca consegue se conter. Minha mãe tenta ajudá-la fazendo um longo discurso sobre *media training*. Paro de prestar atenção, passando os olhos pelo lugar em busca de uma camiseta amarela ou lentes de câmera.

— Vá atrás dele — sussurra Alana só para mim. — Antes que seja tarde demais. Eu invento uma desculpa aqui.

Parte de mim quer ficar e aproveitar a animação do pós-show. Além disso, eu também não deveria abandonar Alana com minha família caótica, mas essa pode ser minha última chance. E ele pode ainda estar por aqui em algum lugar.

Uma urgência repentina toma conta de mim. Começo a pedir licença para a multidão que está tentando voltar para ver a apresentação seguinte. Derrubo a bebida de alguém, mas estou muito agitada para parar e me desculpar. Meu instinto me diz que ele está lá fora, mas todos parecem estar bloqueando meu caminho. Tudo está conspirando contra mim. DROGA!

Finalmente consigo chegar à escadaria e empurrar a pesada porta corta-fogo. O ar frio da noite me inunda quando saio e tento recuperar o fôlego.

Eu o vejo. Encostado na parede com as mãos no bolso. Ele está olhando para cima como se procurasse estrelas que não podem ser encontradas no céu nublado. Ele é assim. Mesmo em situações complicadas, está sempre procurando um fio de esperança.

Sinto a adrenalina em meu corpo. Minhas pernas estão tremendo, o coração está disparado e a voz está falhando.

— Matty — chamo, com algum esforço. — Matty, você ainda está aqui!

Ele se vira para mim, como se fosse um sonho, e olha diretamente em meus olhos. O tempo cria uma ponte suspensa entre nós e parece que uma eternidade se passa até ele falar.

— Eu tinha tanta certeza de que era Alana — diz.

As palavras dele pairam no ar como uma neblina. Não sei como encontrar meu caminho dentro delas.

— Eu te disse que nossas vozes não são parecidas — respondo, por fim, começando a ter um ataque de risos nervosos.

Por que estou rindo? Minha nossa, Meg. Se controla. Não piore ainda mais as coisas.

Matty tira os óculos e esfrega os olhos, perplexo e confuso.

O silêncio é excruciante.

— Tudo aquilo — murmura ele. — Nossas conversas, as músicas e... *tudo*. Era você. Era você o tempo todo.

Não tenho certeza se é uma pergunta ou uma afirmação. De qualquer modo, acho que ele merece uma resposta.

— Desculpa. — Minha voz não passa de um sussurro, mas preciso dar algum tipo de explicação. — Foi errado mentir para você por tanto tempo. É que... depois que começamos a conversar, eu não sabia como contar a verdade. Achei que você me enxergaria diferente e que tudo mudaria se soubesse quem eu era, quem é o meu irmão e toda aquela bobagem sobre a qual todo mundo tem uma opinião para dar. BandSnapper e LostGirl eram perfeitos, e eu não queria que nada estragasse isso...

Uma sirene de polícia toca ao longe. O som da bateria da banda seguinte reverbera pelas paredes do prédio. Fumaça de cigarro persiste no ar parado da noite e minhas palavras parecem distantes, flutuando como lixo no Tâmisa.

— Como você me encontrou on-line? — pergunta Matty, de repente. — Você sabia que era eu?

A raiva dele me pega de surpresa e é insuportável.

— Eu vi você acessando o "Fome de música" na escola e entrei lá para te encontrar.

— Mas você me *odeia*! — vocifera ele, jogando os braços para cima. — É grosseira e horrível comigo o tempo todo. Não consigo pensar em uma única interação nossa que não tenha terminado em desastre. Você literalmente me *odeia*, Meg!

— Eu não te odeio! — grito. — Eu... eu... — *Eu te amo*. — Eu não te odeio. Tá?

Matty revira os olhos e começa a guardar a câmera no estojo que carrega no ombro.

— Bem, então você me enganou direitinho. — Ele fecha o estojo com um clique incisivo. — Não estou conseguindo assimilar. Como pode ser você? Conversamos todos os dias durante os últimos dois anos... Como *você* pode ser a LostGirl?

Sem conseguir me conter, me aproximo e pego no braço dele.

— Por que você acha que nossos caminhos estão sempre se cruzando? — indago. — Nós temos uma conexão, Matty. Eu me sinto tão próxima de você quando conversamos on-line, e me entristece ter estragado a chance de te conhecer assim na vida real. Mas eu sou a LostGirl, a garota perdida... e estava esperando você me encontrar.

Surge uma faísca entre nós. Matty não se afasta. Seu rosto está tão próximo do meu que sinto seu hálito. Olho para ele e revivo todos os momentos perfeitos que compartilhamos em nosso mundo virtual. Sei que ele também se sente assim. É inegável. Todas as barreiras que construí começam a desabar.

— Meg... — sussurra ele, como um convite.

Eu me aproximo ainda mais e sinto o calor de seu corpo. Ele me puxa para mais perto, colocando as mãos na parte inferior de minhas costas. Sinto meu coração enviar mensagens frenéticas por minha corrente sanguínea. Fecho os olhos, desesperada para sentir seus lábios perfeitos junto aos meus...

Mas então ele se afasta.

— Não posso fazer isso. Desculpe. Você mentiu para mim. Não sei quem você é. Meg e LostGirl são duas pessoas completamente diferentes...

— Não, não são! Eu sou as duas.

— Me sinto tão idiota. Como se nada que tivemos juntos fosse real.

Não imaginei que a verdade seria uma decepção tão grande para Matty. Que *eu* seria uma decepção tão grande. Mas como posso culpá-lo por reagir assim? Ele teve uma história na cabeça durante anos e eu estraguei todo o final.

— Olha, tenho que ir. Meu trem sai em meia hora — diz ele.

Matty se vira, pronto para ir embora.

— Foi tudo real — suplico, com a voz falhando de emoção. — Você acreditou em mim antes de qualquer um e você é o motivo de eu nunca ter desistido. — Engulo em seco e permito que as palavras continuem saindo: — Matty, você é o garoto mais gentil, inteligente e amável que eu conheço. Você foi uma âncora quando tudo ao meu redor era um mar de falsidade. Eu não podia te contar e correr o risco de perder tudo. Sinto muito por ter sido tão horrível com você. Mas não foi minha intenção. Você é minha maior inspiração. Meu muso. A música que toquei hoje era sobre você. Compus para *você*.

Estou tremendo. De repente, o ar da noite parece frio demais. Matty toca a lateral do meu rosto com delicadeza.

— É linda — diz ele. — É a melhor coisa que alguém já fez para mim.

Então não vá, penso. *Fique aqui e vamos conversar direito sobre isso.*

— Mas eu... eu preciso de um tempo para entender tudo isso — continua ele. — Desculpe, mas tenho mesmo que ir.

— Você pode ir de carro com a gente — afirmo. — Tem espaço. Estamos voltando daqui a pouco e eu posso responder tudo o que você quiser me perguntar. Ou não. Posso ficar completamente em silêncio, se preferir. Qualquer coisa.

Matty ri. É tão caloroso e real. Como uma estrela surgindo no escuro sobre nós.

— Não, tudo bem — garante ele — É que eu prefiro só...

Estar literalmente em qualquer lugar em que você não esteja. Sim, sim, já entendi. Não precisa explicar.

— Você deveria aproveitar esse momento com Alana. Vocês mereceram.

— Tá bem — digo.

Matty tem razão. Eu não deveria deixar essa noite terminar com uma grande cena de partir o coração, embora seja tarde demais e meu coração já esteja se partindo.

— Sabe, eu fiquei meio admirado quando você apareceu na escola pela primeira vez — comenta Matty, fechando o zíper da jaqueta. — Você era tão descolada, intensa e interessante. Tudo o que eu queria era te conhecer. Foi por isso que tirei aquela foto sua na biblioteca. Aquela que te deixou furiosa. Estava tentando encontrar uma forma de falar com você. Quem poderia adivinhar que eu já estava falando com você esse tempo todo?

Estremeço diante da grande estupidez de meu eu do passado.

— Matty, você me conhece melhor do que qualquer um — digo. — Você conhece quem eu sou de verdade.

— Acho que nem *você* se conhece de verdade, Meg — responde ele com um sorriso triste. — Então não tem como eu conhecer. Ainda não.

Estou sem ar. Não consigo respirar. Abro a boca para deixar o ar entrar, para encontrar algum argumento, qualquer um, que o faça ficar. Mas quando volto a respirar, ele já foi embora. Estou sozinha com nada além das sirenes, da poluição e das estrelas escondidas pelas nuvens.

Penso na letra de "Second First Impression".

Will your heart wait while my heart's breaking?
Is it too late to make a second first impression?

Seu coração vai esperar enquanto o meu está partido?
É tarde demais para causar uma segunda primeira impressão?

Talvez seja.

CAPÍTULO QUARENTA E QUATRO

> **A:** Obrigada por me deixar em casa. Não acredito que conseguimos, Meg. Foi uma noite tão incrível!

> **M:** Foi mesmo. Desculpa se pareci um pouco distante no caminho de volta. Juro que estou muito empolgada em pensar aonde tudo isso pode nos levar.

> **A:** Eu também. Não precisa se preocupar, ninguém mais percebeu. Pode me contar amanhã no trabalho o que aconteceu com Matty?

> **M:** Obrigada, Alana. Estou superorgulhosa de você.

> **A** Digo o mesmo, LostGirl. Bjs.

♪

— Meggy, vamos ver sua apresentação! Sua mãe gravou tudo e estamos loucos para ver de novo.

Meu pai me entregou um chocolate quente comemorativo. Uau. Pelo jeito, hoje as calorias estão liberadas. Nem sinal daquele-irmão--que-não-deve-ser-nomeado. E mais chocante do que isso é o fato de meus pais não terem mencionado o nome dele nenhuma vez. Estão muito distraídos pelo que aconteceu hoje.

— Podemos assistir amanhã? — pergunto. — Estou muito cansada...

— Lógico, querida — responde minha mãe, dando um tapinha em minha mão. — Você se esforçou muito. Vá dormir seu sono da beleza.

— É, vá deitar, meu amor. Mal posso esperar até amanhã — diz meu pai, me dando um abraço. — Chame Alana para vir aqui depois do trabalho amanhã e eu peço alguma coisa para a gente comer.

Ah, é... trabalho. Isso que é voltar para realidade com um banho de água fria.

Subo as escadas e já dá para saber que vai ser impossível dormir esta noite. Minha cabeça está girando em torno de mil momentos vividos hoje; cantar ao vivo pela primeira vez, o frio na barriga, Alana secando as lágrimas, o rosto empolgado de minha mãe na multidão, o rosto chocado de TJ, o rosto confuso de Matty, Matty juntando as peças, se aproximando para me beijar, se afastando...

Acho que nem você se conhece de verdade, Meg.

É. Olá, insônia.

A porta do quarto de Caspar está aberta do outro lado do corredor. As luzes estão apagadas, mas há uma tela de computador brilhando na escuridão. Acho que ele ainda está acordado. Dou um passo na direção do quarto dele, depois um passo para trás. Não sei ao certo como lidar com meu irmão neste momento.

— Meg? Você voltou? — pergunta ele.

Não me mexo.

— Voltei.

Uma pausa. Continuo esperando.

— Ei, entre aqui um pouco — pede ele.

Paro na porta, de onde só dá para ver Caspar iluminado pelo computador, jogado na frente da escrivaninha, de camiseta preta e cueca.

Ele se vira para mim.

— Como foi?

— É uma pergunta capciosa? — respondo, já ficando irritada.

Caspar suspira.

— Não. Eu quero mesmo saber.

Eu me apoio no batente da porta, meio para dentro, meio para fora do quarto.

— Sinceramente? Foi incrível. Não sei por que não fiz isso antes. Mesmo na frente de toda aquela gente, me envolvi totalmente na música.

— Deu para perceber. A mistura da voz de vocês funcionou muito bem lá no palco.

Acendo a luz, fazendo Caspar resmungar e cobrir os olhos.

— Nossa, Meg. Poderia me avisar antes de acender a luz. Obrigado.

— Como assim? Você estava assistindo? — pergunto.

— Estava — murmura ele, sem olhar para mim. — Assisti à transmissão ao vivo da mamãe.

Então ele estava nos espionando... provavelmente esperando que fizéssemos alguma besteira.

— Foi bom. Na verdade, foi mais do que bom — declara. — Ei, você vai entrar no quarto de uma vez? Não vou deixar nenhum violão no caminho.

— É. Falando nisso... — digo, sentando na cama dele. — Eu só vou receber no fim da semana.

— Não se preocupe com isso, Meg. Não preciso do seu dinheiro. Ah, por que vocês não tocaram "Scripts" hoje?

— Mudamos de ideia. — É estranho demais estar sentada aqui, cercada pelo equipamento musical de meu irmão, conversando sobre *minhas* músicas. — TJ ficou irritado, mas não estávamos à vontade com ela.

Caspar se volta para o computador, rolando a página de sua conta no Twitter sem muito interesse enquanto fala comigo.

— Bem, é uma boa música — comenta.

Era de se esperar. Caspar só consegue me elogiar quando está de costas para mim.

— Eu nem sabia que você tinha ouvido a música.

— Não tinha como *não* ouvir, ainda mais depois que você roubou minha faixa instrumental.

— Você nem queria ela! Como posso roubar uma coisa que você jogou fora, Cass? É como se você jogasse no lixo uma daquelas tentativas de profiterole da mamãe e depois ficasse irritado porque eu comi.

— Essa é uma péssima analogia. — Caspar se vira para mim. — Quase tão horrível quanto aqueles profiteroles.

— Eu sei. E quem foi que deixou ela ver programas de culinária sem supervisão?

Caspar ri e o gelo entre nós começa a derreter.

— Olha, eu fiquei zangado por causa da música no início — diz ele. — Mas depois eu parei para ouvir. TJ me obrigou. Como eu disse, é uma boa música.

— É o máximo que você pode dizer sobre ela, Caspar? É uma boa música? É uma música excelente, e você sabe muito bem disso. Por que é tão difícil para você ser legal comigo?

O sorriso desaparece do rosto de Caspar.

— Eita! Não precisa dar chilique. Achei que estávamos nos entendendo, Meg. Não precisa pegar pesado comigo.

— O que você estava esperando, Cass? — Fico de pé para sair do quarto dele. — Você foi cruel comigo e com Alana. Nem foi nos assistir e dar apoio hoje à noite. Você não tem ideia do quanto é difícil ficar perto de você, então me desculpe se não estou sendo muito receptiva à sua atuação como sr. Bonzinho.

— Não é atuação — rebate Caspar. — Eu gostei mesmo da sua música, tá? E... — Ele faz uma pausa. — Queria saber se poderia colocá-la em meu álbum, talvez? Quero dizer, se vocês não forem querer.

De todas as coisas que eu esperava ouvir da boca de Caspar, um pedido para gravar nossa música não estava na lista. Não estaria nem em meu top 5.

— Você... — Minhas pernas cedem e volto a me sentar na cama. — *Você* quer cantar nossa música?

Caspar dá de ombros.

— Eu gostei dela. Acho que poderia funcionar. Talvez até ser um single. Sabe, com alguns ajustes. Se deixarmos um pouco menos feminina.

Sei muito bem, mais do que qualquer um, que Caspar vem sendo extremamente pedante a respeito de seu futuro álbum. Isso é mais do que significativo. É de um valor enorme, do tamanho de uma galáxia, que rompe a estratosfera de meu mundinho. Mesmo ele fingindo que não é grande coisa.

— Deixa eu ver se entendi bem. Você quer que "Scripts" seja seu novo single?

Ele passa a mão nos cabelos. Totalmente calmo.

— É, pode ser — declara. — Se vocês não se importarem.

— Eu teria que falar com Alana. Mas... Acho que ela estaria aberta a isso.

Tudo está se encaixando. Amamos "Scripts", mas algo estava nos impedindo de tocá-la. Agora vejo que é porque a música nunca foi *nossa*. Ela estava destinada a ser de outra pessoa.

E essa outra pessoa poderia muito bem ser meu irmão.

— Seria uma grande oportunidade para vocês — acrescenta ele. — Basicamente lançaria vocês duas como compositoras. TJ poderia tirar uma grande história disso. Você sabe, bombar a *MarcaMcCarthy*.

Em primeiro lugar, ele está pedindo para cantar minha música. Em segundo, está rindo um pouco de si mesmo. O que está acontecendo aqui?

— Por que está fazendo isso? — pergunto. — Achei que quisesse compor todas as suas músicas.

Caspar olha para seus cadernos cheios de letras inacabadas espalhados pelo chão.

— É, bem, minhas próprias letras não estão me levando a lugar nenhum. Mas essa música... Bem, ela faz sentido para mim. Sinto que é o que venho tentando dizer para os meus fãs... Só que não consegui encontrar as palavras certas.

Scripts make every word	Roteiros fazem qualquer palavra
Sound beautiful	Soar bonita
But I've got nothing to follow	Mas não tenho nenhum para seguir
Nothing to follow	Nenhum para seguir
And I will say the wrong thing	E vou dizer algo errado
Every time, but now I know	Sempre, mas agora eu sei
The cliché you wanna hear	As palavras banais que você quer ouvir
Is nothing but hollow	São apenas vazias

Escrevi aquelas palavras para Matty. Sobre como ele me deixa sem palavras quando nos vemos pessoalmente. Sobre como sempre entendo tudo errado. Sobre desejar que eu pudesse ser uma versão melhor de mim para ele.

Nunca me ocorreu que meu irmão pudesse sentir a mesma coisa. Mas ele se sente assim em relação a seus milhares de fãs. Toda a pressão e as expectativas o fizeram duvidar da própria voz, assim como eu. De repente, compreendo por que Caspar quer cantar a música. Ele só precisa de um roteiro para seguir, assim como todo mundo.

Por um tempo, ficamos sentados em um silêncio constrangedor, até que Caspar volta para o Twitter, encerrando nossa conversa franca.

— Beleza... Falamos sobre isso amanhã de manhã, está bem? — digo, me levantando da cama meio sem jeito.

Ele assente.

— Tudo bem.

Quando estou saindo do quarto, me perguntando se tudo isso não passa de uma pegadinha maldosa, Caspar me chama:

— Meg, sei que ando difícil desde que voltei para casa. É que... tem tanta coisa acontecendo, sabe? Não quero decepcionar meus fãs. Não quero decepcionar ninguém.

Não consigo me lembrar da última vez que meu irmão desabafou comigo. Por mais que Caspar seja um chato, os fãs são importantes para ele. Ele reconhece o valor deles. E todas as palavras cruéis ditas na internet o deixam magoado, como deixariam qualquer pessoa.

— Você não vai decepcioná-los — respondo. — Não se amar o que compõe.

— Esse é o problema — confessa ele, dando uma risada sem graça. — Eu não amo. Estou tão preso em meus pensamentos que não sei mais o que é bom e o que é ruim. Tudo está virando um enorme borrão. Acho que sua canção me lembrou de como a música fazia eu me sentir. Por isso amei tanto.

Ele amou. Ele acabou de dizer que amou a música. Uma emoção inesperada toma conta de mim. De todos os momentos incríveis que aconteceram nas últimas 24 horas, este pode ser o mais significativo para mim.

— Eu não deveria ter dito todas aquelas coisas negativas... — completa ele. — Vou pedir desculpas para Alana. Fui longe demais e ela deve me achar um babaca.

— Você acha?

— É que essa indústria é muito difícil, Meg, e sei como pode engolir alguém de uma hora para outra. TJ esteve do meu lado desde o início, e eu não sei o que faria sem ele...

— Não estou tentando tirá-lo de você — interrompo. — TJ é o *seu* empresário e você vem primeiro. Ele se ofereceu para nos ajudar, só isso.

— Tá bem. Entendi.

— Beleza.

Eu gostaria de conversar sobre muitas outras coisas, mas não sei como.

— Pode apagar a luz de novo? — pede Caspar, me dispensando.

Toco no interruptor, mas alguma coisa me faz permanecer na porta um pouco mais. Antes que possa me segurar, digo, baixinho:

— Você sabe que é o motivo de eu ter começado a compor, não sabe? Você era meu ídolo quando eu era criança. Eu amava assistir a todos os seus vídeos no YouTube. Você me inspirou a pegar o violão, e tudo o que eu sempre quis foi compor uma música com a metade da qualidade de uma das suas.

Silêncio. Será que ele está me ouvindo?

— Então esqueça de todo o resto e componha, porque é o que você ama fazer. Você não tem com o que se preocupar, Cass. Você é muito talentoso.

Nenhuma resposta. Suspiro e resolvo desistir e voltar para o meu quarto.

— Obrigada, Meg — responde, baixinho. Depois, tão suavemente que mal posso ouvir, diz: — ... Você também é talentosa.

CAPÍTULO QUARENTA E CINCO

DUAS SEMANAS DEPOIS

Como todos já sabem, sou uma grande fã de listas. Quando o resto do mundo está saindo totalmente dos eixos, listas podem dar sentido ao caos. Elas me dão estrutura.

Então, em uma tentativa para me manter sã nas últimas duas semanas rocambolescas, fiz mais listas do que o Papai Noel recebe em dezembro. Porque, como Alana e eu descobrimos, muita coisa pode mudar em 14 dias.

E, em alguns casos, nada muda.

Top 5 acontecimentos das duas últimas semanas:

1. Não assinamos contrato com nenhuma gravadora

Pois é. TJ tinha razão sobre a escolha do *set list*.

Apesar da plateia do evento ter, aparentemente, amado "Second First Impression", não foi o bastante para convencer nenhuma empresa a nos contratar. Talvez tocar "Scripts" tivesse feito diferença. Talvez não. Nunca vamos saber e não adianta ficar especulando.

Mas nem tudo são más notícias. Fizemos bons contatos e muitas pessoas importantes estão de olho em nós. Então, por enquanto estamos nos divertindo sendo criativas, encontrando nosso som e compondo músicas das quais nos orgulhamos. Quando chegar a hora, tenho certeza de que alguém vai querer nos apoiar — alguém que ame nossa música pelo que é, não só por conta daquele vídeo aleatório que viralizou.

E, enquanto isso, temos a melhor pessoa de todas nos apoiando, porque...

2. Assinamos um acordo de representação

É oficial! As Lost Girls agora são representadas por TJ, da *Lonestar Representação Musical*.

Alana e seus pais vieram à minha casa para uma comemoração oficial com toda a família (sim, até Caspar). A comida de minha mãe é questionável, para dizer o mínimo, então felizmente ela resolveu não arriscar uma parte dois do desastre que foi sua sobremesa "peras ao concreto" e esbanjou um pouco contratando um bufê.

Assinamos um contrato de dois anos e TJ já está fazendo planos. A lista dele está mais ou menos assim: *1. Construir presença nas redes sociais; 2. Gravar um EP no estúdio; 3. Fazer um videoclipe; 4. Arrumar um divulgador para rádio; 5. Conseguir espaço para fazermos shows de abertura em apresentações de clientes dele.* (Sim, tem uma lista dentro da lista. Conforme-se.)

3. Continuamos trabalhando na loja

A realidade bate e não estamos gravando nada. TJ vai custear nosso tempo de estúdio, mas infelizmente nada mais vem de graça.

Então ainda vou usar o boné de dodô vesgo por um bom tempo. Laura me pediu para continuar trabalhando aos fins de semana, e acho que posso conciliar isso com a escola. Pelo menos tenho minha parceira no crime lá comigo.

4. Os garotos de nossa vida estão muito quietos

Alana não teve notícias de Dylan desde que ele entrou de penetra em nossa apresentação. Não sei qual era a intenção dele ao aparecer sem ser convidado, mas se queria intimidá-la para que cometesse algum erro, ele a subestimou seriamente.

A fama na internet pode causar problemas, e não consigo me livrar dessa terrível sensação de que Alana ainda vai ouvir falar dele. Basta sentir o cheirinho do sucesso que todas as baratas saem de seus buracos escuros e úmidos. Não confio nele. Nem um pouco. Dylan tem todo o jeito de ser uma dessas pessoas. No entanto, ele vai ter que passar por cima de mim se acha que vai voltar para a vida de Alana num futuro próximo.

E sobre um certo fotógrafo de cabelos loiros e olhos azuis... Nada. Não recebi uma única mensagem dele desde que me deixou sozinha na calçada em frente aos estúdios de TJ. Tentei entrar em contato. Depois de mais ou menos uma semana de silêncio, não aguentei mais e mandei esta lista para ele:

LostGirl: Top 5 músicas sobre desculpas:
1. "Sorry", Halsey
2. "I'm so Sorry", Kitty, Daisy & Lewis
3. "Sorry", Nothing but Thieves
4. "I miss you, I'm sorry", Gracie Abrams
5. "Sorry", Justin Bieber

Não recebi resposta e não há muito que eu possa fazer a respeito. Ou ele aceita que LostGirl e Meg são a mesma pessoa, ou não.

Fico dizendo a mim mesma que Matty precisa de espaço para se conformar com todas as minhas mentiras. Mas talvez pensar que *eu* fui sua maior confidente seja tão repugnante que ele nunca mais vai falar comigo.

Ai, minha nossa. Voltar às aulas em breve vai ser divertido. Só que não... Bem, vamos continuar.

5. Caspar encontrou inspiração

Sabe-se lá o que desencadeou isso, mas, na manhã da quarta-feira passada, Caspar acordou e, em vez de procrastinar o dia inteiro e depois sair para se divertir, ele se trancou no quarto e compôs uma música.

Depois compôs outra. E outra. Ele está compondo todo dia, e muitas vezes à noite também. Sempre que passo pelo quarto dele, posso ouvi-lo cantando ou tocando algum instrumento.

Acho que "Scripts" o livrou da ansiedade que o refreava. Talvez ele ache que pode colocar a culpa em nós se a música for um fracasso. Mas enfim. Fico feliz em ver que ele está sendo criativo de novo em vez de ficar batendo o pé pela casa como um tiranossauro rex passando mal.

E veja só: ele voltou para o palco também! É por isso que Alana e eu estamos na mesma sala em que fizemos nossa apresentação. Só que dessa vez estamos na plateia.

TJ ficou tão impressionado com as novas músicas de Caspar que organizou uma apresentação acústica especial que será transmitida on-line. É uma forma de ele testar o material novo e se reconectar com seus fãs mais dedicados. E também uma forma de TJ garantir a Caspar que não desistiu dele.

Vê-lo sentado no centro do palco com um violão me dá uma onda de orgulho. É a mesma sensação que tive quando seu primeiro single saiu e ele fazia umas apresentações lindas e mais intimistas. Caspar parece tão natural no palco; sua voz é forte, profunda e ressonante, com uma leve rouquidão nas notas altas. Ouvir seus sucessos nesse cenário é um presente para todos, e as músicas novas são recebidas com gritos e vibrações. Não sei por que Caspar estava preocupado em decepcionar seus fãs. Eles parecem amá-lo mais do que nunca.

— Obrigado, pessoal. Senti muita falta de fazer isso. — Mais palmas, gritos e histeria. — Vou tocar outra música nova para vocês. Pode ser meu próximo single. Vamos ver o que vocês acham.

Caspar derrete mais alguns corações com um de seus característicos sorrisos e começa a dedilhar os acordes de abertura de "Scripts".

— Ele está tocando nossa música! — balbucia Alana para mim.

Como se eu não soubesse que ele está tocando nossa música. É mais do que surreal ver nossas palavras saindo da boca dele, mas é como se tivessem sido feitas para ele. Caspar domina a música.

Olho ao redor e observo a reação dos fãs de Caspar. Eles estão amando. Sinto-me emotiva de um jeito estranho. É uma música que *nós* compusemos. Pensar em tantos desconhecidos cantarolando juntos, ouvindo no carro, adicionando a suas playlists e aprendendo nossa letra é estarrecedor. Essa música pode se tornar significativa para eles, como todas as canções incríveis e especiais que compõem a trilha sonora da minha vida.

Mais uma vez, a plateia vibra quando Caspar termina de cantar.

— Muito obrigado — diz ele, visivelmente satisfeito com a reação. — Na verdade, essa música foi escrita por minha irmã, Meg, e sua amiga Alana. — Ele aponta para nós duas e, constrangidas, acenamos para as pessoas que nos cercam. — Elas estão trabalhando em coisas muito legais no momento, então fiquem de olho.

ESPERA AÍ! Ele acabou de fazer um agradecimento público. Um endosso público. É verdade mesmo?

— Vou tocar mais uma música nova — continua, afinando o violão enquanto fala. — Essa fui eu que compus. Espero que gostem.

É a primeira música do *set list* que eu ainda não escutei. Caspar começa tocando uma sequência rítmica de acordes que cativa todos. Estou muito curiosa para saber sobre o que ele anda escrevendo e me inclino para a frente quando ele começa a cantar.

She comes knocking at my door
Asking questions I don't answer
What did I do that for?
She comes looking for advice
Wish that I was open but I shut her out each time

And she's never gonna hear me say I'm sorry
For all the times I've taken up her light
And I know she's hurting
She thinks I haven't noticed
That I've got to move aside
Coz she's waiting to take flight...

Levo um instante para absorver a letra. Para as palavras fluírem por minha corrente sanguínea. Alana cutuca meu braço.

— Meg, é sobre você — sussurra ela. — Você o inspirou.

Balanço a cabeça, sem acreditar. Caspar continua cantando e, de repente, estou tão emocionada que lágrimas caem de meus olhos e escorrem pelo meu rosto. É tudo o que ele não consegue me dizer. É orgulhoso demais para falar comigo usando palavras que não sejam desconfortáveis ou duras. Então está cantando para mim. É o único jeito que ele conhece de fazer isso.

So she beats her wings
Steps out of my shadow
Ready to fly away
She beats her wings
Her own path to follow
I won't stand in her way
Coz everything changes, changes
Nothing will stay the same
She beats her wings
Steps out of my shadow

O nosso relacionamento passa diante de meus olhos, uma vida tentando ficar à altura de meu irmão mal-humorado, difícil e brilhante. Estou chocada com a sinceridade da letra. Ele finalmente está reconhecendo meu lado da história e como foi difícil viver à sua sombra. Ele me entende. Pela primeira vez em anos, sinto um peso sendo retirado de mim, indo embora com os acordes do violão.

Caspar olha em meus olhos por uma mínima fração de segundo. É suficiente para compartilharmos um momento silencioso, não percebido pelo restante da multidão.

E então acaba. O momento passou e me dou conta de que devo estar com rímel borrado no rosto. Quando pego a bolsa para procurar um lenço, meu celular acende com uma nova notificação de mensagem.

Meu coração para.

É de BandSnapper.

Não é hora nem lugar para ler algo que pode muito partir meu coração, mas acho que não vou conseguir me concentrar em mais nada se não olhar a mensagem.

Ainda estou chorando e trêmula quando clico na notificação. Estava esperando uma resposta longa e detalhada, mas há apenas uma frase.

> **BandSnapper:** Eu disse que não te conhecia de verdade, mas acho que esta foto prova o contrário.
> Matty. Bjs.

Em anexo tem uma foto minha em preto e branco, e eu imediatamente sei que foi tirada em nossa apresentação, quando eu estava cantando "Second First Impression". Meus olhos estão fechados e minha boca está aberta, enquanto uma lágrima solitária escorre pelo meu rosto. Pareço etérea. De outro mundo. Como se nada separasse meu corpo da paixão que flui dentro de mim. Logo atrás de mim, Alana está poderosa ao piano. Uma equilibra a outra, criando uma imagem forte e perfeita de beleza intensa e estranha.

— Ai, meu Deus! — exclama Alana, tirando o telefone da minha mão. — É uma das fotos de Matty?

— Shh, Alana. Não podemos falar sobre isso agora.

— Mas é incrível! — sussurra ela. — Deveríamos usar em nosso EP.

É incrível. Matty capturou algo puro, sincero e verdadeiro. É o tipo de foto mágica e elusiva que se transformaria em uma capa de álbum icônica. E é uma foto nossa.

Antes que eu possa falar qualquer outra coisa, a voz de Caspar diz, anunciando a próxima música:

— Essa é uma que eu e Meg cantávamos o tempo todo. Foi a primeira música que ensinei para ela no violão, então é melhor ela se lembrar da letra.

Espere. Espere. O quê? Todos estão me olhando com expectativa.

— Gostaria de convidar minha irmã ao palco...

Ai. Meu. Deus. Não.

Alana me empurra.

— Vai lá, Meg. Levante e mostre a todos do que é capaz!

Sem aviso, Caspar começa a dedilhar os antigos e familiares acordes de "Learn to Fly", do Foo Fighters.

A LostGirl de três semanas atrás teria engatinhado para baixo da mesa mais próxima, mas a Meg não tem escolha.

Meu rosto está corado e meu coração, acelerado. Atravesso a multidão e vou para meu lugar no palco, ao lado de meu irmão. Ele toca a introdução mais uma vez e, com uma piscadinha, dá a deixa para entrarmos.

Estamos de volta no quarto. Tenho 11 anos e ele tem 14. Estamos cantando juntos em uma manhã de sábado, só porque amamos muito essa canção. Só porque amamos muito música.

Alana está em pé com as mãos para o alto. Meu pai está com o braço sobre o ombro de minha mãe e ambos estão radiantes de felicidade. TJ cruzou os braços em sinal de aprovação, acenando com a cabeça e sorrindo. E os fãs de Caspar estão assistindo maravilhados.

O futuro é assustador, mas não tenho mais medo de ser eu mesma.

Sinto que finalmente encontrei quem eu sou de verdade.

Respiro fundo, fecho os olhos e deixo minha voz ressoar.

Direção editorial
Daniele Cajueiro

Editora responsável
Mariana Rolier

Produção editorial
Adriana Torres
Júlia Ribeiro
Mariana Oliveira

Revisão de tradução
Alice Cardoso

Revisão
Agatha de Barros

Projeto gráfico de miolo
e diagramação
Douglas Kenji Watanabe

Este livro foi impresso em 2023,
pela Reproset, para a
Livros da Alice.